Samen naar Santorini

Samen naar Santorini

C.M.M. Dellamonte

Roman

2021

Beefcake Publishing

Santorini
island
Oia
Ammoudi
BAY
Manolas
Thirasia
CALDERA
Imerovigli
Fira
Old Port
Nea
Kameni
Palia
Kameni
Aspronisi
KAMARI
Pyrgos
Mount
Profitis
Athinios
Port
Megalochori
Ancient
Thira
Akrotiri
Emporio
Perissa
Perivolos
Ancient
Akrotiri
Red
beach
Vuurtoren
Kambia
Beach
Vlichada
Beach

Eerste druk april 2021

ISBN 9789493111622 – NUR 301
Omslag & illustraties Virginie Suys

www.beefcakepublishing.be
www.facebook.com/beefcakepublishing
www.instagram.com/beefcakepublishing

Proloog

Bij het eerste ochtendgloren kwamen de vissersbootjes de kleine haven van Vlychada binnengevaren, aan de zuidkant van het eiland Santorini. Op het terras van de bescheiden *taverna* wisselden enkele vissers de nieuwtjes van de dag uit, terwijl ze hun *komboloi* door hun vingers lieten glijden en een eerste frappé dronken. Anderen herstelden hun netten zodat ze de volgende nacht opnieuw zouden kunnen uitvaren om te vissen. Die nachten waren zwaar, maar het resultaat mocht gezien worden. Dankzij hen kon elk restaurant op het eiland elke dag kraakverse vis aanbieden.

Het beloofde opnieuw een prachtige, warme dag te worden op Santorini. Een nieuwe dag leek telkens ook een nieuw begin, alles herhaalde zich als in een eeuwigdurende cirkel. De stoepen in de smalle straatjes van Oia en Fira werden schoongeveegd, de uitgestalde winkelwaar werd nog eens extra aangevuld en de ezeltjes werden van stal gehaald.

De eerste cruiseboten van die dag kwamen de Caldera binnengevaren: een immens schip van MSC, met in zijn zog een iets kleinere mastodont van de rederij Costa. Ze gooiden hun anker uit naast het prachtige vijfmaster-zeilschip van Club Med. Na enkele andere magnifieke steden en eilanden bezocht te hebben, kwamen de reizigers eindelijk aan bij een van de hoogtepunten van de cruise: Santorini.

In de briefing stond dat ze bij zonsopgang de enorme krater, die gevormd werd in het tweede millennium voor Christus door een enorme implosie van de lokale vulkaan, zouden binnenvaren en duidelijk de rijen witte vierkante huisjes te zien zouden krijgen

die meer dan honderd meter boven op de kliffen gebouwd waren. Duizenden toeristen verdrongen elkaar op het bovenste dek om het veelbelovende spektakel vanop de eerste rij te zien. Het was letterlijk een wonder van de natuur. Nergens ter wereld kon men een dergelijk uniek landschap zien. Hoe dichter ze kwamen, hoe duidelijker de rijen witte huisjes en kerkjes met blauwe koepels van Fira, Imerovigli en Oia zichtbaar werden. Ze namen ontelbare foto's, telkens vanuit een ander perspectief.
Op het vooraf afgesproken tijdstip verdween iedereen aan dek en via een doolhof van smalle gangen in de buik van het schip kwam een massa aan mensen een voor een door een piepkleine deur net boven de waterlijn weer tevoorschijn. De hele meute werd met tenders naar de kleine, oude haven Ormos Firon gebracht. Daar hadden ze drie opties om in Fira, het hoofddorp van Santorini te geraken, ruim honderd meter hogerop.
Men kon de *skalià* nemen, de grote trap van vijfhonderdachtentachtig treden. Ideaal om de extra calorieën van de gigantische buffetten aan boord te verbranden, maar bij deze zomerse hitte bleek dit vaak iets te intensief. Tweede mogelijkheid was een ezeltje huren, wat een stuk makkelijker was voor de toerist en al iets vlugger vooruitging. Nadeel was dat men de kwalijke geurtjes van het beestje erbij moest nemen. Er werd bovendien een voorwaarde gesteld om het leven van de ezeltjes toch enigszins diervriendelijk te houden. De toeristen mochten niet meer dan honderd kilo wegen en moesten lief zijn voor de diertjes.
Laatste – en misschien wel beste – oplossing was gewoon een uurtje aanschuiven om de kabelbaan te nemen die hen op nog geen tien minuten rechtstreeks tot in het centrum van Fira bracht. In de smalle, witgeschilderde straatjes liepen de toeristen alle exclusieve winkeltjes binnen en buiten op zoek naar dat ene, ultieme en onvervangbare souvenir. Daarvoor zouden ze over lijken gaan. Modieuze handtassen werden uit mekaars handen gerukt om toch maar dat unieke exemplaar te veroveren. Gouden sieraden en halskettingen werden zonder scrupules van elkaars nek

getrokken tijdens het passen. Enkele toeristen van Aziatische afkomst zwaaiden met briefjes van vijfhonderd euro om toch maar de aandacht van de verkoopster te trekken, wat meestal ook onmiddellijk werkte. Achter elke hoek van elk steegje ontdekte men een totaal ander panorama om de ideale foto te maken. Het was aanschuiven aan de half geopende toegangspoort van een restaurant met een levensgroot beeld van de Venus van Milos op de voorgrond en een sublieme achtergrond van vijftig tinten blauw.
Tegen de tijd dat de zon aan intensiteit begon in te boeten, verzamelden de toeristen massaal in de smalle straatjes van Oia. Als gekken renden ze om toch maar dé ideale plaats te vinden om de mooiste zonsondergang ter wereld te zien. Op alle mogelijk plaatsen stonden toeristen te drummen, in alle steegjes en op alle terrasjes van Oia, op het oude Kastelli en zelfs bovenop de koepels van de kerken tot helemaal beneden in het pittoreske haventje van Amoudi Bay. Wanneer de laatste dieprode streep zonlicht verdween in de Egeïsche Zee, werd de dagelijkse voorstelling afgesloten met een daverend applaus, alsof een beroemde muzikant net een weergaloos concert gegeven had.
Onmiddellijk daarna probeerden ze allemaal tegelijkertijd, in dikke drommen, door de nauwe straatjes de terugweg aan te vatten naar de kabellift, met immense files tot gevolg.
Eens de toeristen met een ronde sticker in diverse kleuren op de borst de weg naar beneden gevonden hadden, brachten de tenders hen naar hun respectievelijke schip terug. Even later konden ze opnieuw aanschuiven aan de overvloedige buffetten en hun dag rustig afsluiten met een fenomenale show van Cirque du Soleil, terwijl hun schip koers zette naar een volgend natuurwonder.
Toen er enkel nog wat lichtpaarse en roze tinten aan de hemel overbleven, was de tijdelijke overbevolking van Fira en Oia voorbij. Opeens was het er opnieuw gezellig en rustig.

De overgebleven toeristen konden ongedwongen aanschuiven in een van de vele sfeervolle restaurants en genieten van de verrukkelijke visgerechten en andere lekkernijen.
De souvenirwinkeltjes, juweliers en prullariaverkopers hadden die dag opnieuw gouden zaken gedaan en sloten tevreden de lichtblauwe luikjes.
Op de luchthaven in Kamari steeg met veel lawaai een vliegtuig op dat zich een weg baande door de duisternis van de nacht. De verschillende cruiseschepen met hun duizenden toeristen aan boord verdwenen aan de horizon.
De gelukzalige reizigers die Santorini bezocht hadden, waren een onvergetelijke ervaring rijker.
Met duizenden foto's als herinnering en met de liefde voor Griekenland in hun hart voelden ze zich als goden op de Olympusberg.
Pas toen de zon onder was en de temperatuur opnieuw draaglijk begon te worden, kwam, zoals gewoonlijk, de lokale bevolking naar buiten. Ze troepten samen op de bankjes op het kerkplein of begonnen een spelletje petteia in het kafenion. Nadat de toeristen al lang hun buiken volgegeten hadden, begonnen de Grieken pas te denken aan hun eerste ouzo met een bord mezze. Daarna gingen ze samen met familie of vrienden tot laat in de avond aan tafel in hun favoriete restaurant voor een nieuw culinair orgasme.
Yamas!

1. Een goede voorbereiding is het halve werk

Het was oudejaarsavond. Het aftellen naar het nieuwe jaar was al begonnen. Klokslag middernacht schoten de eerste vuurwerkpijlen de lucht in. Vier hartsvriendinnen dansten in het rond en riepen om ter luidst: “Happy New Year!”
Lina had thuis stiekem een fles champagne meegenomen, samen met vier glazen, speciaal voor dit moment. Het laatste halfjaar van hun studentenleven stond voor de deur.
De kurk schoot als een komeet omhoog, het gouden vocht kwam schuimend uit de fles gelopen. Gulzig zette Lizzie de fles aan haar mond zodat er zo weinig mogelijk drank verloren zou gaan en schonk daarna de vier glazen vol.
“Op een schitterend jaar, vol vriendschap, liefde en gezellige momenten met ons vieren, maar vooral op ons succes en dat we elkaar na onze studies kunnen blijven zien, no matter what,” zei Phaedra en ze stak haar glas naar voren.
“Daar drinken we op! Santé,” riepen ze in koor terwijl de glazen elkaar raakten.
“Een nieuw jaar met nieuwe voornemens, maar hoelang gaan we ze dit jaar volhouden?” vroeg Phaedra zich hardop af. “Mijn dieet van vorig jaar heeft het welgeteld tien minuten overleefd.”
“Wat voor zin heeft het, die voornemens? Het lukt nooit, wat we ook proberen,” vulde Kim aan. “Elk jaar opnieuw nemen we ons voor om samen op reis te gaan en tot nu toe is dat nooit gelukt. Dit jaar is echt onze laatste kans.”
“Dit jaar gaan we echt, hé?” vroeg Lizzie met lichte wanhoop in haar stem.

"Beloofd. Deze zomer gaan we met z'n vieren op reis, zeker weten, wat er ook gebeurt," vulde Phaedra kordaat aan, al redelijk beneveld van de verschillende glazen alcohol bij de feesttafel.
"We leggen gewoon de eerste week van juli vast in onze agenda," vulde Kim vastberaden aan. "Dan kan er niets meer misgaan!"
Al jaren planden ze om samen een reis te maken, maar telkens kwam er wel een kink in de kabel. De eerste keer waren ze nog te jong en mochten ze niet alleen zo ver weg van hun ouders. Daarna was er wel een of ander vriendje dat moeilijk deed of bleek de geldbeugel ontoereikend.
Maar nu stond het definitief vast. Ze zouden samen een week vakantie nemen en niets of niemand zou hen nog kunnen tegenhouden.
Tussen de "ooohs" en "aaahs" die weerklonken als reacties op het losbarstende vuurwerk, werd de cruciale vraag op tafel gegooid: "Waar gaan we naartoe?"
"Ik wil naar de zon," gaf Lizzie resoluut aan. "Hier is het al bijna het hele jaar koud en nat. De warme zonnestralen op mijn gezicht, het witte zand tussen mijn tenen en enkele stoere binken die elke vierkante centimeter van mijn lijf insmeren. Ik zie het al helemaal voor me."
"Dat is allemaal goed en wel, maar daar weten we nog niet veel meer mee," stelde Kim vast.
"Hier aan de kust zou ook leuk kunnen zijn. Mijn ouders hebben een klein appartement aan de jachthaven, net groot genoeg voor ons vieren," stelde Lina voor.
"Tof, maar dan moeten we toch opnieuw het weer in België afwachten. Voor hetzelfde geld zitten we acht dagen in de gietende regen," spartelde Lizzie tegen.
"Spanje is ook altijd de max," gaf Lina als alternatief. "Of Italië! Pasta eten tot het onze oren uit komt en ons laten charmeren door een horde superknappe mannen. Weet je dat het officieel bevestigd is dat de Italiaanse mannen de mooiste zijn van de hele wereld?" fantaseerde ze er nog bij met glinsterende ogen.

"Ik heb een schitterend idee! Waarom zouden we niet naar Griekenland gaan?" stelde Phaedra voor. "Elk zomer ga ik op vakantie bij mijn grootouders op Santorini en telkens zeggen jullie dat de foto's die ik doorstuur de mooiste zijn die jullie ooit gezien hebben. De hele zomer lang, van begin mei tot eind september, is het er prachtig weer, nooit regen en het eten is hemels. En het belangrijkste van alles, het wemelt er van de jonge Griekse halfgoden. Dit is de ultieme kans om samen het eiland te gaan ontdekken en al de adembenemende vergezichten en panorama's te gaan bewonderen."

Voor zover ze zich kon herinneren, ging Phaedra elke zomervakantie met het hele gezin op bezoek bij haar Yiayia en Papou op Santorini. Haar ouders bleven altijd veertien dagen, Phaedra en haar broer Nikolas mochten steevast blijven tot eind augustus tot hun huid bijna zwart was van constant in de zon te lopen. Elk jaar keek Phaedra ernaar uit om, eens de examens voorbij waren, het vliegtuig te nemen en de warmte te voelen, zowel die van het eiland als van haar bewoners.

"De mooiste herinneringen uit mijn hele jeugd heb ik daar op Santorini beleefd. Mijn verzameling schelpjes, alle familiefeesten die dagenlang duurden en vooral mijn eerste kalverliefde. Ooit, ik moet een jaar of twaalf geweest zijn, reden we met een groepje vriendinnen met de fiets vanuit Akrotiri naar Emporio, waar de grootouders van een van de meisjes woonden. Ter hoogte van Megalochori kwamen we een groepje jongens tegen die gekend waren op het eiland voor allerlei pesterijen. Ik was bang dat ze ons opnieuw zouden lastigvallen, week met mijn fiets af van de baan en kwam in de zijberm terecht, vol met distels en stenen. Gelukkig kwam er toen een jongen vanuit de wijnvelden gelopen die de pesters wegjoeg, mij overeind hielp en mijn fiets weer in orde stelde. In mijn herinnering leek hij groot en sterk en vooral mooi. Het was de eerste keer dat ik tot over mijn oren verliefd was. Hij was mijn held, mijn beschermer. De week die volgde had ik heel wat slapeloze nachten en zoete dromen op roze

wolkjes. Ik was zo onder de indruk, maar heb nooit geweten wie mij toen geholpen heeft en waar ik ook op het eiland zocht, ik heb hem nooit teruggezien."

Elk jaar telde Phaedra de dagen en uren af tot ze eindelijk opnieuw haar grootouders kon omarmen.
Het gezin maakte van de twee weken dat ze ter plaatse waren zoveel mogelijk gebruik om gezamenlijke uitstappen te maken op het eiland. Iedereen genoot van het samenzijn, de Yiayia nog het meest. Ze bezochten familie of vrienden en zaten tot laat in de avond gezellig te eten en te drinken onder de bougainvillea die weelderig groeide over de terrasoverkapping. Telkens werden nieuwe schotels op tafel gezet en men bleef flessen wijn ontkurken tot iedereen voldaan was.
's Morgens sliepen haar ouders wat langer uit, maar Phaedra liep al vroeg op het strand unieke schelpjes te zoeken of sprokkelde aangespoeld hout voor het vuur van haar grootouders. Ze hielp ook steeds bij het opruimen van achtergelaten rommel door toeristen op het strand en dan vond ze de meest uiteenlopende spullen, zoals zonnebrillen, sleutels, kapotte onderbroeken of gescheurde condooms. Ook de gsm's en portefeuilles, waar dikwijls nog geld in zat, waren niet te tellen. Ze bracht alles binnen in het kleine politiekantoor in Akrotiri, zodat de eigenaar kon worden opgespoord.
Ook had ze volle zakken met afval verzameld, zoals stukken net, touw, plastic flessen en lege melkpakken, vaak gedumpt vanaf schepen, maar het mooiste wat Phaedra ooit gevonden had, was een groene glazen fles met daarin een opgerold briefje. In die periode had ze in de bioscoop de romantische film 'Message in a Bottle' gezien en omdat het om een bijna identieke fles ging, dacht ze dat dit een van de bewuste flessen uit die film was. Nadat ze de fles uit het zand getrokken had, liep ze halsoverkop al schreeuwend naar haar grootmoeder. Die had alle moeite van de wereld om de fles te ontkurken, niet alleen uit pure opwinding,

maar ook omdat de fles heel lang in het water gelegen had. Toen bleek dat de tekst van het opgerolde papiertje in het Grieks geschreven was en er ook enkele letters onleesbaar geworden waren, gaf Phaedra de brief aan haar Yiayia. Vol ongeduld zat ze te wachten tot haar grootmoeder de tekst begon te vertalen:

'Liefste V., twee weken hadden we elkaar hartstochtelijk lief, de mooiste weken uit mijn hele leven. Ik was stapelverliefd op jou, nog voor ik je kende. Je liep die morgen op het strand, enkel gehuld in een doorzichtig, zijden slaapkleed en keek verward om je heen, alsof je niet wist welke richting je uit moest. Je was zo dichtbij en toch leek je zo ver weg, zo onbereikbaar maar toch bijna tastbaar. Door de weerspiegeling van de opkomende zon in het zacht golvende zeewater leek het mij alsof er een engel vanuit de hemel neergedaald was. Mijn hart bonkte in mijn keel het moment waarop we elkaar kruisten. Je draaide je naar me toe en het leek alsof de bliksem me trof toen je lief en uitnodigend naar me lachte. Ik kwam bij je staan. Heel zachtjes nam je me vast en kuste mij. Ik voel nog elke dag diezelfde rillingen. Heel langzaam viel het kleedje van je schouders en je liet me binnen in je leven. Vanaf dat moment zijn we geen seconde van elkaars zijde geweken, tot het noodlot toesloeg. Je nam in tranen afscheid en liet mij hier alleen achter in ons paradijs, zoals we dit prachtige eiland noemden. Even later zag ik hoe je van me wegvloog in die zilveren vogel. Die nam je mee, tien kilometer hoog, naar dat koude land, ver weg van mij. Ik wou dat ik jou toen uit de lucht had kunnen plukken om je terug bij me te brengen, maar dat kon ik niet. Lieve V., ik schrijf dit briefje in de hoop dat een romantische ziel deze boodschap ooit vindt en het zo, vroeg of laat, bij jou terechtkomt, zodat je weet dat ik voor eeuwig en altijd van je zal houden, ook al zie ik je misschien nooit meer terug.
Jouw C.
XXX'

Terwijl haar Yiayia de brief opnieuw oprolde, liepen de tranen over Phaedra's wangen. Nooit had ze gedacht dat het ook effectief een echt liefdesverhaal zou zijn. De fles met het briefje bewaarde ze zorgvuldig in haar verzameldoos met de beste herinneringen van haar zomervakanties, in de hoop dat ze ooit de mysterieuze 'V.' en 'C.' zou ontmoeten.

Nu al haar herinneringen terugkwamen, was haar enthousiasme en liefde voor het eiland niet meer weg te stoppen. Phaedra moest en zou haar vriendinnen meenemen naar haar paradijs.

"Ik zou jullie kunnen laten zien waar ik elke zomer mijn vakantie doorbreng. Het is echt een ongelooflijk mooi eiland. Tik op het internet het woord 'Griekenland' in en je komt ongetwijfeld een foto tegen van Oia of Fira op Santorini. Maar het eiland heeft veel meer te bieden dan enkel de witte huisjes en kerken met blauwe koepels. Er zijn ongemeen mooie strandjes waar bijna niemand komt, er zijn nog authentieke dorpjes die de toeristen niet kennen, er is van alles te doen op het eiland. Te veel om op te noemen."

Phaedra leek plots veranderd in een levend reclamebureau voor Santorini, zo overtuigend kwam de waterval van omschrijvingen uit haar mond.

"Dat is inderdaad nog niet zo'n slecht idee," stemde Kim in en ze keek in de richting van de andere twee meisjes.

"Top!" riep Lizzie. "Ik stem voor."

"Ik wil echt niet vervelend zijn, maar is Griekenland niet oud en vervallen? Is het daar wel proper? Gaan die mensen daar tegenwoordig al op een deftig toilet en zo? Ik zie alleen maar foto's van oude, lelijke mannen die op een bankje zitten. Veel schoon volk zal daar dus niet rondlopen, toch?" vroeg Lina een beetje minachtend.

Even keken Phaedra, Kim en Lizzie haar lachend aan, omdat ze dachten dat Lina een grapje maakte, maar toen ze merkten dat ze het echt meende, proestten ze het echt uit en lagen bijna op de grond van het lachen.

"Meen je dat nu? Waar heb jij de laatste paar decennia gezeten? Op de maan?" vroeg Phaedra, die toch lichtjes op haar tenen getrapt was.
"Als je geen zin hebt om mee te gaan, vertrekken we wel met ons drieën," sprong Kim Phaedra bij.
Lina was meer te vinden voor de Club Medvakanties die ze elk jaar met haar moeder en haar rijke vriend maakte. Ze was die extreme luxe en ruimte gewoon en dacht dat ze zich op Santorini opgesloten zou voelen. Ze beeldde zich meteen de in het zwart geklede dametjes in die op oude, gammele stoeltjes zaten, in een dorpje waar niets te beleven viel.
Ze had een beeld van het oude Griekenland, van in de verre geschiedenisboeken.
"Mocht het voor jou niet meevallen, dan staat er in augustus toch nog een reisje naar Mauritius met je mama op het programma, niet?" vroeg Kim op een licht jaloerse toon.
"Je hebt gelijk. Het maakt niet uit of het oud en vervallen is of niet: samen uit, samen thuis!" riep Lina en ze gaven elkaar een dikke knuffel.
"Goed, dat is dan al beslist," riep Phaedra tevreden uit.
Ze zou haar vriendinnen eens laten zien waar ze elke zomer naartoe ging en wat voor een uitzonderlijk eiland Santorini was.
"Ik kan echt niet wachten om te zien of het eiland echt zo mooi is als op de foto's die je altijd doorstuurt," zei Lizzie.
Op alle afbeeldingen kwamen de witte huisjes en kerkjes met blauwe koepels terug, hooggelegen op donkere, steile rotsen. Ook de ezeltjes die toeristen naar Fira brachten via eindeloze trappen hadden de meisjes al gezien in een van de vele berichtjes van Phaedra. De foto's met alle tinten blauw, zonder ook maar een hint van een andere kleur, spraken tot de verbeelding.
"En in de eerste week van juli is het Kims verjaardag. We kunnen er een extra groot feest van maken," zei Phaedra enthousiast.
"Ik stel voor dat ik eerst eens wat opzoek en kijk wat de vluchten ons zouden kosten, goed?"

“Top! Samen naar Santorini, dat wordt een fantastisch jaar,” riepen ze tegelijk terwijl ze opnieuw de glazen vulden en samen klonken op de leuke plannen.

Phaedra kon niet ontkennen dat ze van Griekse afkomst was. Haar dikke, gitzwarte haren met hier en daar wat krullen en grote, lieve, donkerbruine ogen verrieden genoeg. Ze was ook iets molliger dan haar vriendinnen. Daarom noemden ze haar ‘the chubby one’, naar een veelzeggende passage uit de film ‘Love Actually’ met onder anderen Hugh Grant.
Ze vond dit niet echt een compliment van haar vriendinnen, maar omdat het in de film positief in beeld gebracht werd, kon ze er wel om lachen. Het irriteerde haar echter wel dat haar vriendinnen telkens de mooiste en leukste jongens aan de haak sloegen. Net of zij was niet goed genoeg, maar ze nam zich voor dat ze zou wachten op de ware, *the one and only*, een soulmate.
Ze vond het ook moeilijk om echt verliefd te worden. Was ze te kieskeurig of moest de ideale man nog langskomen? Ze wou een toffe knul die haar graag zou zien zoals ze echt was. Iemand die het uiterlijk niet zo belangrijk vond, maar die haar maatje zou zijn, iemand die haar begreep zonder een woord te zeggen.
Haar Yiayia en Papou in Griekenland waren ook gewone mensen die niet opvielen door rijkdom of schoonheid, maar ze hielden al meer dan vijftig jaar zielsveel van elkaar om wie ze vanbinnen waren. Phaedra had tijdens de vele vakanties gemerkt dat haar grootouders elkaar niet alleen ongelooflijk graag zagen, maar ook alles voor elkaar deden, onvoorwaardelijk. Een dergelijk huwelijk, daar droomde Phaedra van. Dat was wat ze echt wou.

Een week of twee later kwamen de vriendinnen samen om het hele project volledig te bespreken en eventueel al het een en ander vast te leggen.
Dat Santorini geen goedkoop eiland was, werd al snel duidelijk. Vooral in Oia en Imerovigli was het voor jonge mensen quasi on-

betaalbaar, maar buiten de echte toeristische zones viel het best mee.
"Het liefst van al zou ik bij mijn grootouders voor een weekje gaan wonen, maar ik vrees dat vier jonge meiden iets te veel lawaai maken. Het is een klein huisje en ze houden van rust. Dus lijkt het mij beter dat we een gezellig hotel uitzoeken in de buurt. In Akrotiri, het dorpje waar mijn grootouders wonen, zijn er verschillende gezellige hotelletjes of knusse appartementen te huur. Wat misschien nog een betere uitvalsbasis zou zijn, is het idyllische dorpje Pyrgos. Ik heb er zelf nog nooit verbleven, maar ik ben er uiteraard wel dikwijls geweest. Het is centraal op het eiland gelegen, boven op een heuvel, met adembenemende uitzichten, en het is ook nog stukken goedkoper dan Fira en Oia," stelde Phaedra voor.
Ze probeerde het visueel voor te stellen door een tekening te maken.
"Kijk, Santorini heeft de vorm van een halve maan of een kromme banaan, je kiest zelf maar. De luchthaven van Kamari ligt aan de platte oostkust, op een tiental kilometer van Pyrgos, net als Fira. Oia is wel iets verder naar het noorden, maar toch makkelijk en vlot bereikbaar. Vanuit Pyrgos is het dan naar de westkant maar een vijftal kilometer tot bij mijn Yiayia en Papou in Akrotiri. Dat zou voor mij ideaal zijn, zo kan ik ook af en toe eens binnenspringen bij hen. We zitten daar op de rustige kant van het eiland met de mooiste stranden en de gezelligste dorpjes. Met Pyrgos als uitvalsbasis kunnen we gewoon overal naartoe zonder in de drukke, toeristische centra te zitten. Ik weet dat er enkele kleine hotelletjes en heel toffe bars en restaurantjes zijn die dan ook nog een stuk goedkoper zijn dan in Oia, Fira of Imerovigli. Je kunt daar echt zalig eten voor weinig geld," vervolgde Phaedra.
Via internet bekeken ze samen enkele hotelletjes die binnen hun budget zouden passen, toen hun oog plotseling viel op 'Donna's House'.

"Hé," riep Kim. "Was dat niet de naam van het hotelletje in de ABBA-film 'Mamma Mia!' met Meryl Streep die de rol van Donna vertolkte?"
"Superleuke film!" sprong Lina bij. "Zeker al tien keer gezien. Herinner je je nog die knappe vriend van Sophie, de dochter van Donna? Die wil ik wel eens tegen mijn gilet trekken ginder," grijnsde ze.
Snel bekeken ze nog enkele foto's van het hotel. Het was een vrij groot, vierkant gebouw en in tegenstelling tot de andere gebouwen in de buurt die wit waren geverfd, was dit hotel volledig in een zachtgele kleur gehuld. Alle ramen waren voorzien van lichtblauwe luikjes.
Er was een groot ommuurd terras met een fonteintje in het midden, massa's zuiderse bloemen en een handvol tafeltjes met bijhorende stoelen. Ook de recensies bleken zeer positief en de prijs viel reuze mee.
Op het stadsplan bleek het hotelletje bovendien nog eens midden in het kleine centrum van Pyrgos te liggen. "Beslist, daar gaan we naartoe," zei Lizzie gedecideerd.
Ook de vluchten werden bekeken en aangezien ze er vroeg bij waren om te boeken, waren de prijzen nog betaalbaar. Lang werd er dus niet getwijfeld en alles werd vastgelegd.
Voor Phaedra was het een koud kunstje om via enkele mails twee mooie kamers te reserveren bij Donna's House. Met haar redelijke kennis van het Grieks was ze er blijkbaar in geslaagd Donna ietwat in te palmen en te imponeren, want ze kregen de twee mooiste kamers van het hotel. Het waren aanpalende kamers op de eerste verdieping, met een subliem uitzicht op het centrum en de grote kerk van de Heilige Maria hoog op de heuvel die bezaaid was met witte vierkante huisjes.
Phaedra zou, met haar jarenlange ervaring op het eiland, als gids fungeren. Ze nam graag de leiding, maar kon ook een andere opinie aanvaarden.

Phaedra maakte een lijst van interessante plaatsen die ze zeker zouden bezoeken en noteerde positieve commentaren over restaurantjes en bars in de diverse dorpen.
Ze stelde voor elk van de vriendinnen een mapje samen met kleurrijke foto's en interessante tips, zodat ze alle drie perfect voorbereid zouden aankomen op hun vakantiebestemming.

De vier waren beste vriendinnen, al sinds de kleuterschool. Ieder met hun eigen onhebbelijkheden, totaal verschillende karakters en uiterlijk. Ze gingen naar dezelfde school, op elk feestje waren ze samen, ze wisten van elkaar wie hun eerste vriendje was, wie het eerst echt gezoend had en wie het eerst seks had gehad, inclusief alle pikante details. Ze kenden alle kleine en grote geheimen van elkaar.
Ze noemden zichzelf 'The Gang', een zotte bende die er altijd voor elkaar was en alles voor elkaar deed. Wat er ook gebeurde, ze konden steeds bij elkaar terecht.
Niet dat er nooit discussies of ruzies waren, integendeel. Maar samen praatten ze altijd alles uit en met een warme knuffel was het telkens opnieuw dik in orde.
Toen Kim Ralph leerde kennen, haar eerste en laatste serieuze relatie, hadden Lizzie en Lina heimelijk ook een oogje op hem. Ze waren op dat moment allemaal zestien jaar, echte giecheltrutten. Ralph was een jaar ouder en vond het wel tof dat er drie leuke meiden interesse hadden in hem. Hij maakte het Kim niet echt makkelijk en speelde de meisjes tegen elkaar uit. Uiteindelijk waren ze hem te slim af en spraken ze onderling af wie hem 'kreeg'. Kim was de gelukkige.
Ondertussen was ze al een jaar of vijf samen met Ralph, maar ondanks dat ze elkaar graag zagen, waren ze niet echt verliefd. Het was doorheen de jaren meer een broer-zusrelatie geworden. Het leek bijna vanzelfsprekend dat ze de rest van hun leven samen zouden blijven. Ze waren elkaar al zo gewoon dat het leek alsof ze niet zonder de ander zouden kunnen leven.

Toch voelde Kim meer en meer dat ze verschillende interesses hadden of een andere kijk op belangrijke vlakken. Ralph was uiteraard haar eerste echte vriend en eigenlijk had ze wel stiekem gedroomd hoe het zou zijn om eens seks te hebben met een andere jongen. Niet om Ralph te bedriegen, gewoon om te zien of het echt wel anders was, of het spannend was of niet. De meesten van haar leeftijdsgenoten hadden het over "heet lopen" en "natte slipjes". Dat waren begrippen die bij Kim niet echt in het woordenboek stonden. Passie had ze nooit gekend, het was als kalverliefde begonnen. Experimenteren, hoewel die term in hun geval echt overdreven was, deden ze gewoon al jaren op elkaar. Hun relatie was dan ook uitgegroeid tot iets 'gewoons', iets neutraals en op sommige momenten zelfs saai.
Toch was Kim Ralph altijd trouw geweest, ondanks het feit dat ze bij de jongens een populair meisje was. Zelfs al op de middelbare school toen haar lichaam begon te veranderen. Met haar lange blonde haren en blauwe ogen kon ze van iedere jongen een man maken zonder hem aan te raken. Jongens van die leeftijd waren heel geïnteresseerd in het lichaam van een meisje, maar verloren vaak snel hun zelfbeheersing. Het eerste waar die jongens dan ook naar keken was steevast haar goed gevormde C-cup. Kim zorgde er dan ook voor dat die in al haar kledingstukken duidelijk zichtbaar was. Meerdere klasgenoten moesten dringend naar het toilet om hun vroegtijdige zaadlozing weg te wassen. Kim lag zowel op school als in haar turnclub goed in de groep, ze was altijd goed geluimd en had een vlotte babbel. Maar toch was ze geen katje om zonder handschoenen aan te pakken. Ze kon weleens onverwacht uit de hoek komen, daar wist Ralph alles van.
En daar wrong nu het schoentje. Ze miste haar vrijheid, ze wilde weten hoe hartstocht echt voelde, kippenvel krijgen over haar hele lichaam als iemand bijzonder in haar buurt was. Ze wilde het tegelijk warm en koud krijgen als die persoon haar zou aankijken. Ze wou onstuimig en vurig de liefde bedrijven op plaatsen

waar Ralph nooit zou durven. Alleen ontbrak het haar de moed om effectief een einde te maken aan hun relatie. Iets na Pasen hadden ze een banale discussie over een kerel die duidelijk geïnteresseerd was in haar lichaam. Ralph vond dat Kim hem niet duidelijk genoeg afwees. Zijn jaloerse reactie was er een te veel. Dit was het signaal voor Kim om effectief een einde te maken aan de relatie. Ze wou haar eigenheid terugkrijgen, haar vrijheid.

Het waren nog lange, lastige maanden tot juli. Maar de reis was een doel, iets prachtigs en unieks om naartoe te werken in hun laatste studiejaar. Er stonden hen immers nog loodzware examens te wachten van half mei tot einde juni, maar het idee van een week Griekse zon, blauwe zee, lange stranden en misschien zelfs enkele Griekse halfgoden hielp hen om deze moeilijke periode door te komen.

Niet alleen Kim was enorm populair bij de jongens, ook Lina moest hen van zich afslaan, vooral door haar mannequinlichaam met de ideale maten. Ze was groot en slank. Met haar lange bruine haren en twee grote reebruine ogen leek ze wel een model uit een tijdschrift. En dat wist ze zelf maar al te goed en speelde ze ook constant uit. Ze was al enkele maanden samen met Bram, maar vond dat hij wat te hard van stapel liep met zijn toekomstplannen. Voor haar stond dit allemaal nog niet echt vast, ze had er haar twijfels en bedenkingen bij. Eigenlijk had Lina bij alles twijfels. Als klein kind had ze gezien hoe haar moeder op een dag vertrok met een andere man. Haar vader bleef wezenloos en eenzaam achter. Vanaf die dag was het begrip ‘vertrouwen’ bij Lina ernstig beschadigd.
Ze had zelf al een drietal vrij ernstige relaties achter de rug, maar telkens als het te serieus werd, sloeg ze dicht en beëindigde zelf de relatie. De angst om verlaten te worden werd haar telkens te groot. Ook in haar relatie met Bram werd de druk op bepaalde momenten zo groot dat het beangstigend was voor haar en ze zich

opnieuw afsloot achter een hoge muur waar niemand door kon. Ook die relatie bleef dus niet duren.
Maar de scheiding van haar ouders had voor haar ook positieve gevolgen: ze kon van twee walletjes eten. Haar moeder had gekozen voor een welgestelde man, wat voor Lina, als enig kind, leuke reisjes in luxueuze stijl en een kleerkast vol modieuze spulletjes betekende. Ook toen, na enkele jaren, haar papa de liefde van zijn leven tegenkwam, kwamen er aangename, financiële voordelen voor Lina. Ondanks de luxe en overvloed hunkerde ze naar een warm nest, een plaats waar ze echt thuis was. Heimelijk was ze jaloers op de gezellige, liefdevolle en huiselijke sfeer bij Phaedra thuis.
Dit jaar zou Lina koste wat het kost haar diploma halen.
Er was wel één groot probleem. Iedereen wist dat Lina in haar hoofdvak economie niet echt sterk was en zelfs dat was een understatement.
Voor alles is een oplossing, dacht ze, en daar had ze de ideale, lichamelijke troeven voor.
Lina kon met haar opvallende, natuurlijke schoonheid iedere man om haar vinger winden, en dat wist ze maar al te best. Professor T., zoals de hele klas meneer Roger noemde, naar het personage van de gelijknamige televisieserie omdat ook hij af en toe volledig van de wereld leek, was het prototype van een brave huisvader. Lina schatte hem halverwege de veertig, hij was gelukkig getrouwd en had twee mooie dochters die net iets jonger waren dan zijzelf en de meeste klasgenoten. Het viel Lina op dat, telkens zij hem tijdens een persoonlijk gesprek iets vroeg, zijn wangen een rodere kleur kregen en er zwemvijvers verschenen in zijn doorgaans nette hemd. Het was ook duidelijk dat hij in de lessen opvallend vriendelijker was tegen haar dan tegen haar medeleerlingen. Professor T. was de sleutel tot haar diploma, haar einddoel. Enkele weken lang bespeelde ze de arme man tot hij en zijn broek bijna letterlijk op springen stonden.

Op een avond, net voor de examens, werd er een infoavond georganiseerd op de campus. Professor T. had de opdracht gekregen om alles klaar te zetten in de grote zaal. Lina zag haar ultieme kans en stelde hem voor om na de les te helpen met het verplaatsen van enkele stapels stoelen, die in de materiaalruimte stonden. De meeste leerlingen en leerkrachten waren tegen die tijd al naar huis zodat ze uiteindelijk heel alleen in het gebouw overbleven. Uiteraard was Professor T. verrukt dat uitgerekend Lina hem zelf voorgesteld had te helpen. Lina was ondertussen perfect voorbereid en trok haar volledige trukendoos open.
Ze veinsde dat ze het opeens veel te warm kreeg en deed op een vrij opvallende manier haar truitje uit. Toen werd het pas duidelijk dat ze enkel een kort rokje en een dun topje aanhad. Het viel de professor ook op dat Lina duidelijk geen bh droeg. Het zweet brak Professor T. uit, ondanks het feit dat hij nog geen stoel verplaatst had.
Omdat haar truitje toevallig op de grond naast de stoel gevallen was, draaide ze zich om en bukte zich vrij opvallend om het kledingstuk op te rapen. Opgewonden keek de professor in haar richting. Zijn mond viel open van verbazing. Er was geen stukje ondergoedtextiel te zien, zelfs geen string die half verscholen zou kunnen zitten. Lina keek uitdagend in zijn richting. Het zweet liep met beekjes van het voorhoofd van de arme man, de luchtvochtigheid steeg met tweehonderd procent en het bovenste knopje van zijn jeans sprong bijna spontaan open.
Enkele weken later slaagde Lina met verve voor haar hoofdvak economie en kon ze beginnen te dromen van een prachtige toekomst en een aangename vakantie zonder zorgen.

2. The final countdown

Eindelijk was de dag van vertrek aangebroken.
De laatste examens waren onnoemelijk zwaar geweest. De tol van de vele nachtelijke uren blokken begon door te wegen. De wallen onder de ogen van de vier dames werden steeds groter en hadden, naar hun gevoel, de proporties van een vuilniszak aangenomen. De stress van het wachten op de resultaten, zowel van de theorievakken als van het eindwerk, waar verschrikkelijk veel werk en tijd in gekropen was, bleek ondraaglijk. Alle vier waren ze kapot, lijkbleek en dringend toe aan iets leuks.
En dan kwam de totale ontlading…
Toen de resultaten eindelijk bekendgemaakt werden, bleek zwart op wit dat ze alle vier geslaagd waren, Lina (met een duwtje in de rug) en Phaedra zelfs met grote onderscheiding. En dat zou gevierd worden, zeker weten.
Ze wilden weg, weg van de studieboeken, weg van hun omgeving, samen weg naar Santorini.
De laatste avond voor hun vertrek gingen ze met hun vieren iets eten in het plaatselijke Griekse restaurant Athene bij Makis en Orestis.
"Laten we een ouzo drinken op het einde van onze schooltijd en het begin van een fantastische vakantie," riep Phaedra luid toen de glazen tegen elkaar tikten. Het hele restaurant riep "*Yamas*!"
Na een heerlijke mezze en meteen daarna een 'plat du chef' als hoofdgerecht werden de stoelen opzij geschoven en begonnen de Griekse eigenaars te dansen op de tonen van 'Zorba's dance'. Na enkele minuten stonden alle klanten van het restaurant op de dansvloer, inclusief de vier vriendinnen die het uitgierden van de

pret. Alle stress viel van hen af. Vanaf dat moment konden ze hun Griekse droom waarmaken.
Ze zouden die avond samen op Kims kot blijven slapen zodat ze makkelijk vroeg in de morgen konden vertrekken. Een klein beetje reorganisatie van het kot was dan ook noodzakelijk. Met vier matrassen was de vloer volledig bedekt, niemand kon nog een kant op. Kim had een fles ouzo gehaald in de nachtwinkel om in de juiste stemming te komen en die moest soldaat gemaakt worden. Ze maakten massa's plannen en dronken shotjes tot diep in de nacht.
Hun vlucht vertrok al om kwart na acht, dus was het noodzakelijk dat ze ten laatste tegen zes uur op de luchthaven aankwamen. Daar kwam nog een autorit van een klein uurtje bij, dus veel slapen bleef er voor de vriendinnen niet over.

Zoals afgesproken stond klokslag vijf uur Lizzies mama Sabine voor de deur. Ze hadden de wekker om halfvijf gezet, maar niemand had die gehoord. Na herhaaldelijk aanbellen werd Kim dan toch enigszins wakker en duwde op de knop die de benedendeur opende.
Groot was de verbazing van Sabine toen ze zag dat de vier vriendinnen nog steeds gewoon in slaapkledij op hun matras lagen.
"Greece is calling, ladies! Iedereen wakker worden!" riep ze zo luid ze kon.
"Oh shit," werd er gemompeld en plotseling ging alles iets sneller.
Vier jonge vrouwen die moeten opstaan, naar toilet gaan, zich moeten wassen en aankleden in zo'n kleine ruimte, dat was makkelijker gezegd dan gedaan. Het was ook een utopie dat ze netjes gepakt en gezakt en op tijd aan de voordeur zouden staan. Een wonder zou nog te veel gevraagd zijn, maar toch slaagde Sabine erin om ze alle vier tegen halfzes met gevulde valiezen en in zekere mate netjes aangekleed, in de wagen te krijgen.

"Niet te veel draaien en keren, hé mama, ik voel mij niet zo lekker," bracht Lizzie uit terwijl haar maag nu al opspeelde. Een flauw lachje van de vriendinnen volgde.
Eindelijk konden ze vertrekken naar de luchthaven. Het was zondag, dus het verkeer viel reuze mee.
Het werd meteen muisstil in de wagen, want de vier heldinnen lagen opnieuw netjes in dromenland, wat Sabine de mogelijkheid gaf om net iets sneller dan toegelaten over de snelweg te razen. Ter hoogte van Erpe-Mere vertraagde het verkeer eventjes omdat een zware vrachtwagen een busje van een luchthavenvervoer, dat tergend traag reed, probeerde voorbij te steken. De oudere, zuiders uitziende man reageerde stoïcijns op het aanhoudende getoeter van de vrachtwagenchauffeur en vervolgde zijn weg aan hetzelfde slakkengangetje.
Die toeristen zijn nog lang niet aan de luchthaven, dacht Sabine. De rest van het traject konden ze vlot doorrijden zodat ze even later veilig en wel aankwamen bij de *kiss & ride*-zone.
"Kom op, dames! Wakker worden, valiezen pakken en wegwezen," riep ze om toch een beetje beweging in de vier vriendinnen te krijgen.
"Fijne vakantie! En amuseer jullie vooral," gaf ze hen nog mee. Lizzie pakte haar mama nog even stevig vast en gaf haar een dikke kus.
Ze zag haar mama zielsgraag. Lizzie was de stillere van 'The Gang'. Maar, stille waters hebben soms diepe gronden. Ze was ook de kleinste van de groep en misschien de minst opvallende qua uiterlijk, maar daarom niet minder mooi dan haar vriendinnen. Daarnaast had ze een gevoeliger karakter dan de anderen. Bij elke belangrijke beslissing luisterde Lizzie naar haar hart en keek ze minder naar geld of logica. Waarschijnlijk had een trauma uit haar jeugd daar veel aandeel in. Tot nu toe had Lizzie de prins op het witte paard nog niet ontdekt, maar dat kwam nog wel, veronderstelde ze. Veel behoefte om een serieuze relatie aan te gaan had ze eigenlijk niet, toch zeker niet zolang ze studeerde.

Als net afgestudeerde verpleegkundige was ze zeer geïnteresseerd in alles wat met de medische wetenschap en verzorging van mensen te maken had. Dokterstudies leken haar wel iets, maar anderzijds was dat nog zo lang studeren. Dat zag ze dan ook weer niet zitten.
De toekomst brengt wel raad, dacht ze.

"Wees voorzichtig alstublieft, schatje? Geen domme dingen doen, hé? Ik wil niet ook jou nog verliezen," zei Sabine terwijl ze een traantje wegveegde.
"Wees gerust, mij raak je niet kwijt," verzekerde ze haar mama en gooide ze nog een kushandje toe als bedanking voor de rit.
Opeens voelde ze opnieuw het hartbrekende gemis van haar papa. Even leek het alsof hij haar samen met mama stond uit te zwaaien en haar zo een goede reis wenste. Plots kon ze haar tranen niet meer bedwingen, draaide zich om en sloot zich aan bij haar vriendinnen.
Lizzie was net zestien geworden toen ze op school bij de directeur geroepen werd. Uit ervaring wist ze dat dit enkel voor ernstige misdrijven of voor slecht nieuws was. De directeur wist dat er geen goede manier was om aan Lizzie te vertellen dat haar papa gestorven was in een auto-ongeluk. Als vertegenwoordiger reed hij jaarlijks meer dan tachtigduizend kilometer, nooit was er iets ernstigs gebeurd, tot nu. Op de snelweg had zich plotseling een muur van mist gevormd. De ene auto botste op de andere, zware vrachtwagens versperden de hele snelweg. Alain had nog tijdig kunnen stoppen, maar een trucker achter hem had zijn auto te laat opgemerkt en tot schroot samengeperst. Haar papa was op slag dood. De directeur had Lizzie, die volledig in shock was, toen naar huis gebracht. Haar mama zat aan de keukentafel wezenloos voor zich uit te kijken, haar gezicht nat van de tranen.
Lizzie probeerde, net als haar broer Tim, haar moeder te troosten, maar kon niets anders doen dan meehuilen.

Ontelbare nachten had Lizzie gehuild. Hoe moest het verder nu haar papa er niet meer was?
Lizzie herinnerde zich nog hoe ze, dankzij de steun van haar hartsvriendinnen, de eerste dagen had doorstaan. Die eerste nachten waren Phaedra, Kim en Lina bij haar blijven slapen. Een paar volle tissuedozen moesten eraan geloven, tot ze uiteindelijk in elkaars armen in slaap vielen.
Lizzie had geen idee hoe ze verder moest leven zonder de lieve zorgen en beschermende armen van haar rots in de branding, zonder de onvoorwaardelijke steun bij alles wat ze ondernam of probeerde. In de drukte van de morgen had ze hem nog een vlugge zoen gegeven en 'tot vanavond' geroepen terwijl ze naar haar bus liep en enkele uren later was hij er opeens niet meer. Ze wou dat ze de uren kon terugdraaien en hem nog eens hard kon knuffelen en zeggen hoeveel ze van hem hield.
Ook de dag van de crematie zou ze haar hele leven in gedachten houden. Lizzie had een bestandje gemaakt met prachtige foto's van toen haar papa zelf nog een baby was tot en met de laatst genomen foto van het etentje in hun favoriete restaurant, enkele dagen voor zijn dood. Ongelooflijk mooie momenten van geluk, plezier en gezelligheid van een gezin dat plots uiteengerukt werd. Stilaan drong het tot haar door, haar papa was er niet meer en zou ook nooit meer terugkomen.
Haar mama probeerde haar immens verdriet zoveel mogelijk weg te stoppen voor Lizzie en Tim, maar toch hoorden zij haar 's avonds, toen ze in hun bed lagen, huilen en snikken tot ze zelf in slaap viel in de zetel. Hoe moest het verder?
De eerste weken en maanden zonder hun papa waren onwezenlijk. Sabine probeerde de taken van beide ouders op zich te nemen, maar ondervond al snel dat dit niet lukte. Ze voelde zich mislukt omdat ze haar kinderen niet kon geven wat in een gewoon gezin normaal was. Ze vergat Tims favoriete voetbaltruitje te wassen of kwam te laat op een oudercontact. Ze was er niet bij met haar gedachten en had geen zin om te koken en haar huis

netjes te houden. Ze bleef meestal op haar kamer en sliep heel veel. Voor Lizzie en Tim was het dan ook logisch dat ze meestal frietjes aten in de frituur aan de overkant van de straat.
Van haar karige loon als administratief bediende kon Sabine niet alle kosten betalen die de studies van haar kinderen meebrachten. De lening voor de gezinswoning viel nu wel voor de helft weg, maar nam toch nog een serieuze brok uit het beperkte budget. Door recente aanpassingswerken aan het huis en de aankoop van een nieuwe wagen, die nu volledig waardeloos was, was hun spaarboek volledig geplunderd. Van de ene dag op de andere zaten ze in de financiële miserie.
Lizzie ging zoveel mogelijk bijklussen in de horeca om op die manier een deel van haar studies zelf te kunnen betalen. Tim werkte in de weekends en vakanties in de lokale supermarkt als jobstudent. Dik betaald was het niet, maar alle beetjes hielpen.
Tegen de tijd dat Lizzie hogere studies wou aanvatten, wat een pak geld zou kosten, werd er gekeken of ook andere inkomsten mogelijk waren.

Veel tijd viel er niet te verliezen, want ze hadden nog juist een uurtje voor het opstijgen. Ze hadden al vooraf ingecheckt, wat hen veel tijdswinst opleverde ter plaatse. De balie voor het afgeven van de bagage was dichtbij en gelukkig stonden er niet veel medereizigers voor hen in de rij.
Phaedra had enkele repen Belgische chocolade, een paar doosjes cuberdons en andere typische lekkernijen van het thuisfront meegenomen voor haar grootouders. Jammer genoeg was haar valies daardoor net iets te zwaar.
“Steek snel wat spullen in mijn tas, ik heb nog ruimte,” zei Lizzie.
“Bij mij kan er ook nog wel iets bij,” stelde Lina voor.
In enkele ogenblikken was alles opgelost en konden ze eindelijk hun koffers afgeven.

In een van de ontbijtzaken in de luchthaven kochten ze een verse croissant en een koffie of een lekker fruitsapje, want de innerlijke mens protesteerde toch al een beetje.
Toen ze aan het boekenwinkeltje kwamen, wipten ze snel even binnen. Ze hadden elk nog een leuke vakantieroman nodig voor tijdens rustige momenten.
Kim ging naar de tafel met de bestsellers en nam een exemplaar dat haar aandacht trok: 'Weg naar Milos'. Ze las de flaptekst en raakte bijna in extase.
"Dit boek moeten we meenemen! Dit kan niet slecht zijn, moet je horen: betoverende roman, wegdromen op een zonnig Grieks eiland, humor, avontuur en romantiek. En het verhaal speelt zich af op een eilandje dicht bij Santorini," riep ze enthousiast uit. "Zo zal de sfeer er al snel in zitten."
Aan de veiligheidscontrole was het lang aanschuiven. In de rij voor hen stond een oudere man die het duidelijk niet gewend was te reizen. De man was extreem zenuwachtig, verstond niet alles wat hem gevraagd werd en kreeg het aan de stok met een van de controleurs. Ondanks het feit dat de beambte gevraagd had alle metalen voorwerpen in een plastic bak te leggen, bleek de oude man doof langs die kant. Telkens hij door de controle ging, piepte het alarm luid. Eerst was hij een balpen met metalen stukje in zijn binnenzak vergeten en bij de volgende poging bleek zijn broeksriem de boosdoener. Zijn vrouw probeerde hem wat te kalmeren, maar dat bleek niet te helpen.
Toen de bejaarde man, totaal overstuur, uiteindelijk ook de riem uit zijn broek trok, viel er een zwart zakje op de grond. Niemand had iets gezien, niemand had iets in de gaten, ook de man zelf niet. Tegen de tijd dat de bejaarde eindelijk zijn vrijheid kreeg en de rij mensen voor de vier vriendinnen begon af te nemen, viel Phaedra's oog op het zakje dat nog steeds op de grond lag.
Ze raapte het op en merkte dat, buiten de initiaal 'C', er helemaal niets herkenbaars op stond, geen naam, geen adres.

"Volgens mij is dit zakje van die oudere man die daarnet de rij zo lang ophield," zei ze stilletjes tegen de vriendinnen.
"Kijk eens wat erin zit," reageerde Kim snel.
"Dat kunnen we toch niet doen? Dit is van die oude man. Zodra we de controle voorbij zijn, gaan we hem zoeken," zei Lizzie vastberaden.
Zoals meestal, en al zeker bij mooie, jonge vrouwen, ging ook bij hen een voor een het alarm af. Bij gebrek aan een vrouwelijke collega werden ze dan maar door mannen gefouilleerd, wat toch tot een vrij vervelende situatie leidde, behalve voor de controleur misschien. Helaas voor Lina bleef het alarm maar afgaan. Ze werd naar een aparte ruimte gebracht waar wél een vrouwelijke beambte aanwezig was voor verder onderzoek. De roodharige dame bleef op een tweetal meter afstand van Lina op haar stoel zitten terwijl ze Lina opdracht gaf om zich van alle kledingstukken te ontdoen. Nauwgezet volgde ze alle bewegingen. Toen ze nog enkel in haar slipje stond, gaf het detectieapparaat nog steeds aan dat er metaal aanwezig was. Uiteindelijk viel Lina's nikkel dat de onlangs geplaatste piercing in haar schaamlip meer dan waarschijnlijk de oorzaak was van het oponthoud.
Nadat de vrouwelijke controleur Lina's borsten eens goed bekeken had en de controle van de piercing achter de rug was, kon ze weer alle kledingstukken aantrekken. De vrouw stak snel een kaartje met haar telefoonnummer in Lina's hand, knipoogde en lachte eens schalks.
"Je mag mij altijd bellen," voegde ze er nog aan toe.
Lina kon niet snel genoeg uit het kantoor vluchten.
"Eindelijk!" riep Phaedra opgelucht.
"Gaat het?" vroeg Kim die zag dat Lina overstuur was.
"Ja, nu wel, maar wat was dat, man? Ik ben net niet verkracht daarnet!" zei ze nog lichtjes onder de indruk.
"Wat? Dat meen je niet? Was het een van die knappe controleurs?" vroeg Lizzie.

"Zwijg stil, het was die lief lachende vrouwelijke controleur die naar ons staat te zwaaien," grimaste Lina. "Laten we zorgen dat we hier snel weg zijn."
Lina was een en ander gewoon qua aandacht, maar dan werd ze toch liever grondig gecontroleerd door een man.
Door het oponthoud was Phaedra het oudere koppel uit het oog verloren. Ze hield nog steeds het zwarte zakje van de oude man in haar hand.
"We moeten eerst die man nog zien te vinden, zodat we dit terug kunnen geven," zei ze.
"Misschien is die 'C' zijn initiaal of die van zijn vrouw. Misschien zit daar een leuk verhaal achter, wie weet," zei Lina.
"Ik wil weten wat erin zit," reageerde Kim kattig.
"Om het even wat erin zit. Ik wil die man vinden en vlug, want we hebben bijna geen tijd meer," reageerde Phaedra zenuwachtig.
Ze verspreidden zich over de verschillende gangen naar de gates, maar konden de man helaas niet terugvinden.
"We moeten ons haasten, anders missen we onze vlucht nog," riep Lizzie naar haar vriendinnen.
Aan gate 56 zaten de meeste passagiers al te wachten voor boarding. De eerste reizigers in business of met een gold card waren al aan het instappen.
"Net op tijd, maar wat doen we nu met dit zakje? Die oude man is nergens meer te vinden," zei Phaedra.
"Ik hou het niet meer uit, ik wil nu weten wat erin zit," riep Kim bitsig.
Ze gingen in een hoekje staan zodat niet iedereen op hun vingers zou staan kijken. Groot was hun verbazing toen ze het zwarte zakje openden.
"*What the fuck*! Wat is dit?" riep Lizzie.
"Is dat geld? Zou het echt of vals zijn?" vroeg Kim.
Phaedra nam het geld uit het zakje en begon de briefjes van vijftig euro te tellen.

Niet minder dan zeshonderd euro cash telden ze.
"Wow!" riepen de meisjes quasi tegelijk uit.
"En nu?" vroeg Phaedra met een lachje op haar gezicht.
"Nu moeten we instappen, en vlug! Dat geld aan iemand van de bemanning geven, dat zou ook raar zijn. Wat zouden zij ermee doen?" vulde Lizzie haar vriendin aan.
"Ik vind het doodjammer voor die man, maar we hebben alles gedaan wat we konden. Ik veronderstel dat we nu een extra groot budget hebben voor onze vakantie-uitgaven," besloot Phaedra.

Het zou een lange dag worden, want er was een tussenlanding voorzien op het eiland Mykonos. Daardoor zouden ze pas tegen halfdrie in de namiddag aankomen op Santorini.
Gelukkig kon iedereen netjes op het voorziene uur instappen. Bij het online inchecken hadden ze ervoor gezorgd dat ze in het vliegtuig per twee achter elkaar zaten.
"Ik heb stoel 7F, dus ik zit zeker aan het raampje," zei Phaedra.
"Ik wil ook aan het raam," riep Lina en ze ging snel achter haar vriendin bij het raam zitten. Er zat niets anders op voor Lizzie en Kim om gewoon bij te schuiven.
De vier vriendinnen waren zo enthousiast, enerzijds omdat ze nu eindelijk konden vertrekken en anderzijds door het leuke toeval met het gevonden geld.
"Hoe zouden we het bejaarde koppel kunnen bedanken?" vroeg Lina. "Hopelijk komen ze zelf niet in de problemen. We zullen op Santorini een glas drinken op hun gezondheid."
Door hun enthousiasme konden ze geen seconde zwijgen, wat in hun buurt niet echt geapprecieerd werd. Op de koop toe zat achteraan in het vliegtuig een pas geboren baby'tje constant te wenen, wat ook op het gemoed van enkele passagiers werkte.
De stoel aan Lizzies linkerkant bleef een tijdje leeg. Ze hoopte dat het vliegtuig niet vol zou zitten zodat ze wat meer beenruimte zou hebben. Bedoeling was om een paar uur slaap in te halen, wat ze alle vier best konden gebruiken.

Toch was Lizzie plots klaarwakker. Ze schrok zich een ongeluk toen ze in het gangpad, tussen de andere passagiers, die op zoek waren naar hun stoel, iemand dacht te herkennen die haar wel *heel* bekend was.
Dit kan niet echt zijn, dacht Lizzie en ze werd lijkbleek.
"Wat heb jij ineens? Voel je je niet lekker?" vroeg Phaedra bezorgd.
"Euh, ja hoor, alles is in orde," antwoordde Lizzie verward en ze zakte nog wat dieper weg in haar zetel.
"Zeker?" probeerde Phaedra nog eens.
"Beetje te weinig geslapen vannacht, denk ik," antwoordde Lizzie.
Tussen de aanschuivende mensen in het middenpad dacht Lizzie iemand te hebben gezien die sprekend op haar *sugardaddy* leek, sterker nog: het was 'm!
Peter had een stoel een paar rijen verder in het vliegtuig. Het was duidelijk dat zijn aandacht volledig ging naar het zoeken van de juiste rij en zetel en gelukkig lette hij niet op de andere passagiers. Vlak achter hem liep een hele knappe dame met een vriendelijke glimlach.
"Scheetje, op welke rij zitten we?" vroeg ze lief.
Mocht de dame hem niet aangesproken hebben, Lizzie zou nooit vermoed hebben dat Peter met zo'n mooie vrouw samen was. Ze had in die lange periode zijn vrouw nooit ontmoet.
Als je zoiets in huis hebt, wat zoek je dan bij mij? dacht ze nog.
Was het door Lizzies wijd opengesperde ogen of door haar opzichtige manier van wegzakken in de zetel? In ieder geval merkte de knappe dame haar op en knikte joviaal in het voorbijgaan.
"Goede morgen," zei ze vriendelijk.
Lizzie knikte kort en draaide zich om. Ze schaamde zich.
Ze kon alleen maar hopen dat Peter en zijn mooie vrouw bij de tussenstop in Mykonos zouden uitstappen.
Stel je voor dat hij ook de hele week op Santorini rondloopt, dat zou pas een ramp zijn, dacht Lizzie.

Ondanks het feit dat de vriendinnen alles van elkaar wisten, was dit een klein detail dat Lizzie nooit ook maar aan iemand verteld had. Ze kon de centen goed gebruiken om haar studies te betalen. Nu haar studentenleven voorbij was, zou er geen haan nog naar kraaien. Niemand die het wist, niemand die het te weten zou komen. Nooit had ze gedacht dat dit zou gebeuren.
Na het opstijgen kwamen de hostesses al snel rond met koffie en het typische vliegtuigeten.
“Ik heb geen zin in dit ontbijt!” zei Lina met een nors gezicht.
“Ik ook niet, maar ik ga toch iets eten, want die croissant van daarnet was wat aan de kleine kant,” antwoordde Phaedra. Ze was al blij dat het nog geen middageten was. Je kent dat wel, je weet nooit of je nu de vis of het vlees gekregen hebt. Veel verschil in smaak was er niet.
Ondanks de subtiele geuren van de opgewarmde broodjes rook Lizzie al de hele tijd een vreemde geur die ze niet meteen thuis kon brengen.
“Ruik jij ook iets zurigs?” vroeg ze aan Phaedra.
Lizzie had al eens in de buidel van de zetel voor zich gevoeld. Er zat enkel een kaart met alle overbodige uitleg in het geval van een iets snellere landing dan oorspronkelijk voorzien. *Niemand leest dit, als je het nodig hebt, is het toch te laat. Vliegtuigen storten toch maar één keer neer.*
Er zat ook een boekje bij met het aanbod van drankjes en snacks aan prijzen van een driesterrenrestaurant. Voor de rest was er niets abnormaals te vinden.
Bij de inspectie van de buidel voor Phaedra voelde ze echter onmiddellijk nattigheid. Er zat nog een kotszakje, mooi samengevouwen, dat waarschijnlijk door de reiziger van de vorige vlucht vergeten was. Het leek wel of de inhoud al twee keer gegeten was.
“Excuseer, mevrouw,” probeerde Lizzie de aandacht van de stewardess te trekken.

“Waarschijnlijk is de vorige passagier iets vergeten mee te nemen,” zei ze walgend met haar vingers op haar neus en ze gaf het zakje aan de vrouw die het met weinig enthousiasme in ontvangst nam. Ze keek naar Lizzie met een blik van ‘Mij niet te veel lastigvallen, hé meisje. Het is echt niet mijn beste dag vandaag’.
Lizzie keek even verontwaardigd naar Phaedra en ze schoten tegelijk in de lach, wat de stewardess blijkbaar niet zo grappig vond.
“Ik zou nu eerst mijn handen eens willen wassen en eigenlijk moet ik dringend plassen, maar ik kan niet langs de karretjes naar de toiletten vooraan in het vliegtuig,” fluisterde Lizzie in Phaedra’s oor. Omdat ze liever niet opgemerkt wou worden door een bepaald iemand, had Lizzie totaal geen zin om naar het toilet te gaan aan de achterkant van het vliegtuig. Peter zou haar zeker herkennen, misschien wel in paniek slaan en hun grote geheim verklappen.
“Neem dan gewoon de toiletten aan de achterkant,” zei Phaedra lichtjes geïrriteerd.
“Dat is zo ver lopen en er staat daar te veel volk,” antwoordde Lizzie.
Phaedra draaide zich om, keek in de richting van het toilet en zag dat de gang volledig vrij was.
“Er staat gewoon niemand! Wat is er toch met jou?” en ze gaf Lizzie een duw.
Lizzie keek even in haar richting en schudde haar hoofd.
“Laat maar,” mompelde ze, hopend dat Phaedra er niet verder op in zou gaan.
Even later kwam dan toch het onvermijdelijke moment. Het was al van de luchthaven geleden dat de dames nog naar het toilet geweest waren. En, net als de meeste vrouwen, had Lizzie een kleine blaas. Hoe hard ze ook haar best deed om aan iets anders te denken, het lukte niet meer. En al zeker niet toen de stewardess met de kar met drankjes naast haar kwam staan. Lizzie hoorde

hoe ze de vloeistof in het bekertje goot en voelde opeens een paar druppels in haar slipje.
"Nu kan ik het niet meer houden. Ik moet echt naar het toilet," stamelde Lizzie.
"Eindelijk," riep Phaedra opgelucht uit.
Op goed geluk, dacht Lizzie en maakte zich los uit haar stoel.
Zo onopvallend mogelijk ging ze met een vlotte tred en blik op oneindig, voorbij de gevarenzone, richting toilet. Ze nam het slotje in haar handen, probeerde de deur naar binnen te duwen, maar die zat muurvast. Lizzie had er in haar haast niet op gelet dat in het slot de rode kleur zichtbaar was.
"Oh shit, er zit nog iemand op het toilet ook," zei ze luider dan ze zelf wou en ze sloeg redelijk in paniek. Het water stond haar letterlijk aan de lippen.
Ook het andere toilet was bezet, wat haar angst op een overstroming in haar slipje deed toenemen. Aangezien er al wat meer druppeltjes in haar inlegkruisje terechtgekomen waren, was ze blij toen ze eindelijk het verlossende geluid hoorde van het openklikkende slot.
Ze wou zo snel mogelijk langs de persoon naar binnen glippen, maar werd abrupt tegengehouden.
"He, Lizzie! Hoe? Euh, wat doe jij hier?" kraamde de man verward uit.
Surprise... het was haar sugardaddy Peter die net verlost was van zijn overbodige lichaamsvocht.
Lizzie keek recht in zijn ogen en sloeg alle kleuren van de regenboog uit.
"Tja, wat denk je? Dat ik hier op de tram sta te wachten? Ik wil naar het toilet en snel, want ik doe het in mijn broek," siste Lizzie terwijl ze aanstalten maakte om het toilet binnen te stormen.
Hij keek even in het rond, nam haar hand en trok haar mee het toilet in.

Een vrij volumineuze dame van middelbare leeftijd, die ondertussen net achter Lizzie was komen aanschuiven, schrok zich een hoedje en dacht getuige te zijn van een 'mile high' gebeurtenis.
"Niets zeggen tegen mijn vriendin hé, baby? Ik ken je niet, hé?" stamelde Peter totaal overstuur.
Tja, alsof Lizzie dat wel van plan was geweest.
"Geen probleem, Peter, *all my lips are sealed*," zei Lizzie veelbetekenend en ze toonde dat ze het meende door de draaibeweging te maken voor haar mond. De ingebeelde sleutel gooide ze theatraal in het toilet.
"*Thanks baby*," zei hij lief. Eigenlijk had hij haar altijd al "baby" genoemd, hetzelfde koosnaampje als zijn vrouw, om in een onbewaakt moment de fout niet te maken van een naamsverwisseling bij zijn eigen vrouw.
Ondertussen kon haar inlegkruisje alle vocht niet meer opvangen, misschien daarom dat ze het woordje 'vriendin' niet onmiddellijk opgemerkt had.
"En mag ik nu plassen, alstublieft? De helft ligt al in mijn slipje," zei ze met enige aandrang.
"Ja, natuurlijk, sorry," verontschuldigde Peter zich.
De toiletdeur ging opnieuw open en Peter stapte zichtbaar opgelucht naar buiten. De wachtende dame keek diep in zijn ogen, glimlachte en gaf hem een vette knipoog. Net alsof ze duidelijk wou maken dat hij straks met haar ook wel eens naar het toilet mocht.
Lizzie schoof snel het schuifje dicht en liet haar emoties en alle andere vloeistoffen uit haar lichaam eindelijk de vrije loop.
Op dat moment werd er op de deur geklopt.
Wat nu weer, dacht Lizzie.
"Alles in orde daarbinnen?" riep een vrouwenstem op kordate manier.
Lizzie dacht de stem van de onvriendelijke hostess van het zure zakje te herkennen.
"Ja hoor, geen probleem," antwoordde ze schuchter.

Wat kan het probleem zijn? Ik doe toch niets verkeerd? dacht ze. Toen ze klaar was, gooide ze wat water in haar gezicht om zich te fatsoeneren.

Ze opende de toiletdeur en diezelfde volumineuze dame stond er nog steeds, samen met de hostess die ze vlug opgetrommeld had.

"Ik weet dat menig jong meisje vurig droomt om het eens in een vliegtuig te doen om bij de 'mile high club' te horen, maar in mijn vliegtuig kom ik als enige daarvoor in aanmerking," zei de hostess op nijdige toon. Het leek wel of ze jaloers was.

De wachtende, mollige vrouw lachte voldaan en knikte instemmend bij deze woorden. Dan keek ze Lizzie laatdunkend aan en schudde minachtend haar hoofd.

Wat is dat hier allemaal? Wat heeft dat mens tegen mij? Heb ik hier iets gemist? Wat heb ik nu weer verkeerd gedaan? dacht Lizzie.

Lichtjes verbouwereerd door de berisping, ging Lizzie weer richting haar stoel.

Onderweg viel het haar op dat Peter wel heel lief en behulpzaam bezig was met het smeren van een pistolet voor zijn vriendin. Die nam het broodje in dankbaarheid aan en bevestigde dat met een dikke zoen.

Lizzie bekeek het tafereel met open mond en bespeurde een soort jaloezie bij zichzelf.

In die drie jaar heeft hij overal en van alles en nog wat op mij gesmeerd, maar nooit boter op mijn broodje en bij haar doet hij dat wel en nog wel met veel liefde! dacht ze afgunstig.

Plotseling herinnerde ze zich dat Peter in het toilet het woordje "vriendin" had uitgesproken.

Zei hij nu "vriendin"? Zou hij dan effectief zijn vrouw verlaten hebben? Dan is dit wel heel snel gegaan, want niet zo lang geleden was hij wel degelijk nog bij zijn vrouw, dacht Lizzie.

En nu al een nieuwe vriendin? Hier moet ik toch het fijne van weten.

Toen ze opnieuw op haar plaats zat, keek Phaedra Lizzie heel even vragend aan.
“Alles oké?” vroeg ze op automatische piloot terwijl ze snel de laatste samenhorende snoepjes in Candy Crush probeerde te laten verdwijnen.
Lizzie knikte, maar antwoordde niet en Phaedra was zodanig geconcentreerd bezig met het volgende niveau te behalen dat ze het antwoord van Lizzie toch niet gehoord zou hebben.
De verdere vlucht verliep rimpelloos, mede door het feit dat ze allemaal wat slaap in te halen hadden.
Een dik uur later werden ze wakker door een aankondiging van de kapitein. Het vliegtuig had zijn daling naar Mykonos ingezet en er werd gevraagd aan alle passagiers om hun veiligheidsgordel vast te maken en de stoelen rechtop te zetten.
Lina en Phaedra deden het verduisteringsluikje naar omhoog zodat ze de pracht van Mykonos konden bewonderen. Ze zagen al van ver de witte huisjes samengetroept staan in een wijde baai. In de haven zagen ze een gigantisch cruiseschip dat aan het aanmeren was.
“Hé kijk, zien jullie de bekende windmolens staan? Daar, net voorbij de terrasjes op een soort verhoog. Ze staan netjes op een rij, alle zeven,” gaf Phaedra als een volleerde gids mee.
Even later raakte het vliegtuig de landingsbaan van Mykonos.
Toen de deur van het vliegtuig openging, zakte Lizzie opnieuw volledig weg in haar stoel. Vanuit die positie kon ze perfect zien wie uitstapte zonder zelf gezien te worden. Ze hoopte vurig dat haar nachtmerrie hier stopte. Helaas, na een tiental minuten zag ze de laatste passagier voor Mykonos het vliegtuig verlaten, maar haar sugardaddy en zijn scheetje waren niet voorbijgekomen.
Ook dat nog, dacht ze.
“Verdomme hé,” riep ze luidop, zonder dat ze er zelf erg in had
“Wat scheelt er toch? Waarom doe je al de hele tijd zo raar?” vroeg nu ook Lina met enige aandrang.
“Niets, euh, gewoon, waarom?” antwoordde Lizzie chaotisch.

“Als er niets is, waarom vloek je dan?” drong Lina aan.
“Daarnet deed ze ook al zo raar,” reageerde Phaedra geërgerd.
Juist omdat ze probeerde zo onopvallend mogelijk Peter in de gaten te houden, viel het enorm op.
Wat moet ik nu doen? Moet ik nu, hier in een vliegtuig, alles vertellen aan ‘The Gang’?
Dit is echt niet het moment, dacht ze.
Enerzijds had ze het moeilijk omdat ze effectief een geheim had waar zelfs haar beste vriendinnen niets van wisten, anderzijds had ze ook geen zin om de echte reden van haar gedrag uit te leggen en al zeker niet op dat moment.

3. Reizen in stijl

Op een avond in de bruine kroeg waar Lizzie op dat moment opdiende, had ze kennisgemaakt met Peter. Hij was een knappe man, slank en vrij groot van gestalte. Hij zag er sportief uit en leek iets jonger dan haar vader was geweest toen hij stierf. Hij kwam regelmatig in het café met wat vrienden en was altijd zeer vriendelijk en joviaal, zowel tegen Lizzie als tegen haar collega's. Hij leek haar een rustige, intelligente en sympathieke kerel die goed in de markt lag, zowel bij mannen als vrouwen. Hij vertelde dikwijls over de occasionele snoepreisjes waar hij en zijn gezin ten volle van konden genieten, over zijn drukke sociale leven met de vele vrienden. Hij pochte bij zijn vrienden, zoals de meeste mannen, over de grote hoeveelheid seks thuis.
Diegenen die er het meest over kletsen, hebben dikwijls het minste seks, dacht Lizzie toen nog.
Het was dan ook als een donderslag bij heldere hemel toen Peter op een avond naar Lizzie toe kwam en haar een opmerkelijk voorstel deed.
"Hé Lizzie, mag ik je iets persoonlijks vragen? Ken je het concept van een sugardaddy?" vroeg hij haar onomwonden.
Lizzie sloeg alle kleuren uit, gelukkig was dat niet echt zichtbaar in een bruin café.
"Ik heb er wel al van gehoord, maar het fijne ken ik er niet van," stamelde ze onbeholpen.
"Waarom vraag je dit?" vroeg ze nieuwsgierig.
"Kijk, zonder neerbuigend te willen doen, ik merk dat je hier heel hard werkt om je studies te kunnen betalen. Het zou allemaal ook een stuk makkelijker en aangenamer kunnen lopen. Ik zou je bij-

voorbeeld maandelijks een bedrag kunnen storten waarmee je alle kosten voor je studies zou kunnen betalen. Met de rest van het geld zou je wat hippe kleedjes en enkele setjes pikante lingerie kunnen kopen. En ik veronderstel dat je, net zoals de meeste vrouwen, ook graag af en toe eens langs de schoenwinkels loopt, niet?"

Hij vroeg het alsof het de normaalste zaak van de wereld was en probeerde het allemaal zo aantrekkelijk mogelijk voor te stellen, zodat ze niet onmiddellijk "nee!" zou roepen.

Ze slikte even, stond enkele seconden perplex en wist niet goed wat haar overkwam.

"En wat staat daartegenover?" vroeg ze uiteindelijk lichtjes van streek, goed wetende waar het allemaal om zou draaien.

Peter glimlachte.

"Niet echt veel," prevelde hij.

"Af en toe moet ik een paar dagen weg voor zaken in het buitenland, meestal binnen Europa. Het zou leuk zijn mocht ik een aangename, mooie vrouw mee kunnen nemen zodat de lange avonden wat gezelliger zijn. Meestal ben ik overdag bezig met klanten. In dit geval zou jij bijvoorbeeld van het zonnetje kunnen genieten op het strand of al kuierend door de stad op zoek gaan naar toffe spulletjes. 's Avonds alleen dineren is nooit leuk. Echter, met mooi en aangenaam gezelschap smaakt het dubbel," zei hij, terwijl hij vragend diep in haar ogen keek.

"Denk er gewoon eens over na, er is geen haast bij," voegde hij er vriendelijk aan toe.

"Je mag mij altijd bellen, geen probleem." Peter knipoogde en stak met een brede glimlach zijn businesskaart in haar hand.

In eerste instantie voelde Lizzie zich in haar kruis getast door het voorstel, het idee alleen al. Wat zou er van haar verwacht worden? Wat zou er over haar gezegd worden? Ze was toch geen prostituee?

Denken die rijke gasten dat ze werkelijk alles kunnen kopen? dacht ze verontwaardigd en ze gooide het kaartje nonchalant in haar handtas.
Enkele dagen later dacht Lizzie er al enigszins anders over. Ze had het allemaal laten bezinken. Het zou een goed bewaard geheim moeten blijven. Niemand, maar dan ook niemand zou hier ook maar iets over mogen weten, zelfs haar hartsvriendinnen niet.
Het idee dat alle kosten van haar studies betaald zouden zijn, was een enorme financiële meevaller voor het ganse gezin. Ze had er ook al over nagedacht hoe ze het zou aanbrengen bij haar mama. Naast de verdiensten uit de horeca kon ze het extra geld verklaren door hier en daar zogezegd wat bijles te geven aan medestudenten. Bijkomend voordeel was dat Tim, haar jongere broer, ook zeker zou zijn dat hij hogere studies zou kunnen aanvatten. Iedereen werd er beter van.
De volgende avond kwam Peter opnieuw langs in het café, samen met een drietal vrienden. Toen Lizzie hem voorbijliep, keek ze recht in zijn ogen en glimlachte. Hij wist meteen hoe laat het was. Peter kwam al snel bij haar aan de bar staan en keek haar hoopvol aan.
"Wat verwacht je precies van me?" vroeg Lizzie op de man af.
"Kijk, overmorgen heb ik een zakendiner in een sterrenrestaurant aan de Nederlandse kust. Gemakshalve heb ik een kamer geboekt om daar te overnachten. In dit geval zou ik je voorstellen aan mijn klant als mijn assistente."
"En wat wordt er nog meer verwacht? Ik veronderstel dat ik meer zal moeten doen dan mijn bord netjes leegeten en je assistente spelen," vroeg ze geïntrigeerd.
"Volgende week ben ik een paar dagen in Rome, enkele weken nadien in New York. Mijn vrouw vindt die trips zo saai dat ze liever rustig thuis blijft. Voor mij zou het leuker zijn met een prachtige jongedame als jij. Wat denk je?" polste Peter.

"En seks hoort daar ook bij, veronderstel ik?" vroeg ze langs haar neus weg.
"Dat zou mooi meegenomen zijn," antwoordde hij met een brede glimlach.
Ook daar had ze al over nagedacht. Het was een bekend gegeven dat er in het studentenleven nogal wat geëxperimenteerd werd. Op feestjes waar redelijk wat drank vloeide, ging het er in de late uren nogal gewillig aan toe en al zeker als het op occasionele seks aankwam.
Wat is dan eigenlijk het verschil? dacht ze.
Leuke kleren, lekkere etentjes in de meest chique restaurants, toffe reisjes en er nog ruim voor betaald worden ook. En er zijn lelijkere mannen om af en toe eens seks mee te hebben.
"Klinkt spannend, maar laat mij er nog eens over nadenken. Ik geef je zo snel mogelijk een definitief antwoord," zei ze gedecideerd.
Hij glimlachte en knikte. Hij wist zeker dat ze overtuigd was.
De dag nadien had Lizzie hem gecontacteerd om alles nogmaals tot in de details met hem te bespreken, zodat ze niet voor onaangename verrassingen zou komen te staan.
Uiterlijk was Peter een mooie, verzorgde en sportieve man, meestal netjes in het pak, vriendelijk en hoffelijk. Dat maakte het ook wat makkelijker, maar er moesten toch grenzen vastgelegd worden. Wat kon en wat kon niet? Hoever werd ze verondersteld te gaan? Sm kon voor haar, maar ook daar waren grenzen. Ze zat toch nog met enkele vragen.
Toen de kogel uiteindelijk door de kerk was, stond de dag nadien al een behoorlijke som op haar rekening. Daar kon ze al enkele maanden mee verder. De rekeningen die nog lagen te wachten op betaling, kon ze onmiddellijk overschrijven. Ze nam de tram naar de stad om te gaan winkelen en kocht enkele elegante jurkjes en stijlvolle schoenen met hoge hakken voor de aankomende chique dinertjes. Het leuke was dat ze nog geld overhad en dus ook nog een centje opzij kon zetten op haar spaarrekening.

Lizzie had meteen een excuus moeten zoeken voor de drie dagen Rome. Thuis had ze gezegd dat ze enkele dagen op kot bleef bij haar vriendin Kim om een project voor te bereiden. Bij Kim had ze het voorwendsel gebruikt dat ze een vriend had leren kennen, maar dat niemand het nog mocht weten. Op school was ze bij wijze van spreken 'afwezig door ziekte'. Bij de dokter had Lizzie aangegeven dat ze te veel last had van faalangst en stress voor de aankomende examens. Die had haar een week ziekteverlof voorgeschreven en aangeraden het rustig aan te doen en zoveel mogelijk in haar bed te blijven. Dat was uiteindelijk ook een beetje de bedoeling en het hele opzet natuurlijk.
Het was duidelijk dat Peter een man was die alles goed voorbereidde, want die eerste trip naar Rome zou ze nooit vergeten. Op de luchthaven Rome Fiumicino stond een neutrale klassewagen met chauffeur klaar aan de uitgang. Die man wist perfect waar hij hen heen moest brengen en in geen tijd waren ze in hartje Rome. Het was al in de late namiddag toen ze het Colosseum voorbijraasden en aankwamen in het oude centrum. Hij manoeuvreerde tussen de smalle straatjes en stopte aan een klein, maar elegant boetiekhotel in typisch Romeinse stijl. Er kwam onmiddellijk iemand die als pinguïn gekleed was uit de kleine ontvangsthal om de beide handbagages aan te nemen. Voor Lizzie was het alsof ze in een film meespeelde. Ze stond met open mond alles in zich op te nemen, voor Peter was het blijkbaar de normaalste zaak van de wereld.
"Het is niet het meest klassieke hotel van Rome, maar het Singer Palace Hotel heeft wel een leuk extraatje. Je zult het straks wel merken," lachte Peter om haar een beetje nieuwsgierig te maken.
"Wauw, dit had ik niet verwacht," mompelde ze zachtjes.
"Ik zal inchecken zodat jij je wat kunt verfrissen indien je dit wenst," stelde Peter voor.
De liftbediende nam de bagage en bracht Lizzie naar de kamer. Hij opende galant de zware deur en opnieuw viel haar mond open van verbazing. De ruime kamer was op het eerste gezicht klas-

siek ingericht, maar met een moderne toets. Het raam stond wijd open, het gordijn bewoog onder een zacht briesje. Het uitzicht op de oude stad was subliem.
Toen Peter de kamer binnenkwam, stond Lizzie te genieten van alle luxe.
"Wil je je eerst wat verfrissen? Neem gerust je tijd voor een deugddoende douche," stelde hij voor.
Het was allemaal nog wat onwennig voor haar. Ze was in dezelfde ruimte met een man die toch ruim twintig jaar ouder was en die ze eigenlijk van haar noch pluim kende.
"Dat zal deugd doen in deze hitte," antwoordde ze met een knipoog.
Lizzie nam een frisse douche om haar lichaamstemperatuur toch wat naar beneden te halen en smeerde daarna haar hele lichaam in met een sensueel ruikende bodycrème. Ze trok het nieuwe, witkanten lingeriesetje aan en bekeek zichzelf van kop tot teen in de grote spiegel. Ze knikte en glimlachte.
Dat ziet er al niet slecht uit, dacht ze genotvol.
Het stijlvolle witte kleedje dat ze enkele dagen daarvoor gekocht had, maakte van haar een andere vrouw. De opvallende stiletto's, met een gigantische hak van meer dan tien centimeter, maakten het plaatje compleet.
Toen Lizzie de deur van de badkamer opende, draaide Peter zich om in haar richting. Plots was hij als door de bliksem getroffen. Met stomheid geslagen keek hij naar Lizzie alsof Venus, de Romeinse godin van de liefde, in hoogsteigen persoon de slaapkamer binnenkwam.
Lizzie zag zijn gezichtsuitdrukking van verrukking en werd er een beetje verlegen van. Haar lichaam voelde warm en koud tegelijk aan. Haar onderbuik wist niet meer welke signalen doorgegeven moesten worden aan haar hersenen.
"Vind je mijn nieuwe kleedje mooi? Past het bij de gelegenheid?" vroeg ze onzeker omdat hij niets zei.

"Ja… euh, ik… jij… ziet er perfect uit, beter nog, subliem!" bracht hij al stotterend uit.
Hij herpakte zich enigszins, al had hij eigenlijk meer zin om het diner over te slaan en direct aan andere zaken te beginnen. Het was natuurlijk voor haar de eerste keer samen en dat wou hij speciaal maken.
"De afspraak met de klant is morgenochtend om tien uur. Als het goed is voor jou, dineren we vanavond gewoon met ons twee. Wat denk je?" vroeg Peter beleefd.
"Oké! *No problem*," zei ze al lachend.
"Ik ben blij dat we samen eerst nog even kunnen kletsen, gewoon, zonder mensen die ik totaal niet ken," voegde ze er opgelucht aan toe.
Hij nam haar mee naar de lift, maar in tegenstelling tot wat ze verwacht had, duwde hij op het knopje van de bovenste verdieping.
"Waar gaan we heen? Is het restaurant dan niet beneden?" vroeg Lizzie een beetje bezorgd.
Peter glimlachte mysterieus in haar richting.
"Ik wil je iets laten zien," zei hij plagerig.
Enkele seconden later opende de liftdeur. Opnieuw viel haar mond open van verbazing. Ze zette een voet uit de lift en kwam uit op een immens dakterras ingericht met Italiaanse, romantische klasse met een moderne toets. Aan de glazen wand stonden tafeltjes voor twee personen, ideaal voor een romantische tête-à-tête. Op elke tafel stond een grote glazen windlicht, als zachte verlichting. Het was nog drukkend warm, maar het lichte briesje maakte het draaglijk.
"Wauw, *what the fuck* is dat allemaal," bracht Lizzie spontaan uit.
Peter glimlachte. Hij had een tafeltje gereserveerd aan de kant waar ze een ongelooflijk mooi zicht hadden op de oude binnenstad.

Papa zou ook zoiets gedaan hebben voor mama, niets was hem te veel, schoot er door haar gedachten.
Lizzie liep het terras rond en zag aan de ene kant een stukje van de Trevi-fontein, aan de andere kant het Pantheon en verderop het Colosseum.
De zon was bijna onder, de temperatuur was net onder de dertig graden gezakt, de hemel kleurde fel paars met hier en daar een laatste streep oranje. Overal in de stad werden lichtjes aangestoken, Rome ging de nacht in.
"Buonasera signorina e signore Pietro. Benvenuti nel nostro ristorante," zei een opvallend vlotte jongeman. Hij bracht hen naar hun tafeltje, bood hen de menukaart aan en gaf de wijnkaart aan Peter.
"Zijn die tripjes altijd zo?" vroeg Lizzie opgewonden.
"Je moet altijd het nuttige aan het aangename koppelen. Zaken doen is saai, maar wat je daarnaast doet, dat bepaal je zelf," antwoordde Peter.
Lizzie bekeek de kaart en wist niet wat eerst nemen. Als antipasti had ze al evenveel zin in de krokante octopus als in de ter plaatse klaargemaakte rundstartaar. Als hoofdgerecht koos ze de zalm met zeeasperges.
Peter was zo hoffelijk om haar steeds eerst te laten bestellen, zelfs de wijn mocht Lizzie voorproeven.
Was het de locatie, de zuiderse atmosfeer of de aanwezigheid van deze aangename, rustige gentleman? Lizzie wilde nu al met hem naar bed.
Naarmate de avond vorderde, werden de gesprekken losser. Lizzie voelde zich goed bij deze man, ze was relaxed. Het klikte, zoveel was zeker voor haar.
Na de mascarpone met rood fruit werd er nog een zeemzoete, ijskoude limoncello aangeboden. Het alcoholgehalte in haar bloed steeg nog iets meer, dus van enige schroom bleef niet veel meer over.
"Zullen we naar de kamer gaan?" vroeg Peter uitnodigend.

“Ik dacht dat je het nooit zou vragen,” zei ze uitdagend.
Lizzie moest zich in de lift al inhouden om de kleren niet van zijn lijf te scheuren. De manier waarop hij haar aankeek, recht in de ogen en met een veelzeggende glimlach om de mond, deed haar hele lijf sidderen. Als die lift niet vlug zou stoppen, zou de poetsdienst met een dweil alles mogen opkuisen.
Peter stak de kaart rustig in de gleuf, opende de deur en liet Lizzie op een galante manier binnen in de kamer.
Het viel haar op dat het er bij Peter rustig aan toeging. Hij nam zijn tijd. Het leek alsof hij altijd alles perfect onder controle had. Hij wou haar ook in niets forceren en haar rustig laten aanpassen aan de nieuwe situatie, het was immers haar eerste keer met hem.
Peter maakte het knopje in haar nek los zodat haar witte kleedje zachtjes op haar tenen viel. Onder invloed van de wijn en andere dranken voelde ze de spieren in haar onderbuik samentrekken. Ze was er zich ten volle van bewust dat ze er op en top vrouwelijk uitzag. Ze nam plaats op bed en strekte haar benen. Heel langzaam en zo elegant mogelijk, alleen had ze niet in de gaten dat de bedsprei eerst een lager bankje bedekte. Lizzie zakte, iets minder galant, plots dertig centimeter lager.
Beiden schoten in de lach, wat meteen het ijs brak.
Het kanten lingeriesetje deed duidelijk zijn werk, want op dat moment bleek dat Peter toch niet alle situaties perfect onder controle had. Zijn anders zo perfect zittend maatpak was ineens plaatselijk enkele maten te klein.
Die nacht had ze de beste seks ooit. Zacht, teder, met aandacht voor wat ze graag wilde en waar ze echt van genoot. Ze had het gevoel dat hij elk stukje van haar lichaam aangeraakt had met zijn tong. Toen ze ’s morgens wakker werd, stond nog elk haartje op haar lichaam rechtop en kwam ze opnieuw klaar enkel en alleen al bij de gedachte aan de avond ervoor. Nog nooit had ze zo van seks genoten. Dat smaakte naar meer.
Als ze terugdacht aan de seks met haar leeftijdsgenoten was dat wel wat anders! Die dachten dat de trein op twee minuten tijd een

koud station kon binnenrijden, stoom aflaten en kon verdwijnen zonder een spoor na te laten. Tegen de tijd dat het systeem opgewarmd was, lagen die kerels al lang te snurken. Die jonge gasten dachten dat alles om snelheid en prestatie draaide. Gewoon op een minimum van tijd hun kwakje kwijtraken en wegwezen, dat was hun bedoeling. Tederheid en affectie kenden de meesten nog niet op die leeftijd, laat staan dat ze wisten hoe ze een vrouw echt moesten behandelen.
Ook op de volgende reisjes voelde Lizzie zich als een prinses bij Peter. Tijdens de besprekingen met de klant was het niet altijd noodzakelijk dat ze aanwezig was. Dan ging ze aan het zwembad liggen of de binnenstad verkennen, op zoek naar leuke spulletjes. Tegen de avond troffen ze elkaar op de hotelkamer waar ze eerst ruim de tijd namen om samen te douchen en elkaars rug in te soppen. Hij was rustig en beheerst en zorgde er steevast voor dat zij eerst uitgebreid genoot, voor hij zachtjes bij haar binnenkwam. Hij had respect voor een vrouw, wat niet gezegd kon worden van veel van haar vorige bedgenoten.

Nu ze hem teruggezien had en haar studies achter de rug waren, voelde Lizzie dat ze Peter zou gaan missen. Ze was er ondertussen aan gewend geraakt opnieuw een sterke schouder naast zich te hebben, iemand die haar in de watten legde en haar zou beschermen indien dit nodig was. Heimelijk was ze verliefd geworden op hem, maar haar verstand kreeg telkens de overhand op haar gevoel. Het was een droom van een dubbelleven waar ze drie jaar lang van genoten had, maar echt samenleven met Peter had ze nooit voor mogelijk gehouden. Het was nu een afgesloten hoofdstuk in haar leven. Lizzie dacht dat het daarom misschien wel tijd was om alles eens aan haar vriendinnen te vertellen. Waarschijnlijk zouden ze in eerste instantie een beetje schrikken, maar ze zouden het uiteindelijk wel begrijpen. Ze zou het juiste moment afwachten om het in de groep te gooien.

Het volle uur dat ze op Mykonos stilstonden, was voor de meeste passagiers verloren tijd. Ze zouden liever al in de zon liggen en dat lieten ze ook duidelijk merken. De stewardessen hadden alle moeite om iedereen rustig te houden. Met een praatje en een drankje lukte het meestal wel. Afgezien van Lizzie slenterden de vriendinnen wat heen en weer door het vliegtuig of lazen een paar bladzijden in hun boek. Na ongeveer driehonderd keer hun Instagram en Facebook gecheckt te hebben, zagen ze eindelijk de eerste passagiers voor België opstappen. Die moesten zo snel mogelijk de vrije plaatsen op het vliegtuig innemen. Eens aangekomen op Santorini konden ze dan op hun definitieve plaats gaan zitten.
Eindelijk kwam er beweging in het vliegtuig en kon iedereen voor de korte vlucht van drie kwartier nog eens van de grond, richting Santorini.
Lizzies nachtmerrie werd dus effectief werkelijkheid, want Peter en zijn mooie vriendin zaten ook nog steeds op het vliegtuig.
Wat staat mij nog allemaal te wachten, dacht Lizzie.
"Binnen een tiental minuutjes landen we in Santorini. Op dit moment is het er heel zonnig en achtendertig graden warm," sprak de piloot door de speakers.
"Wauw!" hoorde je langs alle kanten verrukt uitroepen en de meesten zagen zich al als kip aan het spit liggen bruinen in de zon. De vakantiestemming zat er volledig in, behalve voor de passagiers die net ingestapt en onderweg naar huis waren. Die zaten er bruingebrand maar beteuterd bij.
Vanuit het raampje zagen ze hoe een klein stukje land, dat er van bovenaf uitzag als een iets te kromme banaan, steeds dichterbij kwam. Ze konden de landingsbaan, met het bekende kerkje er net naast, al duidelijk zien.
Net alsof het een toeristische excursie was, maakte de piloot nog een grote bocht net boven Oia, dat nu wel heel duidelijk zichtbaar werd. Het leek alsof iemand obsessief massa's vierkante witte huisjes uitgestrooid had over een langgerekte heuvel. Je kon dui-

delijk de privé-zwembaden of jacuzzi's zien met daartussen de blauwe koepels van de ontelbare kerkjes. Ze stonden netjes aan de rand van diepe kliffen.
Even later maakte het vliegtuig zijn finale duik naar de landingsbaan, maar het leek erop dat het vliegtuig ofwel in zee zou landen of in het beste geval de zonnebadende toeristen op het strand zou vermorzelen. De korte landingsbaan begon net achter het lange zandstrand van Kamari. Je kon zelfs vanuit het raampje de motieven op de bikini's zien, zo dicht bij het strand moest de piloot vliegen om met zijn banden het begin van de landingsbaan te raken. Geen wonder dat de piloot na de landing een groot applaus en een dikke tien voor sfeer en gezelligheid kreeg.
"We zijn er!" riep Phaedra luid.
"Eindelijk," repliceerde Lizzie met een flauw lachje. "Het was een lange dag."
Na de perfecte landing kwam het vliegtuig pal voor het kleine, witte luchthavengebouw tot stilstand.
Nog voor er gemeld werd dat de veiligheidsgordels mochten worden losgemaakt, stond de helft van de passagiers al recht in het gangpad. Sommigen probeerden de bagagekoffers te openen, wat dan weer nefast was voor die ene sukkelaar die een zware rugzak op zijn hoofd kreeg.
Even later gingen de deuren van het vliegtuig open en de hitte kwam gewoon naar binnen gestroomd.
De laatste passagiers verlieten een tiental minuutjes later het vliegtuig en konden de korte wandeling aanvatten naar de ingang van het luchthavengebouw.
Iedereen werd via de stenen trappen naar de kleine aankomsthal geleid, waar ze na een snelle paspoortcontrole de valiezen zagen binnenrollen via de enige bagageband.
"Ik zie mijn valies al," riep Phaedra enthousiast. "Ik kan al vertrekken," schaterde ze.
Ondanks het feit dat Lizzie geprobeerd had onzichtbaar te zijn, slaagde Peters vriendin er blijkbaar in om net naast haar te komen

staan om hun bagage af te wachten. Gelukkig kwam Lizzies valies al na enkele tellen voorbij en kon ze snel het hazenpad kiezen.
Even later hadden ook de andere vriendinnen hun bagage gevonden en trokken ze naar de uitgang waar de taxi's al stonden te wachten.
Veel taxi's zijn er niet op Santorini, maar ze rijden wel vlot aan en af om alle toeristen op een redelijk tempo bij hun hotel te krijgen. Er was slechts een klein probleem: vier jonge vrouwen mét bagage, dat past niet in een gewone taxi.
Gelukkig had Donna, van het gelijknamige hotel, haar chauffeur Manolis naar de luchthaven gestuurd met een bestelwagen waarin ruimte was voor een achttal personen en bijhorende bagage. Hij bracht de klanten altijd van de luchthaven of de nieuwe haven, Ormos Athinios, naar het hotel en omgekeerd.
Met een groot bord voor zijn buik, waarop duidelijk 'Donna's House' geschreven stond, wachtte hij de dames op bij de uitgang.
"Daar staat iemand met een bord van ons hotel," riep Kim toen ze de knappe, jonge Griek zag.
"Dat is nog eens een luxeservice! Da's al een goed begin," zei Phaedra tevreden.
"En het is nog een leuke vent ook," vulde Lina aan.
"Zeg, ik had hem eerst gezien, hoor," giechelde Kim.
"*Kalispera*, welkom op Santorini," stotterde Manolis toen de vier jonge vrouwen als tijgers op hun prooi afkwamen. Het was duidelijk dat hij zich niet echt op zijn gemak voelde met zoveel vrouwelijk schoon.
De vriendelijke, maar verlegen jongeman bracht hen naar de wagen die gewoon op de rotonde voor de vertrekhal stond en laadde de loodzware koffers in de laadruimte.
Die komen hier permanent wonen, zeker? dacht Manolis toen hij het aantal koffers zag, terwijl het zweet hem uitbrak.
Phaedra nam vooraan plaats, naast Manolis, de andere drie dames gingen op de achterste bank zitten.

“Werk je vaak voor Donna?” vroeg Phaedra nieuwsgierig in haar beste Grieks.
“Ik heb eigenlijk twee banen. Ik werk in mijn moeders restaurant in Megalochori, een dorpje niet ver van hier. Daarnaast probeer ik zoveel mogelijk bij te verdienen door klanten van Donna te vervoeren,” antwoordde Manolis beleefd.
Hoewel het gesprek in het Grieks gevoerd werd, en Kim er dus geen barst van begreep, zat ze toch zeer geïnteresseerd te volgen. *Zo’n aantrekkelijke, jonge Griek, dat begint hier al goed*, dacht ze.
Lina dacht er net hetzelfde over en dagdroomde al dat ze met Manolis aan een zonovergoten strand lag. Lizzie zat tussen de twee in en was met haar gedachten bij Peter.

In een mum van tijd kwamen ze aan in Pyrgos. Omdat dit stadje op een berghelling lag, kon Manolis niet anders dan zijn wagen achterlaten op de parking op een honderdtal meter van het hotel. Hij voelde zich als een muilezel omdat hij wel drie keer over en weer bergop tot aan het hotel zou moeten, telkens met ettelijke valiezen, reistassen of andere troep van de vier dames.
De open ingang van het hotel was prachtig overgroeid met roze bougainvillea. In de vloer was een grote steen gelegd waarop in grote letters ‘Donna’s House’ stond.
“En, wat vinden jullie ervan?” vroeg Phaedra trots aan haar vriendinnen.
“Beantwoordt het aan de verwachtingen?”
De dames keken om zich heen en zagen een massa witte huisjes tegen de heuvelrug aan gebouwd.
“Het dorp is nog mooier dan ik gedacht had en wat de lokale bevolking betreft, die mag er ook zijn,” liet Kim zich ontglippen.
“Moet je die kerk daar zien en al die witte huisjes eromheen,” vulde Lina aan.
Donna stond hen al op te wachten bij de kleine receptie van het hotel.

Het hotel op zich leek groter dan de foto's op internet lieten uitschijnen. Aan de linkerkant was een groot terras met een tiental tafeltjes in een zee van bloemen. Middenin stond een kleine fontein die de absolute stilte doorbrak. Enkel het geluid van zacht kabbelend water, verder was er niets te horen behalve misschien af en toe het gebalk van een koppige ezel.
Wat een contrast met thuis, waar er constant auto's of bussen voorbijrazen, telefoons rinkelen of een massa mensen lawaai maakt, dacht Lina.
"Zal ik jullie de kamers tonen?" vroeg Donna vriendelijk toen ze ingecheckt waren.
"Zoals beloofd heb ik beide kamers aan de voorzijde op de eerste verdieping voor jullie gereserveerd. Op die manier zitten jullie dicht bij elkaar met frontaal zicht op het kleine centrum van Pyrgos."
Donna ging voor op de steile buitentrap, de vriendinnen volgden en Manolis kwam als laatste met een deel van de zware bagage. Het zweet liep met beekjes van het gezicht van de arme jongeman.
Om een mooie vrouw te behagen moet je afzien, dacht hij bij zichzelf en hij perste de laatste krachten uit zijn lichaam om alle bagage op een deftige manier in de kamers te krijgen.
Hopelijk zit er wel eentje van die vier bij die mijn inspanningen opmerkt, dacht hij stiekem.
Als het aan mij lag, zou dat blondje met haar mooie grote borsten zeker mogen langskomen.
De kamers waren van elkaar gescheiden door een gemeenschappelijke ingang. Op het terras voor de kamers hadden ze elk twee comfortabele stoelen en een tafeltje.
Kim moest al een hele tijd dringend naar het groot toilet en had dan ook zo snel mogelijk de badkamer opgezocht.
Als de nood het hoogst is, is de redding nabij, dacht ze en ze kon nog net op tijd haar slipje tot op haar enkels trekken. Ze slaakte een zucht van verlichting.

Phaedra plofte neer op een van de stoelen van het terras en keek naar het ongelooflijk mooie uitzicht. Vlak voor haar lag het volledige stadje Pyrgos, met helemaal bovenaan op de berg het *Kastelli* met daarnaast de prachtige kerk van de Heilige Maria.
Iets daaronder domineerde de grootste kerk van Pyrgos, met de typische blauwe koepel, het uitzicht. Daartegenaan stond een hoge, slanke toren met zes klokken die mooi verdeeld waren over drie verschillende etages. Tussen de kerken was een wirwar van gangetjes en steegjes die naar de verschillende huisjes leidden. Alles was spierwit met af en toe een blauwe koepel. Het was een prachtig beeld dat Phaedra sinds haar jeugd kende. Hier op het eiland voelde ze zich thuis.
Onopvallend stond Manolis in de deuropening te schuifelen tot iemand hem in de gaten kreeg.
"*Efcharisto poli,*" zei Phaedra op een zodanig lieve manier dat ze er zelf kriebels van kreeg in haar buik. Ze werd vuurrood. Manolis knipoogde en lachte ondeugend. Hij dacht dat hij al gescoord had nog voor hij de bal had.
Net op het moment dat Manolis de kamer uitging, opende Kim opgelucht de deur van het toilet, verlost van de resten van haar mezze en plateau du chef van de avond voordien.
Hij kokhalsde toen hij zich door de geurwolk begaf.
Hoe kan zo'n mooie vrouw zo stinken op het toilet? dacht Manolis en hij keek haar aan met een schampere glimlach, snakkend naar verse lucht.
Shit, hopelijk heeft die mooie Griek een probleem met zijn reukorgaan, anders zijn mijn kansen nu al verkeken, dacht Kim toen ze Manolis voorbijliet.
Hij had nog nooit zo snel de kamer van een vrouw verlaten.
Iets te laat spoot Kim haar deodorant in het rond om de stank te maskeren.
Lina en Lizzie deelden de linkse kamer. De twee andere dames zouden de andere kamer nemen, dat was zo beslist met een spelletje Uno, de avond voor vertrek. De verliezer van elk spelletje

moest een shotje drinken. Bedoeling was dat de twee vriendinnen die het langst overeind bleven staan, samen zouden slapen. Lizzie kon altijd al het best tegen alcohol, Phaedra was als eerste afgevallen. Uiteindelijk bleef Lina een halve seconde langer rechtop dan Kim voor ook zij knock-out ging.
Ze installeerden zich snel in hun kamers en de een na de ander nam een frisse douche, zodat ze toch wat konden afkoelen. Iets luchtigere kledij was geen overbodige luxe bij deze hoge temperaturen, zo konden ze de omgeving op een ontspannen manier verkennen.
"Ik krijg honger," zei Phaedra. "Laten we eerst naar het strand van Kamari gaan, daar zijn veel restaurantjes en bars. Hier in Pyrgos ken ik zelf ook nog niet zoveel. Er rijden overal op het eiland groene bussen, dus we kunnen er in een mum van tijd geraken. Straks zitten we al iets te eten, dicht bij de zee."
"Strak plan," zei Kim lachend. "Ik zou ook wel iets kunnen gebruiken. En dorst dat ik heb!"

4. Sex on the beach

Na een tiental minuten wachten op de hoofdbaan, kwam de groene bus aangereden en een kwartiertje later kwamen de meisjes aan bij het strand van Kamari, te midden van alle restaurantjes en bars.
Wat een aanbod! Uiteraard waren er heel veel authentieke visrestaurantjes, enkele typische Griekse restaurants met blauwe stoeltjes en wit-blauw geruite tafellakens, een Ierse pub waar je lekkere snacks kon eten en nog veel meer.
"Ik weet dat de beste Italiaan van het eiland hier aan het strand gelegen is," zei Phaedra terwijl ze om zich heen keek.
"Hoe heet het restaurant?" vroeg Lina.
"Restaurante Vinsanto," denk ik, zei Phaedra.
Dit was natuurlijk veel meer dan een gewoon Italiaans restaurant. Je kon er, naast alle bekende, authentieke Griekse gerechtjes vooral de Italiaanse specialiteiten proeven.
Ze liepen de restaurantjes een voor een af en ongeveer in het midden van de lange baan langs het strand vonden ze Vinsanto. Zoals altijd zat het restaurant afgeladen vol, maar gelukkig kwam er een tafeltje van vier vrij. Ze nestelden zich aan het tafeltje, grenzend aan het strand en al snel kwam een vriendelijke ober naar hen toe. De sympathieke man bleek een Pakistaan te zijn, maar sprak perfect Grieks en vrij goed Engels.
Net op dat moment bracht men aan de tafel naast hen een immense schotel met verschillende soorten gegrilde vis. Alles zag er buitengewoon lekker uit en het water liep de vriendinnen in de mond.
"Wat ligt daar allemaal voor lekkers op?" riep Kim geestdriftig uit.

Phaedra liet haar oog over de schotel gaan en gaf als een expert uitleg aan de vriendinnen.
"Rechts ligt vers geroosterde vissouvlaki, daarnaast sappig gegrilde kalamari, een paar gefileerde tsipoura, enkele gemarineerde ansjovisjes, veel grote garida of Griekse garnalen en een bord met gefrituurde kalamari-ringen. Uiteraard ook de krokante frietjes en het in driehoekvorm gesneden pide brood."
De vier vriendinnen kwamen al in extase bij het zien van zoveel lekkers.
"Zullen we dan ook maar zo'n schotel bestellen?" vroeg Phaedra terwijl ze de ober wenkte.
Aftab, zoals de Pakistaanse ober heette, kwam onmiddellijk aan de tafel en noteerde de schotel, samen met vier flesjes Cola Zero met extra ijsblokjes.
Toevallig viel Lina's oog op de kerels aan de tafel naast hen. Ze hadden duidelijk begrepen dat hun visschotel in de smaak viel bij de dames, maar omgekeerd leken ze ook wel interesse te hebben in de zonet gearriveerde dames. Een van beide jongemannen hield Lina overduidelijk in de gaten.
Lina zocht oogcontact met haar vriendinnen om hun aandacht naar het tafeltje ernaast te trekken.
"Er staat ook lekker vlees op het menu," zei ze zo onopvallend mogelijk en ze knipoogde naar Lizzie.
"We gingen toch die visschotel nemen?" antwoordde Phaedra die helemaal niet mee was met de hint.
Iedereen proestte het uit, inclusief de jongens die, ondanks het feit dat ze de taal niet spraken, sneller in de gaten hadden wat er speelde dan Phaedra zelf.
"Zouden we de tafels niet gewoon tegen elkaar zetten, zodat we kunnen kennismaken?" stelde een van de beide kerels voor in het Engels.
"Oh, gezellig!" pikte Phaedra meteen in. "In Griekenland vinden we het leuk als iedereen samen eet aan een grote tafel!"
"Dan kunnen wij jullie schotel opeten, ideaal!" grapte Lina nog.

Het ijs was al vlug gebroken en de tafels en stoelen werden bij elkaar gezet.
"Hi, ik ben Vince, dit is mijn broer Julian. En, wat brengt dit viertal prachtige vrouwen naar Santorini?" vroeg hij geïnteresseerd terwijl hij Lina recht in de ogen keek.
"Wij zijn net aangekomen vanuit België voor een weekje zon en strand," zei Phaedra snel om toch ook wat op te vallen.
"Ik ben Phaedra en dit zijn Lina, Kim en Lizzie."
"Leuk jullie te ontmoeten," vulde Lina aan en met een brede lach beantwoordde ze de blikken van Vince.
Vince was samen met zijn jongere broer Julian en hun ouders een weekje vanuit Londen op vakantie op Santorini. Ze waren duidelijk van goede afkomst, dat was te merken aan hun dure horloges en merkkledij. Hun ouders hadden twee kamers geboekt in het prachtige San Antonio Hotel, net buiten Imerovigli, aan de rand van de Caldera.
Terwijl hun ouders in het hotel van alle luxe genoten en probeerden te bekomen van hun drukke werkleven, konden de broers de huurwagen gebruiken om het eiland te verkennen en te ontdekken welke natuurwonderen er allemaal te vinden waren.
Julian had blijkbaar zijn oog laten vallen op Lizzie, maar die had het totaal niet door. Zij zat nog met het 'probleem Peter' in haar hoofd. Fysiek was ze wel aanwezig, maar mentaal zat ze op een andere planeet. Ze miste Peter plots heel erg en beeldde zich in dat ze met hem hier alleen in dit paradijs zou zitten en welke activiteiten ze hier op Santorini allemaal samen zouden kunnen doen. Anderzijds spookte het in haar hoofd dat haar vriendinnen boos op haar zouden zijn, omdat ze haar verhaal al die jaren voor hen verzwegen had.
Phaedra, van haar kant, had wel zin in beide broers. Het speelde eigenlijk weinig rol welke van de twee, maar zoals altijd gingen haar vriendinnen weer met de aandacht lopen, wat haar toch wat pissig maakte.

Het leven is niet altijd fair. Ik kan niet op tegen hun slanke figuur, hun perfecte borsten en mooie, lange haren, dacht Phaedra.
Ik ga die kerels proberen in te pakken op mijn manier, ik weet alles van het eiland en ken de taal. Mijn tijd komt nog wel.
Aftab kwam eraan met de gigantische schotel en zette die in het midden van de tafel. De schotel die de jongens eerder besteld hadden, was ondertussen al soldaat gemaakt. Maar geen nood: iedereen had nog plaats voor meer van dit lekkers. De fles wijn die Julian besteld had werd verdeeld over zes kleine glaasjes zodat ze meteen een volgende fles konden bestellen.
"*Yamas*, op de kennismaking!" riepen ze luid terwijl de glazen tegen elkaar tikten.
Was het de avond die stilaan viel, was het de gemoedelijke, typisch Griekse sfeer met een paar glazen wijn erbij of lag het aan de hormonen die langs alle kanten over tafel sprongen?
Ze hadden geen idee, maar toch waren de vriendinnen een beetje van hun melk door het snelle contact met de jongens. Dit hadden ze niet verwacht.
"Gaan we samen een strandwandeling maken?" stelde Vince voor toen Aftab de tafel kwam afruimen.
"We kunnen hier samen jullie eerste zonsondergang vanaf het strand bekijken," voegde hij eraan toe.
"Op Santorini heb je de mooiste zonsondergang ter wereld, dat is algemeen geweten," vulde Phaedra aan en ze keek vol vertrouwen naar de broers.
"We hebben een kenner in ons midden," lachte Vince. "Ik heb je daarnet ook al Grieks horen praten. Ben jij nu een Griekse of toch een Belgische?" vroeg hij geïnteresseerd.
"Dat vertel ik nog wel eens," lachte Phaedra mysterieus, toen ze merkte dat ze toch iemands aandacht had.
Na de lange reis had Kim geen zin meer in een wandeling. Ze wilde na de heerlijke maaltijd gewoon lekker languit uitrusten.

"Jullie kunnen gaan wandelen, ik ga terug naar het hotel. Ik ben een beetje moe van de reis en wil vroeg mijn bed in," bracht ze eerder mopperend uit.
Lizzie had uiteindelijk de blikken van Julian opgemerkt, maar was nog te veel van streek door de aanwezigheid van Peter op het eiland.
"Ik ga met je mee," zei ze vastberaden en ze vergezelde haar vriendin.
Ze namen een taxi die hen op tien minuutjes veilig terugbracht in Pyrgos.
Door het vertrek van haar twee vriendinnen zag Phaedra haar kansen met de seconde stijgen om er een bijzondere avond van te maken.
De twee broers hadden ook in de gaten dat er meer uit de situatie te halen viel. Uiteindelijk bleven ze met z'n vieren over om langs het strand te wandelen: Vince en Julian, Lina en Phaedra.
Julian ging een winkeltje binnen, nam een fles rosé uit de koelkast en betaalde nonchalant met een veel te grote fooi. Op een van de terrasjes nam hij een viertal glazen mee.
"Die brengen we zo terug!" riep hij naar een ober die hen nauwlettend in de gaten hield.
Ze nestelden zich onder een lage tamariskboom op het strand, iets uit het zicht van de terrassen van de restaurants en net onder de landingsbaan. Pottenkijkers waren niet uitgenodigd.
Terwijl de Egeïsche Zee de zon begon te verslinden, opende Julian de frisse fles wijn en schonk de vier glazen vol.
"Ik ben pas afgestudeerd als architect en na deze vakantie kan ik waarschijnlijk bij een bekend bureau in New York stage lopen," zei Vince bij wijze van introductie. "Het is altijd al mijn droom geweest om in de States te kunnen leven en werken."
"Ik zit in mijn laatste jaar Economische Wetenschappen," vulde Julian aan. "Ik neem nog een paar vakken mee, maar normaal gezien moet het allemaal wel lukken. Ooit hoop ik carrière te kun-

nen maken in een wereldconcern zoals Apple, Microsoft of Samsung."

"En jullie? Wat is jullie droom, hoe ziet jullie toekomst eruit?" vroeg Vince terwijl hij Lina's blik probeerde te vangen.

"We hebben wel duizend dromen maar die gaan we niet allemaal aan jullie neus hangen, eerst gaan we er een leuke vakantie van maken en daarna zien we wel," antwoordde Lina plagend.

What happens in Santorini, stays in Santorini, dacht ze, dus zorgde ze dat ze de volle aandacht van Vince kreeg. Ze keek in zijn ogen, haalde haar meest verleidelijke glimlach boven en op slag wist hij niet meer van welke planeet hij was.

"Zullen we samen wat verder gaan wandelen?" vroeg ze hem uitnodigend.

"Oké, graag!" zei hij met een brede glimlach. Nog nooit was iemand zo snel op zijn avances ingegaan.

Zodoende had Phaedra de eerder rustige Julian voor zich alleen.

"Zin om nog iets te drinken? Ik weet een gezellig terrasje iets verderop waar ze lekkere cocktails maken," vroeg hij vriendelijk.

"Euh, ja natuurlijk, graag!" antwoordde Phaedra overdonderd. Ze was toch wat verrast dat zo'n leuke bink haar uitnodigde. *Zou deze kerel mij dan toch aantrekkelijk vinden?* dacht ze.

"Vertel eens iets over jezelf. Ik weet nog niets over jou terwijl het blijkt dat je duidelijk een link hebt met Griekenland. Ik ben benieuwd," vroeg hij terwijl hij haar geïnteresseerd diep in de ogen keek.

"Mijn grootouders wonen hier iets verderop, in het dorpje Akrotiri, in het uiterste zuiden van het eiland," begon ze. "Dat is ook de reden waarom we naar Santorini gekomen zijn. Elk jaar kom ik tijdens de zomervakanties naar hier om hen te bezoeken. Nu we allemaal afgestudeerd zijn, is het een uitgelezen kans om dit eens samen met mijn beste vriendinnen te doen. Zo kan ik hen het hele eiland laten zien en alle mooie en interessante plaatsen tonen waar ik de beste herinneringen van mijn leven heb gemaakt. Mijn grootouders wonen in een eenvoudig vierkant huis-

je, volledig in het wit geschilderd. Het huis staat op de rand van de Caldera, je weet wel, de krater die van Santorini een bijna rond eiland maakt. Elke dag hebben ze in alle rust een uitzonderlijk uitzicht en 's avonds de mooiste zonsondergang ter wereld. De ondergaande zon raakt de zee net voor Oia waar de toeristen elkaar vertrappelen om toch maar het beste plaatsje te vinden om de perfecte foto te kunnen nemen. Mijn Yiayia en Papou hebben het grote voordeel dat zij comfortabel op hun eigen terrasje zitten en genieten van een heel betaalbaar drankje in de hand."
Phaedra kwam goed op dreef.
"Mijn mama is lang geleden hier op Santorini verliefd geworden op mijn papa die hier als toerist een paar weken verbleef. Dik tegen de zin van mijn grootouders is mijn mama toen uit pure verliefdheid mee verhuisd naar het koude België. Het was gewoon liefde op het eerste gezicht. Ze trouwden heel snel en mijn mama wist zich snel te integreren. Ze volgde avondles Nederlands en kreeg een leuke baan aangeboden, mede door de connecties van mijn papa. Ondanks het feit dat ze zielsgelukkig was met mijn papa, en ondertussen ook met mij en mijn broer, miste ze haar vaderland enorm. De warme zomerzon, de rust en gemoedelijkheid van haar dorp op dat prachtige eiland. Meer en meer knaagde het heimwee aan mijn mama, het gemis van haar ouders en de rest van de familie. Nooit had ze gedacht dat ze dit alles zo erg zou missen. Dikwijls zag ik dat ze gehuild had en telkens troostte mijn papa haar, maar hij kon de pijn niet verzachten, hoe graag ze elkaar ook zagen.
Elke zomer kwamen we met het hele gezin naar Akrotiri voor twee of drie weken vakantie, maar mijn broer Nicolas en ik mochten meestal langer blijven, vaak tot het einde van de vakantie.
Elk jaar viel het afscheid zwaarder voor mijn mama en nam ze in tranen afscheid van mijn grootouders. Daarna kwamen opnieuw de lange, natte, koude wintermaanden in België met weinig of geen zon. Ze kon wel af en toe telefoneren met mijn grootouders,

maar toch miste ze de warmte van een knuffel of een zoen. Door de slechte wifiverbindingen in Griekenland was skypen bijna onmogelijk. Daarom hebben mijn ouders besloten dat, eens mijn broer en ik het huis uit zijn, zij wellicht naar Santorini zullen verhuizen."

Julian, die zich meestal vrij stoer voordeed, werd helemaal week van het mooie, gevoelige verhaal van Phaedra. Hij hoorde hoe het eraan toeging in een échte familie, waar plezier, verdriet, liefde en gemis en zoveel meer echte, warme gevoelens belangrijk waren.

"Bij ons is het net iets anders," sprong Julian in. "Mijn ouders hebben elk een mooie carrière opgebouwd met eigen netwerken en leven in totaal verschillende milieus die elkaar nauwelijks raken. Ze hebben bijna geen gemeenschappelijke interesses, afgezien van de chique feestjes bij belangrijke mensen. Dat doen ze beiden graag. Tegen de tijd dat mijn broer en ik van school thuiskomen, is er meestal niemand aanwezig. Doorgaans ligt er een briefje op tafel met de mogelijkheden van die dag: lasagne, pizza en meer van die 'gezonde' opwarmvoeding voor in de microgolf. Als we daar geen zin in hebben, moeten we maar naar de winkel en zelf iets verzinnen en klaarmaken. Leuk is anders. Praten met onze ouders hebben we nooit gedaan, ze weten met moeite hoe het gaat op school," zei hij met een krop in de keel.

Phaedra zag in zijn ogen hoe pijnlijk het was dat mensen die om je zouden moeten geven, zo weinig liefde en warmte aanboden. De koude, afstandelijke relatie met zijn ouders stond in schril contrast met de warme woorden en gevoelens van Phaedra voor haar familie. Hij probeerde zich sterk te houden door te doen alsof het hem niets deed, maar ze zag hem toch een traantje wegpinken.

"Gaan we langs de waterlijn wandelen?" vroeg hij terwijl hij haar hand nam. Eigenlijk wou hij zeker zijn dat ze niet gestoord zouden worden.

De warme vriendelijkheid en gevoeligheid die deze jongedame uitstraalde, daar had hij heimelijk altijd van gedroomd. Hij had nooit gedacht dat hij ooit zo iemand zou ontmoeten.

Ondertussen waren Lina en Vince al een eind verder op het strand. Het was nog steeds boven de dertig graden, geen zuchtje wind te bespeuren. Lina gooide de ene slipper na de andere in zee. Theatraal liep ze het water in, goed wetend dat Vince haar zou volgen.
"Ik krijg het wat warm," lachte ze schalks. "Ik heb dringend afkoeling nodig."
Vince kwam, aangemoedigd door haar uitdagende lachje, dicht bij haar staan.
"Wat ben je eigenlijk van plan?" vroeg ze hem plagend.
"Iets wat alleen mooie, grote meisjes doen met jongens als ik," antwoordde hij stoer.
Hij keek diep in haar grote, reebruine ogen, gaf haar een zoen vol op de mond en greep ondertussen naar haar borsten. Totaal overdonderd was ze. Dit had ze helemaal niet verwacht.
Van het schrikken gaf ze hem een serieuze slag in het gezicht. Ze wou achteruitspringen, maar viel pardoes in het water. Onmiddellijk sprong Vince haar te hulp en hielp haar overeind.
"Wat was dat nu? Waar heb ik dat aan verdiend?" vroeg hij verbaasd. Dit had hij nog nooit meegemaakt.
"Dat komt ervan als je brave, weerloze meisjes zomaar kust en betast zonder toestemming," antwoordde Lina terwijl ze hem met een gespeelde boze blik aankeek.
Opeens trok ze zijn kletsnatte T-shirt tegen zich aan en kuste hem hartstochtelijk.
Begrijp daar nu wat van, dacht Vince terwijl alle bloed uit zijn lichaam naar onderen gestuwd werd. Beiden stonden meteen in vuur in vlam. Gelukkig stonden ze in de zee, zodat het vurige kussen onmiddellijk geblust kon worden door de verfrissende golven.

"We zijn nu toch kletsnat, laten we samen gaan zwemmen in de zee," stelde Vince voor.
Dat moest hij haar geen twee keer zeggen.
Vince had er duidelijk geen probleem mee om zijn kleren snel uit te trekken, veel textiel had hij in ieder geval niet aan. Lina maakte er een spelletje van om haar kleren tergend traag in het zand te laten vallen, wat voor extra spanning zorgde bij Vince. Ze had dan ook een goede reden om tijd te winnen. Die dag had ze een donkerblauwe bh aan en een veel te hoge, vleeskleurige onderbroek uit grootmoeders tijd, wat nu niet meteen de meest sexy combinatie was. Dat deze sensuele ervaring zich op de eerste avond op Santorini zou voordoen, daar had ze niet echt op gerekend.
Het is bijna donker, hopelijk ziet hij het verschil niet tussen mijn ondergoed en een bikini, dacht ze.
Vince kon zijn lach niet inhouden toen hij de verrassende combinatie zag en proestte het uit.
"Wow! Sexy!" riep hij luid. "Slapen jullie met z'n allen in die tent vanavond of is er nog ruimte over voor iemand?" schaterde hij.
Lina deed alsof ze zijn opmerking niet hoorde, ze wist dat ze de verkeerde keuze gemaakt had. *Het zit nu eenmaal makkelijker op het vliegtuig dan een string,* dacht ze.
Ze aarzelde even of ze hem zou straffen voor de belediging.
Zou ik hem verdrinken, verrot slaan of gewoon wat plagen?
Ze nam met een overdreven vriendelijk gezicht zijn hand en tegelijk gaf ze een harde tik op zijn onderbeen zodat hij onderuitging.
"*Got you*!" zei ze trots en ze sprintte verder de zee in.
Ze gilden het uit, meer door de hormonale extase dan door het fris aanvoelende zeewater.
Ze gooiden speels wat water naar elkaar en probeerden de ander onder te duwen. Dat leek plots makkelijker te gaan dan verwacht voor Lina want Vince bleef langer onder dan voorzien. Ze werd bang dat ze hem met te veel macht naar beneden geduwd had en

begon om zich heen te kijken of ze ergens een teken van leven zag. Op dat moment haalde Vince haar voeten vanonder haar lichaam en trok haar onder water.
Al proestend kwam ze weer boven, happend naar adem. Vince lachte zich een breuk. Hij kwam bij haar staan, haalde enkele lange haren uit haar gezicht en kuste haar wild op de mond.
Opnieuw hapte ze naar adem.
Voor zover ze konden zien, was er niemand in de buurt, dus gingen ze samen onder een oude tamariskboom liggen. Instinctief – of was het omdat het zand in haar grote onderbroek schuurde – ontdeed Lina zichzelf van alle overgebleven textiel en hielp ze Vince uit zijn spannende boxershort.
De zon was nog niet volledig onder, maar Lina zag al een 'blue moon'. Geen van beiden vond het erg dat ze de echte zonsondergang gemist hadden, er zouden nog meer mooie zonsondergangen volgen.

Phaedra en Julian waren ondertussen al een eind aan het wandelen toen ze plotseling, in de verte, angstaanjagende geluiden hoorden.
"Wat was dat? Heb je die angstkreet ook gehoord?" vroeg Phaedra bezorgd. "Er is duidelijk iemand in nood."
"Laten we gaan kijken, misschien kunnen we helpen. Het leek van iets verder op het strand te komen," zei Julian.
Het gegil ging door merg en been en werd alsmaar frequenter en intenser. Phaedra was er stellig van overtuigd dat het de stem van Lina was.
Met al die rare kwieten tegenwoordig. Ik ben er niet gerust in, dacht Phaedra.
Zelf was ze net op een eerder gevoelig punt gekomen in haar gesprek met Julian, maar dat moest nu even wachten.
Julian nam haar hand en samen liepen ze het strand over, maar door de vallende duisternis konden ze niet meteen iets herkenbaars zien. Phaedra werd steeds ongeruster en gebruikte de zak-

lamp in haar gsm om toch iets te kunnen onderscheiden in het donker.
Toen ze dichter in de buurt kwamen van het geschreeuw, hoorden ze het een stuk duidelijker. Nu was Phaedra helemaal zeker dat het de stem van haar vriendin was. Soms leken de kreetjes vrij zacht, daarna steeds harder en sneller. Ze leek plots veel pijn te hebben, want hoe dichter ze naderden, hoe luider de kreten klonken. Phaedra werd bleek van schrik, gelukkig viel dit niet op in het donker.
Ze richtte de lamp op de plaats waar het geschreeuw vandaan kwam en zag een volle maan op en neer gaan tussen twee benen waarvan de tenen recht naar de hemel reikten.
"Mijn God, ik kom," riep Lina uit.
Gelukkig lag Vince boven op haar zodat ze niet kon opstijgen.
"He Lina, ben jij dat? Is alles oké?" vroeg Phaedra ongerust.
"Hm? Wat? Ja hoor, hier alles dik in orde," hijgde Lina gepikeerd door de ongelegen tussenkomst van haar vriendin.
Phaedra en Julian proestten het uit. Toen wist ze echt niet goed meer wat te zeggen. Een reddingsoperatie was uiteindelijk niet nodig, zo bleek.
"Zeg, wij gaan dan gewoon weer, oké?" mompelde ze onhandig en een beetje beschaamd.
"Tof! Tot later eens," kwam er bitsiger uit dan Lina bedoelde.
Dat de timing niet echt goed zat, was meer dan duidelijk, want op het moment dat Phaedra en Julian weggingen, was Vince juist gekomen.

Even later stonden Phaedra en Julian weer aan de terrasjes, nog steeds te bekomen van de gênante situatie van even daarvoor.
"Nu zou ik wel een dubbele cocktail kunnen gebruiken," stelde Phaedra voor.
"Kunnen we niet gewoon doorgaan waar we daarnet gestopt zijn?" vroeg Julian in een ultiem charmeoffensief.

"Sorry, ik ben te hard geschrokken van mijn vriendin. Een andere keer misschien," zei Phaedra nonchalant.
Julians 'moment suprême' was opeens in rook opgegaan.
Elke dag leer je iets bij over je vriendinnen, dacht Phaedra, duidelijk nog onder de indruk van de beelden op haar netvlies.
Door de hitte was hun kledij vrij snel gedroogd en mede door het feit dat Vince zijn pijlen iets te vroeg verschoten had, verschenen de love birds een kleine tien minuutjes later aan hetzelfde terras. Ze hielden ieder hun natte ondergoed in de handen, bij Lina bleek dit iets volumineuzer te zijn dan bij Vince. Ze had een gezonde blos op haar wangen en lachte. Haar aankomst op het eiland was geslaagd.
Vince bleek redelijk wat last te ondervinden om normaal te stappen. Zonder onderbroek in zijn skinny jeans zitten bleek niet comfortabel, al zeker niet omdat er toch redelijk wat zand tussen zijn edele delen zat. En dat schuurde verschrikkelijk tussen vel en vlees, zeker nu alles zo gevoelig was.
Hij ging meteen naar het toilet in een van de restaurantjes om alles uit te wassen en opnieuw deftig op zijn plaats te steken, maar moest enorm opletten toen hij de rits dicht wou trekken. Gelukkig voor hem was er geen blijvende schade.
Het werd al vrij laat op de avond en door de onvoorziene omstandigheden hadden de broers nog niets van zich laten weten aan hun ouders. Het afgesproken uur van terugkomst lag al ver achter hen. Hun ouders zouden die avond dineren in The Athenian House in Imerovigli, een van de beste mediterrane restaurants ter wereld. Ondanks de korte afstand tussen het hotel en het restaurant wou hun moeder niet vertrekken zonder wagen. Een wandeling was ze niet gewend en het was absoluut niet haar stijl. Toen het woordje 'Mom' oplichtte op de telefoon van Vince, kregen de broers plotseling een angstige blik in de ogen.
"Shit, shit, shit!" waren de enige woorden die ze konden uitbrengen.

Het was een heel kort telefoontje, het afscheid van de vriendinnen was zo mogelijk nog korter.
In alle haast gaf Vince Lina een vluchtige zoen op de mond. Julian zwaaide eens van ver naar Phaedra.
"Morgen spreken we zeker opnieuw af," riep hij nog voor ze uit het zicht verdwenen.
Opeens stonden Lina en Phaedra helemaal alleen op het strand. Phaedra keek haar vriendin aan en spontaan barstten ze allebei in lachen uit.
"Die zijn ineens wel heel snel weg! Zeg, wat was dat allemaal daarnet?" vroeg Phaedra toen ze bijgekomen was.
"Het was top! Nog nooit zo'n geweldig begin van een vakantie gehad," antwoordde Lina nog nagenietend.
"Op deze manier heb ik je nog nooit gezien," voegde Phaedra eraan toe.
"Misschien maar best, niet? Het was ook niet de bedoeling dat je een reddingsactie op poten zou zetten," lachte Lina.
"Ik ben echt onder de indruk," zei Phaedra.
"Zullen we een taxi nemen om weer naar het hotel te gaan? Met de bus lijkt je kledingstijl me iets te opzichtig voor de andere reizigers, " stelde Phaedra lachend voor.
"Perfect! Hoe sneller we in het hotel zijn, hoe beter, want dan kan ik mij eens netjes wassen," lachte Lina voldaan.

Nog geen kwartier later liepen Lina en Phaedra door de gietijzeren poort van het hotelletje en vonden al snel de twee andere dames tussen de bloemen op het terras. Lizzie was net klaar met skypen met haar mama en Kim was aan het genieten van de culinaire en romantische escapades van Catherina, het hoofdpersonage in haar meeslepende roman over Milos.
"Hi guys, jullie geloven nooit wat er net gebeurd is," stak Phaedra meteen van wal. "Onze lieve Lina heeft knetterende seks gehad op het strand met Vince!"
"Wat? Wie? Lina? Nu al?" riep Lizzie verbaasd.

"Weet je het wel zeker?" probeerde Kim nog.
"Heel zeker!" antwoordde Phaedra overtuigend.
"Ik neem eerst een frisse douche, dames. Tot straks," zei Lina triomfantelijk en ze liep gezwind de trap op.
Kim en Lizzie zetten grote ogen op toen Phaedra het volledige verhaal vertelde over hun vriendin, de mannenverslindster.
"Ze is er altijd wel vroeg bij, maar zo snel? We moeten opletten dat ze niet alle Griekse topkerels voor onze neus inpikt," lachte Kim.
Het was muisstil op het terras toen Lina zich na een kwartiertje bij hen voegde.
Maar toen de vriendinnen haar gelukzalige gezicht zagen, kon geen van de anderen de lach inhouden.
"*What the fuck*!" riep Lizzie naar Lina.
"Hoe is dat zo snel gegaan?" vroeg Kim.
"Ik had het ook niet zien aankomen," voegde Phaedra eraan toe. "Julian en ik waren ook goed op weg om er een gezellige avond van te maken, toen we iemand in de verte hoorden gillen. Het geluid leek uit de zee te komen. Eerst was het geschreeuw nog niet zo luid, maar naarmate we dichterbij kwamen, hoorden we kreten die je normaal alleen in horrorfilms hoort. Omdat ik Lina's stem meende te herkennen, zijn we haar beginnen te zoeken."
"Tja, je moest je gezicht eens gezien hebben toen jullie met de lamp op zijn grote witte achterwerk schenen! Onbeschrijfelijk!" schaterde Lina het uit.
In de ijskastjes van de beide kamers stond een fles witte lokale wijn als welkomstgeschenk.
"Laten we een fles opentrekken op de eerste geslaagde avond op Santorini," stelde Phaedra voor.
Ze vulden de glazen en gierden van het lachen.
"*Yamas*," klonk het luid toen de glazen tegen elkaar tikten.
Moe maar voldaan – de ene al wat meer dan de andere – kropen ze wat later in hun bed en hadden zoete dromen.

5. Rode oortjes op Red Beach

De volgende ochtend was Kim het eerst wakker.
Ze nestelde zich in een van de comfortabele stoelen op het terras voor de kamer en voelde de eerste warme zonnestalen op haar gezicht. De absolute stilte werd enkel verbroken door het getrappel van de hoeven van een ezeltje dat naar boven kwam met enkele valiezen op zijn rug.
Kim was een beetje nerveus. Die dag was het haar verjaardag en ze wist nog niet wat de vriendinnen van plan waren.
Zouden ze mijn speciale dag vergeten zijn? Normaal maken ze er altijd een heel feest van en nu is er nog geen half woord over gesproken. Raar, dacht ze bezorgd.
Ze trok haar short en een topje aan die nog op de terrasstoel hingen uit te waaien en vertrok op verkenning.
De zon was nu boven het Kastelli en de kerk van de Heilige Maria geklommen zodat de rest van de witte huisjes van Pyrgos ook verlicht werden.
Kim liep via de smalle weggetjes tussen de huizen de heuvel op om enkele mooie foto's te nemen. Het was nog vroeg, er was niemand te zien, ze had het rijk voor zich alleen. Ze nam wel duizend foto's van de prachtige witte huisjes met ertussenin een paar kerkjes met blauwe koepels.
De hemel was, ondanks het vroege uur, al helblauw, de temperatuur steeg elke seconde.
Ondertussen was Phaedra ook wakker geworden door het zonlicht dat door de gordijnen kwam. Ze wou Kim als eerste een gelukkige verjaardag wensen, maar zag dat die niet meer in haar bed lag.

Ze stond op en klopte zachtjes aan bij de dames in de andere kamer om te zien of Kim misschien bij hen was.
Lina deed alsof ze nog diep in slaap was terwijl Lizzie onder de douche luid het ritme van de sirtaki aan het oefenen was. Toen Phaedra de kamer binnenkwam, wisten beiden meteen hoe laat het was. Door haar luide stem was zelfs Lina onmiddellijk klaarwakker.
"Goedemorgen allebei! Opstaan, Kim is jarig vandaag!" riep ze luidkeels.
De drie vriendinnen wilden er een speciale dag van maken voor Kim, net als de voorgaande jaren.
"Vertel eens, wat hebben we allemaal voorbereid voor haar feestje?" vroeg Phaedra nogal nadrukkelijk.
"Ik heb slingers mee," zei Lizzie die in een handdoek gewikkeld uit de badkamer kwam. "En een leuke kaart."
"Ik heb voor ballonnen gezorgd," voegde Lina eraan toe.
"En ik heb het cadeau bij waar we samen maanden aan gewerkt hebben," zei Phaedra vrolijk.
"Laten we de kamer snel versieren voor ze terugkomt. Ik zal aan Donna vragen of ze eventueel iets kan doen voor Kims verjaardag bij het ontbijt," stelde Phaedra voor.
"Waar gaan we heen voor haar verjaardag?" vroeg Lina.
"Wat als we Kim zelf de keuze laten voor wat we gaan doen vandaag?" stelde Lizzie voor.
"Topidee!" antwoordde Phaedra.
Eigenlijk had ze al een schema opgesteld wat de mogelijkheden waren voor die dag, maar het leek haar evident om Kim de kans te geven haar eigen voorkeur uit te spreken.
Gelukkig duurde het niet lang voor de kamer prachtig versierd was, want even later kwam Kim al terug van haar ochtendwandeling.
"*Happy birthday*!" riepen de drie vriendinnen in koor toen Kim de kamer binnenkwam. De knuffels en zoenen vlogen in het rond.

"We hebben nog voor een geschenkje gezorgd, iets van ons allemaal," riep Phaedra enthousiast en ze haalde een kartonnen doosje uit haar valies dat volledig versierd was met glitters en slingers.
"Wow, jullie zijn de liefste en beste vriendinnen van de wereld," zei een ontroerde Kim.
Ze kon haar tranen van blijdschap niet meer tegenhouden toen ze de doos ontdeed van het deksel. De drie vriendinnen hadden een plakboek gemaakt van alle memorabele momenten in hun leven, vanaf de eerste foto samen in de kleuterklas tot en met de foto die ze met Nieuwjaar hadden genomen toen ze beslisten om samen naar Santorini te reizen. Alle verjaardagsfeestjes, alle beschamende en onnozele foto's, ontroerende herinneringen en momentopnames die getuigden van extreme blijdschap: hun hele gezamenlijke leven was verenigd in dit boek.
"Daar zal ik wel even werk aan hebben om dit allemaal goed te bekijken," bracht ze geëmotioneerd uit.
"Wat zou je vandaag het liefst van al doen?" vroeg Phaedra en ze gaf haar meteen enkele tips.
"Een ezelritje in Fira, slenteren door de straatjes van Oia, een boottochtje maken of gewoon luilekker niksen op het strand, mogelijkheden zat! Wat denk je?"
"Ik zou hier op Santorini heel graag een boottochtje maken, dat zeker, maar dat hoeft voor mij absoluut vandaag niet te zijn. Er zijn zoveel mogelijkheden," antwoordde Kim enthousiast, blij dat de vriendinnen haar verjaardag dan toch niet vergeten waren.
"Laten we naar beneden gaan voor het ontbijt, daar kunnen we verder overleggen," stelde ze voor.
Ze daalden de trap af en gingen aan een tafel op het terras zitten voor hun ontbijt.
Donna verwelkomde hen hartelijk en gaf Kim een dikke zoen op beide wangen.

"Gefeliciteerd met je verjaardag," zei ze lachend terwijl ze een groot stuk chocoladetaart met een brandend kaarsje op hun tafel zette.
"Oh, zo leuk! Dank u," zei een dolgelukkige Kim.
Hun verbazing was groot toen er vervolgens een jongeman voorbijkwam met een groot bord met allerlei lekkers. Het was niet de gigantische mand met vers fruit, de schaal met geurige gebakjes of het lekker ruikend brood dat hen opviel. Het was eerder de kerel zelf. Meer bepaald de manier waarop hij gekleed was en de manier waarop hij zich voortbewoog.
Het was een vrij grote jongeman, naar schatting een meter tachtig groot, slank gebouwd, zongebruind, donker haar en grote bruine ogen.
Hij droeg een strak T-shirt waarin zijn buikspieren duidelijk zichtbaar waren, een iets te nauw aansluitende, lange broek waarin zijn dijspieren en andere lichaamsdelen duidelijk te zien waren en daaronder sportieve sneakers. Alle kledingstukken waren spierwit.
Hij stapte niet, hij leek te zweven, alsof hij voortgleed over een schaatsbaan en zich vloeiend over het ijs bewoog.
Toen hij naast de tafel van de vriendinnen kwam staan, vielen hun monden spontaan open.
"Goedemorgen, ik ben Sean," zei hij met een brede glimlach, alsof hij reclame maakte voor tandpasta.
"Iedereen koffie of liever thee? Of hebben jullie zin in iets anders?" vroeg hij beleefd, maar hij voegde er toch een dubbelzinnige knipoog aan toe.
"Wat een stuk is dat!" zei Lina in slow motion.
De drie anderen konden dit alleen maar beamen door een lichte, knikkende beweging.
"Koffie voor iedereen," mompelde Phaedra in het Grieks.
"Komt eraan," zei Sean en de vier hoofden van de dames volgden hem naar de keuken.

"Wat was dat allemaal?" prevelde Lina. "Heb je die buikspieren gezien?"
"Ik was even mijn aandacht kwijt toen hij naast me stond en zijn broek op ooghoogte kwam," fluisterde Kim.
Toen Sean even later bij hen aan tafel kwam om de koffie uit te schenken, lachte hij nogmaals vriendelijk naar de vriendinnen die het moeilijk hadden om alle kwijl in hun mond te houden.
Zowel Lizzie als Lina wilde een gokje wagen naar de lengte van de inhoud van zijn broek, maar om een goede inschatting te kunnen maken hield Lizzie haar hoofd, en in dezelfde beweging ook haar koffiekopje, net iets te schuin. Bij het schenken kwam er zo wat gloeiend hete koffie op Lizzies billen terecht.
Vliegensvlug ging Sean een handdoek halen en wreef haar benen droog terwijl hij zich uitvoerig excuseerde. Lizzie wist op dat moment niet of de warmte die ze voelde van de koffie kwam of van haar eigen lichamelijke hitte die met tien graden gestegen leek. Sean voelde zich zodanig schuldig en bleef maar wrijven en zich verontschuldigen dat ze medelijden met hem kreeg.
"Sean, het is oké," zei Lizzie terwijl ze hem in de ogen keek.
Sean droop ontgoocheld af, wetende dat hij het verpest had bij de vriendinnen.
Lizzie probeerde het voorval te vergeten door het versgebakken brood en de hemelse lokale kaas te proeven, maar kon het branderig gevoel op haar been maar met moeite negeren.
"Sorry *guys*, maar ik denk toch dat ik dit verder moet verzorgen," zei ze bezorgd terwijl ze hen haar steeds roder wordende been toonde.
"Kom met mij mee naar binnen," zei Sean die net voorbijliep en zag dat Lizzie pijn had.
"We hebben speciale zalf tegen brandwonden. Laat mij je helpen," smeekte hij schuldbewust, dus volgde ze hem.
Hij hielp haar in een makkelijke zetel en zachtjes smeerde hij een dikke zalf op haar been. Het was duidelijk dat de kalmerende bal-

sem meteen een helende werking had, maar voor Lizzie mocht hij gerust nog een uurtje zo doorgaan.
"Hier, iets meer naar boven ziet het ook nog een beetje rood," probeerde ze geniepig.
Even dagdroomde Lizzie dat ze met hem op het strand lag en hij zonnebrandolie op haar benen smeerde. In haar droom keek hij naar haar zoals een panter die zijn prooi zou willen bespringen.
"Voelt het al wat beter aan?" vroeg Sean. Lizzie schrok en werd wakker uit haar ondeugende dagdroom.
"Ja hoor, bedankt voor het insmeren," stotterde ze terwijl haar gezicht rood aanliep.
Hij bracht haar terug bij de vriendinnen die al een beetje ongerust begonnen te worden. Hij excuseerde zich nogmaals en stak een papiertje met zijn nummer in haar handen.
Lizzie keek hem verbaasd maar aangenaam verrast aan. Hij knipoogde en glimlachte charmant naar haar.
"Hey, het is wel mijn verjaardag, hé. Vandaag zijn alle cadeautjes voor mij," riep Kim plagerig naar Lizzie toen Sean was verdwenen.
"Goed, terug naar de belangrijke vraag van vandaag: wat gaan we doen?" vroeg Phaedra nog eens met meer nadruk in haar stem. "Waarom zouden we geen auto huren? Het zou een makkelijke manier kunnen zijn om overal op het eiland te komen," vulde ze aan.
"Goed plan!" antwoordde Kim. "Dan kunnen we meteen een ritje maken om de omgeving te verkennen."
"Misschien kunnen we ook eens langs bij je grootouders," stelde Lizzie voor.
"Top, dat zullen ze leuk vinden!" antwoordde Phaedra en ze was blij dat iemand anders dit voorstelde. Anders zou het er misschien op lijken alsof ze alles zelf wilde beslissen.
De vriendinnen informeerden bij Donna waar ze in de buurt een auto konden huren.

“Net achter de hoek is een bedrijfje, Pyrgos rent a car, dichter kan niet en ze zijn zeer betrouwbaar,” stelde Donna voor. “Vraag naar Mikos en zeg maar dat Donna jullie gestuurd heeft! Hij zal dan wel een mooie korting geven,” riep ze hen nog na toen ze vertrokken.
Ver was het niet zoeken en al vlug hadden ze een rode Suzuki Jimny op het oog.
Mikos bleek een vriendelijke kerel die, toen hij hoorde dat Donna hen gestuurd had, hen nog een grotere korting gaf dan ze gehoopt hadden. Na het invullen van de noodzakelijke paperassen konden ze eindelijk aan hun dag beginnen.
Aangezien Phaedra dankzij haar grootouders en vele zomervakanties hier toch over een redelijke Griekse woordenschat beschikte, was het logisch dat zij de chauffeur zou zijn. Ze kende de weg als haar broekzak en de meeste wegaanduidingen waren enkel in Grieks.
Phaedra startte de auto en na wat gesputter vond ze de juiste verdeling tussen gaspedaal en koppeling. Uiteraard wou Phaedra eerst en vooral langsgaan bij haar Yiayia en Papou in het stadje Akrotiri, dat bijna op het uiterste zuidelijke puntje van het eiland Santorini lag.
Vanuit Pyrgos was het niet meer dan een kwartiertje rijden. Ze namen een paar flesjes water mee, en elk een strandzak met hun bikini en wat andere rommel.
Vanuit de smalle straatjes van Pyrgos reden ze door het dorpje Megalochori, dat bekendstond om zijn traditionele en beschermde dorpskern.
“Zullen we hier eerst iets drinken?” vroeg Phaedra.
“Yes, eindelijk! Ik ben al twee kilo afgevallen door het zweten alleen,” lachte Lizzie.
“Dat zou beter bij mij het geval zijn,” vulde Phaedra aan. “Jij bent al vel over been en ik kan wel links of rechts wat spekreepjes missen.”

Net buiten het centrum konden ze hun auto makkelijk parkeren. Ze slenterden door de smalle straatjes naar het centrale pleintje, net voor de doorgang onder de toren met zes klokken. Er waren een drietal gezellige terrasjes, maar het middelste leek hen het meest uitnodigende. Het leek of het terras volledig om enkele bomen heen gebouwd was.

De vriendinnen zaten nog maar net op hun stoel of er stond al iemand naast hen om hen welkom te heten.

Toen Kim zich lichtjes geïrriteerd omdraaide en wilde snauwen dat ze de kaart nog niet eens gekregen hadden en dus ook nog niet konden bestellen, keek ze recht in de diepblauwe ogen van Manolis.

"Euh, hey, euh, wat doe jij hier? Kom je mee iets drinken voor mijn verjaardag?" vroeg ze totaal van slag, maar aangenaam verrast.

Hij moest er even om lachen en gaf haar een vette knipoog.

"*Kalimera* dames, iedereen goed ingecheckt bij Donna? Mooie kamer? Blij jullie hier nu al te zien in Megalochori. Welkom in mijn moeders *taverna*," zei hij op een nonchalante, doch charmante manier.

"Mag ik jullie een welkomstdrankje aanbieden van het huis, maar vooral voor de verjaardag van deze mooie blonde godin?" vroeg hij beleefd, hopende dat het een goede indruk zou maken.

"Dat slaan we niet af!" riep Phaedra. "*Efcharisto*, dank je wel!"

Blijkbaar heb ik dan toch indruk gemaakt op hem gisteren, dacht Kim verheugd.

Even later bracht Manolis een grote schaal aan tafel met vier glazen *Ouzo of Plomari*, een grote fles water, een bordje met gemengde olijven en een kommetje met gezouten pistachenootjes.

"Wauw, als we altijd zo verzorgd worden, wil ik elke dag wel langskomen," zei Kim met een verleidelijke lach om haar mond.

"*Efcharisto*," stamelde ze. Het was een van de weinige Griekse woordjes die ze ondertussen geleerd had.

"Geniet ervan en... mochten jullie nog iets nodig hebben, roep me dan maar," gaf Manolis nog mee terwijl hij recht in Kims ogen keek.
"Mag ik even snel gebruikmaken van het toilet?" vroeg Kim terwijl ze haar knieën tegen elkaar drukte.
Hopelijk niet opnieuw een grote boodschap, dacht Manolis, bezorgd om zijn andere klanten.

Als in een automatisme werden de glazen omhooggestoken en bij het tikken riepen ze luid: "*Yamas*!"
"Dat gaat hier toch niet de hele week zo zijn, hé?" vroeg Lina lachend. "Ik kan niet zo goed tegen alcohol en deze ouzo loopt zo lekker naar binnen dat je pas achteraf de gevolgen merkt."
"Hier komen we zeker terug," zei Kim beslist.
Na het verfrissende drankje namen ze afscheid van Manolis, maar niet zonder hem met z'n vieren tegelijk een dikke smakkerd te geven. De jongen was er even tureluurs van. Bij het weggaan draaide Kim zich nog eens om en zag dat Manolis hen nog nakeek. Ze glimlachte een laatste keer verleidelijk naar hem.

Vanuit Megalochori was het kinderspel om bij Phaedra's grootouders te geraken. Het eerste baantje naar rechts en dan gewoon rechtdoor, zodat ze automatisch in Akrotiri kwamen. De zon stond hoog, het was toen al meer dan dertig graden, maar een aangenaam briesje bracht wat verkoeling. Aangezien ze het leuker vonden om het dakzeil weg te laten, hadden ze binnen de kortste keren allemaal een rood kleurtje. Net een viertal gekookte kreeften in een rode auto.
Phaedra's grootouders woonden in een simpel vierkant huisje, dicht bij de zee. Toen ze het bordje 'Akrotiri' passeerden, kreeg Phaedra het warm en koud tegelijk. Ze kende dit baantje maar al te goed. Na de laatste bocht reden ze het straatje in dat naar het huisje aan de Caldera leidde. Al snel zag Phaedra haar Yiayia

die, zoals altijd, voor haar huisje zat op een oude stoel onder het kleine afdak dat wild begroeid was met roze bougainvillea.
Ze toeterde de hele buurt bij elkaar, zodat haar Yiayia bijna van haar stoel viel van het schrikken. Van puur geluk dat ze haar grootmoeder terugzag, had Phaedra totaal geen controle meer over de wagen.
Ze gooide het portier open en stapte uit. Zonder zelfs maar de handrem aan te trekken, spurtte ze naar haar grootmoeder en vloog haar om de hals.
"*Yiayia! Kalimera Yiayia*!" riep Phaedra enthousiast uit.
"*Koukla mou*," begroette de Yiayia haar kleinkind terwijl tranen van geluk opwelden.
Tijdens de omhelzing, die wel een half uur leek te duren, kreeg ze duizend dikke zoenen op beide wangen en voorhoofd. Ook Phaedra kon haar tranen van blijdschap niet bedwingen. Eindelijk zag ze haar grootmoeder terug.
Gelukkig had Kim, die naast Phaedra in de auto zat, de reflex om de handrem aan te trekken. De rode Jimny zou met de drie resterende vriendinnen anders gewoon pardoes van de kliffen gereden zijn en beneden op het strand beland zijn als oud ijzer. De vriendinnen zouden gekneld gezeten hebben als ongemarineerde sardienen in blik. Ze wilden allemaal doodgraag naar het strand, maar dan toch liever via de normale weg.
"Lieve, lieve Yiayia. Dit zijn nu mijn beste vriendinnen," probeerde Phaedra uit te brengen tussen haar tranen door.
"Deze mooie blonde vamp is Kim én ze is jarig vandaag! De grote dame is Lina en daarnaast met de krulletjes, da's Lizzie," stelde Phaedra haar vriendinnen voor.
"*Kalosorista*, welkom!" riep het kranige oude vrouwtje.
De vriendinnen werden op dezelfde manier begroet door de Yiayia als haar eigen kleindochter, want vrienden van haar kleinkind waren vrienden van haar.
Ze namen plaats in de oude zeteltjes onder het met bougainvillea en witte druiven bedekte terras en kregen onmiddellijk een kruik

met fris water met schijfjes limoen erin aangeboden. Ze zette er ook wat olijfjes en een kommetje met droge, zoute koekjes naast. De Yiayia bleef maar kijken naar haar kleinkind en ratelen dat ze zo'n mooie vrouw geworden was, gevolgd door een tiental kruistekens en toen keek ze ook even omhoog als dank aan de goden.
"Waar is mijn Papou eigenlijk?" vroeg Phaedra ongeduldig.
"Hij is nog in de haven van Vlychada om zijn visnetten te herstellen," antwoordde haar grootmoeder.
"Jouw Papou kan elk moment thuiskomen. Wat zal hij blij zijn om zijn lievelingskleinkind opnieuw te kunnen knuffelen," vervolgde ze.
De Yiayia genoot ervan om haar kleinkind eindelijk terug te zien en in haar armen te kunnen nemen. Het was alweer een vol jaar geleden en bij het skypen had ze enkel haar gezicht gezien. Phaedra was een volwassen vrouw geworden, een echte moderne vrouw met Griekse trekken. Ze was intelligent, leergierig en had een zacht karakter met sterke uitschieters.
De Yiayia herkende zichzelf in Phaedra en dacht terug aan de tijd dat ze zelf een jonge vrouw was. Ze was opgegroeid in de betere buitenwijken van Athene waar ze naar school ging. Door haar goede cijfers kon Pharilde, dat was haar meisjesnaam, naar de universiteit in het centrum van Athene voor een opleiding tot onderwijzeres. Haar ouders hadden hun laatste spaarcenten bijeengelegd opdat hun dochter haar diploma zou kunnen behalen. Daardoor zou ze later een beter betaalde baan kunnen krijgen en een luxueuzer leven kunnen leiden dan zijzelf.
Alles verliep perfect, tot de protesten luider en luider klonken. Op 17 november 1973 brak een bloedige studentenopstand uit in centrum Athene. Alle studenten liepen mee in de optocht die aan het parlementsgebouw aan het Syntagmaplein door de politie hardhandig uit elkaar geslagen werd. Toen Pharilde doodsbang en ten einde raad een steegje insloeg om het geweld te ontlopen, werd ze plotseling bij de hand genomen door een medestudent. Zonder na te denken of zelfs goed te kijken wie die persoon was,

liep ze zo hard ze kon weg uit de gevarenzone. Door een wirwar van straatjes kwamen ze uiteindelijk in de rustige, gezellige wijk Plaka terecht. Ze had op dat moment nog steeds geen idee wie haar reddende engel was, zo wanhopig en bang was ze weggelopen van alle tumult. Maar eens ze veilig en wel kon uitblazen, keek ze dankbaar haar held aan en kon haar ogen niet geloven. Alsof het lot het zo gewild had, bleek dat uitgerekend Christopherus, een jongeman op wie Pharilde, net als de meesten van haar medestudentes, al enige tijd een oogje had, haar had weggehaald uit de hel van Athene en haar in veiligheid gebracht had. Ze keek diep in Christopherus' ogen en dankbaar kuste ze hem vol op de mond. Achteraf vernam Pharilde dat ook Christopherus al maanden smoorverliefd was op haar, maar het haar nooit had durven te zeggen.
Hij was een grote, knappe man, verstandig, sportief en door zijn vlotte sociale omgang had hij een ruime vriendenkring. Hij studeerde Economie en had grote plannen om zich, na zijn studies, in Athene te vestigen en een zaak op te starten. Zijn ouders woonden op het eiland Santorini en waren trots op hun enige zoon die zakenman zou worden in Athene.
Pharilde kon het niet geloven dat juist deze knapperd haar beschermd en gered had van alle geweld. Vanaf die dag waren ze onafscheidelijk. Kort daarna nam Christopherus een verrassend besluit.
Door de impact van de studentenopstand en de gevolgen daarvan, zou hij zijn studies niet afmaken in het onrustige Athene maar teruggaan naar het veilige, rustige Santorini. Ondanks het feit dat ze elkaar nog maar kort kenden, besloot Pharilde om met Christopherus mee te reizen. Het was het beste besluit dat ze ooit nam. Toen ze een klein jaar getrouwd waren, bleek Pharilde al zwanger van haar eerste dochter, Phaedra's mama Helena.
Ze hadden een lapje grond gekocht met geld van hun beide ouders en na enkele maanden konden ze beginnen aan de gelijkvloerse verdieping van een klein vierkant huisje. Christopherus

bouwde eigenhandig, samen met enkele vrienden, het huis, Pharilde maakte er een gezellig thuis van. Later, toen ze opnieuw wat centjes bij elkaar gespaard hadden, konden ze er een tweede verdieping bovenop zetten, zodat iedereen een eigen kamer had. Christopherus deed alles voor zijn gezin, geen moeite was hem te veel.

Terwijl de Yiayia een nieuwe fles water haalde, kwam de Papou met zijn oude rammelkar het baantje opgereden. Phaedra herkende het krakende lawaai, sprong overeind en liep zo snel ze kon naar haar Papou. De wagen stond amper stil of ze had hem al uit de auto getrokken om hem een stevige knuffel en enkele dikke zoenen te geven. Ze had haar grootouders zo gemist.
Terwijl de Yiayia het eten aan het klaarmaken was, haalde haar Papou een fles ouzo boven. De Grieken drinken het lekkere anijsdrankje zonder water, wat voor de meeste toeristen toch iets té sterk is.
"Ik zal voor jullie maar wat aanlengen, zeker?" lachte hij de enkele tanden die hij nog had bloot.
"*Yamas*! Op Kims verjaardag!" riep Phaedra luid, waarop iedereen nog eens in koor "*Yamas*!" schreeuwde.
Nadat ze elk twee ouzo's gedronken hadden, werd het de hoogste tijd om iets te eten.
Dat komt hier niet goed, dacht Lina bij zichzelf. *Daar is al de derde ouzo op een halfuur tijd!*
Juist op dat moment bracht de Yiayia de heerlijk ruikende gegrilde kipsouvlaki op tafel, samen met de in rozemarijn en olijfolie gebakken aardappeltjes in de schil. Ondanks het feit dat ze nog niet echt honger hadden, namen ze allemaal een goedgevuld bord want de sublieme geur was onweerstaanbaar. Een lekkere maaltijd hoeft niet altijd haute cuisine te zijn. Als het maar met liefde klaargemaakt is, dan smaakt het altijd.
Na de maaltijd namen ze afscheid met een dikke knuffel en een zoen op het voorhoofd.

"Beloof me dat je ons snel weer komt bezoeken," sprak de Yiayia. "De week is nog lang en jouw Papou is binnenkort ook jarig. Vergeet het niet, hé?" riep ze Phaedra nog na.
Zoals elk jaar zou op die dag de hele familie op bezoek komen. En nu haar kleinkind met haar vriendinnen ook op het eiland was, zou het een extra leuk feestje worden.

Kim had op het internet gelezen dat er archeologische opgravingen van een prehistorische stad te zien waren in de buurt van Akrotiri.
"Ik wil die fameuze opgravingen weleens gaan bekijken," zei ze. "Vandaag mag ik toch alles beslissen en nu we zo dicht in de buurt zijn, kunnen we meteen eens langsrijden, niet?"
Iedereen was onmiddellijk akkoord en al snel zaten ze weer in de wagen. Phaedra kende de omgeving als haar broekzak en wist dus ook waar de opgravingen precies gelegen waren.
Vijf minuutjes later kwamen ze al aan bij de ruime parking.
In de tijd van de Minoïsche beschaving was Akrotiri een bloeiende handelsstad, tot het verwoest werd door een vulkaanuitbarsting.
Lang hoef je er niet rond te lopen om een goede indruk te krijgen van hoe het er ooit moet hebben uitgezien. Het wordt ook weleens 'het Griekse Pompeï' genoemd, omdat er toch enige gelijkenissen zijn. De dames liepen het hele traject door en Phaedra speelde opnieuw gids voor haar vriendinnen.
Een beetje cultuur kan nooit kwaad, dacht Lina, die dankzij de lekkere en overvloedige souvlaki helemaal bekomen was van de hoeveelheid alcohol.
Onder de enorme overkapping voor de opgravingen was het bloedheet, dus stelde Phaedra voor om er niet te lang te blijven en stilaan naar het strand te gaan.
"Red Beach is hier vlakbij en echt wel speciaal. Het is een prachtig strand, gelegen tegen een hele hoge, rode rotswand, vandaar de naam. Je kan er enkel te voet naartoe, dus kunnen we de auto

beter gewoon hier laten staan. Het is eerst wat klimmen tussen de rotsen, maar daarna gaat het steil omlaag."
"Eindelijk, een strand! Ik dacht dat je het nooit zou voorstellen," zei Lizzie. "Ik besterf het hier van de hitte."
"Van hitte gesproken, ik voel die drie ouzo's haast naar boven komen," zei Lina en ze liep vlug richting de parking om op adem te komen. Ze namen alle strandbenodigdheden uit de auto en al snel wandelden ze voorbij het witte kapelletje, wat in de toeristische folders beschreven stond als "het begin van de vierhonderd meter lange afdaling naar het strand".
Net als alle andere toeristen namen ze enkele foto's aan het kerkje en volgden daarna het pad. Net na de bocht kwamen ze op een soort plateau terecht vanwaar ze een fabuleus uitzicht hadden op de lager gelegen baai met het schilderachtige strand en de immens grote, rode, schuine rotswand. Dan begonnen ze aan de korte, maar steile wandeling over en langs de rotsen naar beneden.
"Wat een prachtig zicht," riep Kim uit.
"Zoals ik al zei, het heet dan wel Red Beach, maar eigenlijk is het strand zwart vanwege de lava en zijn de hoge rotsen rood, net zoals hier iets verderop een strandje White Beach heet, maar gitzwart is met witte krijtrotsen," gaf Phaedra mee als volleerde gids.
"Het wordt afgeraden om te dicht bij de rotsen te gaan liggen, wegens gevaar voor vallende stukken rots. Voor de rest is het een idyllisch strandje," voegde Phaedra er nog spottend aan toe.
Ze daalden af naar het drukbezochte strand en zochten een leuk plaatsje uit, dicht bij het water maar zo ver mogelijk weg van de rotswand.
Nog onder de indruk van de schoonheid van dit fantastisch stukje natuur, had Lizzie niet opgemerkt dat iemand in de buurt haar wel heel goed in de gaten hield.

Peter, haar lieve sugardaddy, had met zijn knappe vriendin ook een rustig plekje op het strand uitgezocht, ver weg van de massa en alle drukte in Fira en Oia.
Stilletjes hoopte hij zo niet geconfronteerd te worden of straks oog in oog te staan met Lizzie om daarna tekst en uitleg te moeten geven aan *zijn madam.*
Toevallig hadden ook de vier vriendinnen net dat stukje strand uitgekozen om een kleine striptease uit te voeren. Een na een gooiden ze hun slippers op een hoopje en trokken bijna gelijktijdig hun topjes uit. Daarna moesten de shortjes er ook aan geloven en *last but not least* de bovenstukjes zodat hun borsten in alle vrijheid konden meegenieten van de schoonheid van de natuur. Gelukkig voor de vele toeschouwers hielden ze nog net hun bikinislipjes aan. En dat allemaal voor de neus van die sukkelaar Peter.
Dat ene paar borsten kwam hem wel heel bekend voor, maar nu er ook nog drie andere fraaie stellen kwamen kijken, werd het toch wat veel voor hem.
Vanop de eerste rij een prachtig spektakel zoals in de Moulin Rouge mogen meemaken en niet eens moeten betalen, schitterend gewoon, dacht Peter.
Zijn sympathieke vriendin bleek plotseling iets minder sympathiek uit de hoek te komen. Ze kon de vertoning van de meisjes maar matig appreciëren en stond verontwaardigd op.
"Wat is dat hier voor een wansmakelijk gedoe! Die jonge vrouwen denken dat ze hier alles mogen, zeker? Da's hier toch geen stripteasetent? Kom, we zijn weg. Nu!" gebood ze Peter in duidelijke woorden, terwijl ze hem boos aankeek.
Maar voor Peter was opstaan op dat ogenblik niet zo evident. Hij lag op zijn buik en had een putje gegraven in het zand om andere strandgangers niet te intimideren met een te uitpuilende zwembroek.
Help! dacht Peter. Hij wist dat hij een woede-uitbarsting van zijn vriendin beter kon vermijden, maar onmiddellijk rechtstaan met

zichtbaar opgebouwde spanning in zijn zwembroek, zou ook een punt van discussie kunnen zijn.

Als de nood het hoogst is, is de redding nabij.

Net op dat moment viel er, zoals dus wel vaker gebeurt op Red Beach, een vrij groot stuk van de rode rotswand pardoes naar beneden. Alleen al door het schrikken was Peters probleem onmiddellijk opgelost en kon hij, sterk aangepord door zijn vriendin, zijn boeltje pakken en wegwezen.

“Kom je nu nog?” riep ze, terwijl ze hem dwingend aankeek.

“Die jonge vrouwen hebben totaal geen gevoel meer voor deftige zeden!” siste ze terwijl ze de vier vriendinnen voorbijliep. Peter was het daar duidelijk niet mee eens.

Zijn vriendin wist nog niet dat een van die vier mooie jongedames regelmatig met hem samengewerkt had. Mocht ze geweten hebben op welke manier, zou de volledige rots naar beneden gekomen zijn onder haar toorn.

Door de commotie omwille van het gevallen rotsblok en het plotselinge verbale geweld naast haar viel het Lizzie toen pas op dat er een man meegesleurd werd door zijn vriendin. Bij nadere inspectie bleek het Peter te zijn, die dus op een paar meter afstand van haar moest hebben gelegen.

Zijn vriendin keek nog eens over haar schouder naar de vier vriendinnen en gaf hen met haar blik te kennen dat ze een allesbehalve hoge dunk van hen had. Lizzie vond haar plots toch iets minder vriendelijk dan op het vliegtuig en ook een stuk minder mooi want door de nijdigheid in haar gezicht waren er vrij veel diepe rimpels zichtbaar geworden.

Peter gaf Lizzie nog vlug een flinke knipoog toen hij haar zag kijken terwijl hij in allerijl door zijn vriendin meegesleurd werd, weg van Red Beach.

Gelukkig was niemand gewond geraakt door het vallende rotsblok. Al snel werd het opnieuw een stuk rustiger op het strandje zodat iedereen verder kon chillen. Alleen Lizzie worstelde met een schuldgevoel. Niet ten opzichte van Peter, maar wel tegen-

over haar vriendinnen. Ze moest en zou hen alles vertellen, maar hoe? Misschien zou een van hen, of zelfs zij alle drie, het totaal niet begrijpen. Wat dan? Ze besloot nog wat af te wachten en een beter moment uit te kiezen.
Tegen de tijd dat hun huidskleur haast nog roder was dan de rotsen, werd het stilaan tijd om een deugddoende douche te nemen in het hotel, te gaan genieten van een heerlijk aperitief en de innerlijke mens opnieuw een beetje aan te sterken.

Twintig minuten later parkeerde Phaedra hun Jimny op een van de parkings aan de rand van Pyrgos. Vanaf daar was het nog ongeveer honderd meter wandelen tot aan het hotel. Vier dames die een douche moeten nemen is geen evidentie, maar na een uurtje waren ze er toch in geslaagd om allemaal fris en monter voor de dag te komen. Ze zouden er nog een leuke avond van maken, zeker voor Kims verjaardag.
Volgens de gegevens op Tripadvisor waren er enkele gezellige bars in Pyrgos. Maar de bar Penelope's leek hen wel de allerbeste keuze en was op wandelafstand van het hotel. Op amper vijftig meter van het hotel kwamen ze bij een klein terras aan, vlak onder de hoge toren met de zes klokken.
"Dit moet wel een van de meest romantische plekjes van Santorini zijn," prevelde Lizzie terwijl ze de omgeving in zich opnam. Vanop het terras hadden ze een prachtig zicht op de witte huisjes die uitgezaaid leken tegen de heuvel, én op de ondergaande zon. Penelope zelf kwam hen al snel verwelkomen en nam de bestelling op.
"*Kalispera.* Wat mag het zijn voor de dames?"
"Graag een fles frisse witte wijn," vroeg Phaedra in haar beste Grieks.
"Het is mijn verjaardag!" riep Kim uit. "Ik trakteer."
De vier vriendinnen nestelden zich op het terrasje waar ze de zon in al haar kleurschakeringen zagen zakken op de witte muren van

de huizen en de witgekalkte paden. In de verte zagen ze de weerspiegeling van rood en oranje in de spiegelgladde zee.
Even later kwam Penelope aandraven met een grote schaal met vier gekoelde glazen, een ijsemmer met een fles witte wijn uit Milos, samen met een bordje met pistachenootjes, groene en zwarte olijven en wat droge zandkoekjes. Het was een gewone, onopvallende wijnfles, met een simpel wit etiket. Enkel de letter 'C' stond erop en onderaan in kleine letters 'Milos'.
"Dat zou nog een leuk geschenkje kunnen zijn voor mijn Papous verjaardag," riep Phaedra enthousiast uit.
"Het is de initiaal van zijn voornaam Christopherus. Hij zou er superblij mee zijn."
Phaedra vroeg aan Penelope om een dergelijke fles in te pakken in geschenkpapier, zodat ze deze makkelijk kon meenemen.
"Op een onvergetelijke verjaardag, Kim!" riep Lina toen de glazen mekaar raakten.
"*Yamas*," klonk het opnieuw en alle gasten op het terras deden mee.

6. Love is in the air

Kim leek oprecht blij, maar miste toch wel iemand bijzonder om dit alles mee te delen. Ralph was het zeker niet, hij was verleden tijd. Na haar relatie met hem was ze niet echt verdergeraakt dan een onenightstand en een meute bewonderaars die haar totaal niet interesseerden.

Ze zocht iemand speciaal, iemand uniek die het vuur in haar kon doen ontbranden, iemand naar wie ze opkeek zonder dat hij pretentieus was. Een man met een toekomstvisie en ambitie die begreep dat je met twee verder kan komen in het leven dan alleen. Ze zou hem steunen en helpen waar ze kon en hem een warm thuis geven waar het gezellig en behaaglijk was.

Door de gemoedelijke sfeer, de uitzonderlijke schoonheid van het eiland en de warmte van de eilandbewoners nam haar gemis voor iemand naast zich nog meer toe.

Ze keek naar de zachte gloed die de zon op de witte huisjes toverde, naar de diepblauwe zee die voor haar lag als een gestreken laken, ze voelde het warme briesje dat haar wang streelde. Dat alles wou ze vastleggen in haar geheugen of in een speciaal kamertje in haar hart opsluiten zodat ze het nooit zou vergeten.

Het viertal was opvallend stil die avond, ondanks het feit dat ze zich perfect gelukkig voelden. Mocht er op dat moment een beoordeling gezet worden op 'genieten', dan was het zeker een dikke tien.

"Ik heb zin om door de straatjes te slenteren," zei Phaedra toen de fles omgekeerd in de koeler zat.

"Welke kant gaan we op? Omhoog of naar beneden?" vroeg Kim.

"We zijn eigenlijk nog niet tot boven geweest. Volgens het internet zou er iets hogerop nog een uitzonderlijk restaurantje zijn. Laten we dat opzoeken en hopen dat er nog een tafeltje vrij is," stelde Phaedra voor.
Ze wandelden verder naar boven door de smalle straatjes van Pyrgos en kwamen uit op het terras van restaurant Rosemary.
"Wow, dat ziet er supergezellig uit," stotterde Lizzie.
Alle tafeltjes waren bezet, behalve eentje dat net vrijgekomen was. Een vriendelijke dame kwam hen ophalen aan de ingang en bracht hen bij het tafeltje dat aan de buitenrand stond.
"Wat een zicht!" stamelde Kim. "Dit kan geen toeval zijn. Hebben jullie dit geregeld voor mijn verjaardag?" De tranen van geluk sprongen in haar ogen terwijl ze haar vriendinnen vragend aankeek.
"Uiteraard," logen de anderen zonder veel overtuiging.
Een vriendelijke juffrouw zette onmiddellijk vers gesneden brood en een kruik met fris water op tafel, samen met een bord gemengde olijven.
"Zullen we een ouzo bestellen als aperitiefje?" vroeg Phaedra en zonder het antwoord af te wachten gaf ze de bestelling al door.
Daar gaan we weer, dacht Lina die haar laatste drie ouzo's niet echt goed verteerd had.
Vanaf het terras had je een uitzicht over heel Santorini. Zeker bij zonsondergang was elk dorpje duidelijk zichtbaar. Tegen dat ze goed en wel hun glas ouzo op hadden, waren alle lichtjes aangestoken en kon je perfect de lijn volgen van Fira over Imerovigli tot aan Oia. Ook aan de andere kant van de halve maan, die Santorini eigenlijk is, kon je perfect Megalochori zien liggen en zelfs Akrotiri helemaal op het uiterste puntje van de kromme banaan.
"*Kalispera Papou en Yiayia,*" riep Phaedra en ze gooide een kushandje in die richting.
Kalispera Manolis, dacht Kim zonder dat ze het echt besefte en keek dromerig in de richting van Megalochori.

Op elke tafel stonden kleine kandelaars met een mooie, grote kaars. Andere verlichting was er niet, maar het maakte de sfeer intiem, warm en gezellig. Op de stenen omheining van het terras stonden terracottapotten met verschillende kruiden. De warme lucht was verzadigd met een mengeling van scherpe geuren, vooral van basilicum, tijm en uiteraard rozemarijn. Op de achtergrond speelde heel zachtjes aangename loungemuziek.
"Dit is inderdaad een uitzonderlijke locatie!" fluisterde Kim terwijl ze de omgeving in zich opnam. "*Thanks guys*," kwam er prevelend uit terwijl ze een traantje van geluk wegpinkte.

"Tja, Phaedra, als ik de kaart zo bekijk, denk ik dat we opnieuw op jou moeten vertrouwen voor wat lekker is. Per slot van rekening weet jij wat echt typisch is op Santorini. Je spreekt de taal en desnoods kan je wat uitleg vragen aan de dame," zei Lizzie vastberaden.
Phaedra zag, zoals altijd, scheel van de honger. Dus bestelde ze alvast wat voorgerechtjes in de vorm van kleine schoteltjes om te delen, zodat iedereen van alle gerechtjes kon proeven. Ze had op internet gelezen dat dit restaurantje bekendstond om zijn authentieke smaken met natuurlijke kruiden.
Uit gewoonte bestelde Phaedra eerst een bordje verse tzatziki, zoals ze vroeger altijd al deed.
"En graag ook de *Santorinian tomato fritters*," zei ze met de flair van een local.
"Wat is dat voor iets?" vroeg Lina met enige argwaan. "Ga ik dat wel lusten?"
"Het zijn gehaktballen, vermengd met tomaat en kort gefrituurd. Een pure delicatesse," verzekerde Phaedra haar vriendin. Ze nam ook de in filodeeg gedraaide kaas uit Chios met honing en maanzaad. Een must om te proeven op Santorini.
Op dat moment kreeg een verliefd koppeltje Amerikaanse toeristen, aan het tafeltje naast hen, zalig uitziende zucchinikroketjes.

"Kunnen wij die ook bestellen, alstublieft?" vroeg Phaedra beleefd die meteen zin had om er enkele van het bord van de buren te nemen die het nooit zouden hebben opgemerkt, zo vol waren ze van elkaar.
Een lekker fris flesje wijn mocht uiteraard niet ontbreken om deze avond in stijl te vieren, dus bestelden ze ook een fles witte huiswijn, een lokale fles van het huis Argyros.
"Gelukkig hebben we extra budget, dankzij de bijdrage van de oude man op de luchthaven," lachte Lina.
"Laten we op zijn gezondheid klinken, maar ook op ons feestvarken van de dag! *Yamas*!" riepen ze opnieuw in koor toen de glazen tegen elkaar tikten.
"Zeg, wat was dat nu allemaal deze namiddag op het strand?" gooide Kim in de groep. "Die vrouw die zo boos wegliep, waarom was die zo woedend?"
"Ja, inderdaad," bevestigde Lina. "Die bekeek ons alsof we iets van haar aanhadden. Geen idee wat we misdaan zouden hebben."
"Zot hé, hoe die haar man meetrok. Nog nooit zoiets gezien! Maak het maar mee als man, de sukkelaar," vulde Phaedra aan.
De enige die niets zei, was Lizzie. Plots keken ze allemaal in haar richting.
"Ik heb er niets mee te maken hoor, echt!" stotterde Lizzie.
"Allicht, alsof jij daar voor iets tussen zou kunnen zitten?" antwoordde Phaedra lachend.
Je moest eens weten, dacht Lizzie.
"Het was nochtans een knappe kerel voor zijn leeftijd," zei Lina schalks.
Lizzie schrok van die reactie en had alle moeite om haar jaloezie te onderdrukken.
"Zeg, gingen jullie mij vandaag niet een hele grote doos cadeau doen waar zo'n spetter van een vent uit springt en een sensuele stripteasedans voor mij doet?" schaterde Kim.
"We kunnen niet elk jaar hetzelfde doen, hé. We zijn je verjaardag van vorig jaar nog niet vergeten, hoor," reageerde Phaedra.

“Weet je nog toen die twee knappe politiemannen die in de tuin opdoken na een lawaaiklacht van de buren? Ze kwamen op jou af en jij riep dolblij ‘*strippers*!’ Gelukkig konden ze erom lachen en heb je in de plaats van een vette boete nog twee dikke zoenen gekregen,” zei Phaedra die plat lag van het lachen toen ze eraan terugdacht.
Gelukkig kwam er al snel een knappe ober met de fles witte wijn, want ze konden wel een slokje gebruiken. Hun keel was droog van het lachen.
Onopvallend tikte Lina het bovenbeen van Kim aan en wees met haar hoofd in de richting van de jongeman.
“Die is voor mij,” fluisterde Lina in Kims oor.
Phaedra was de enige die niets in de gaten had, gewoon omdat ze nog steeds hongerig was. Aangezien ze dan ook nog de menukaart in handen had, ging al haar aandacht naar de gerechten en hoorde of zag ze niets anders. Ze kon wel van alle gerechten op de kaart een bord op, dacht ze. Kiezen was altijd zó moeilijk.
In Griekenland voelde ze zich soms meer thuis dan in haar eigen geboorteland. Dit was haar eiland, ze kende het vanbinnen en vanbuiten. Ze wist alle geheimen van de bewoners, ze kende de familievetes die soms hoog opliepen, maar meestal na enkele flessen wijn of Metaxa snel weer bijgelegd werden.
Dit eiland deed duidelijk iets met haar. Hier voelde het alsof ze er echt bij hoorde, ze vond hier rust en haar zelfvertrouwen was hier tien keer groter dan in België. Hier was haar lichaam perfect. Niet te mager, niet te dik. Gewoon wat molliger dan haar vriendinnen en de meesten van haar leeftijdsgenoten. Maar hier leek niemand zich daaraan te storen, integendeel. In Griekenland mocht een vrouw nog een vrouw zijn zoals ze oorspronkelijk voorzien was, met borsten, een buikje, een breed bekken en een poep waar je met vier op kon kaarten. Hier waren de vrouwen nog volmaakt en konden ze tegen een stootje.

De voorgerechtjes werden door de knappe ober aan tafel gebracht en roken verrukkelijk, net als de ober zelf trouwens. Iedereen, behalve Lina, nam de schaaltjes onmiddellijk aan en begon het eten te verdelen. Lina keek argwanend naar de kaas uit Chios.
“Ik ga dit waarschijnlijk niet lusten, dat ziet er toch echt niet uit?” zei ze met een gezicht vol afschuw.
“Wil je alstublieft toch een klein stukje proeven?” vroeg Phaedra vriendelijk. “Je zult versteld staan van de zachte, volle smaak.”
Lina nam een miniem, onnozel klein stukje kaas in haar mond. Ze sloot haar ogen en genoot, ondanks haar vooroordeel, van dit onbenullig stukje hemelse lekkernij. Zo traag ze begonnen was, zo snel vroeg ze nu alle andere schoteltjes om toch maar een deeltje van alle gerechten op haar bord te krijgen, want de anderen waren al volop aan het smullen. Lina had duidelijk de smaak te pakken.
Lizzie was eigenlijk de hele avond al stiller dan anders. Ondanks de aandacht die ze had gekregen van Sean die ochtend, was ze zelf ook graag eens met de Engelse broers op stap gegaan. Ze was zelfs een beetje jaloers op Phaedra en nog meer op Lina omdat zij wel een superleuke eerste avond hadden gehad.
Zij had het die avond gewoon niet over haar hart gekregen om Kim alleen terug naar het hotel te laten gaan. Op de terugweg was er niet veel gezegd tussen de twee vriendinnen. Ze waren snel weer in het hotel. Na een warme douche hadden ze een frisse fles wijn uit de koelkast genomen en waren op het ontbijtterras gaan zitten tussen de bloemen. Geen enkel geluid was te horen, alleen het kleine fonteintje in het midden verbrak de stilte. Kim had een vakantieroman gelezen tot de andere dames thuiskwamen. Toen was de rust voorbij.

Er werd al snel een tweede fles wijn gevraagd. Het viel op dat de jonge ober, Alexander zoals hij bleek te heten, wel heel vaak aan hun tafeltje stond om te kijken of alles in orde was. Telkens hij

voorbijliep, probeerde hij oogcontact te maken met… Phaedra. Grieks bloed kruipt blijkbaar waar het niet gaan kan.
Het was Phaedra nog niet eens opgevallen, die was nog te druk bezig met het naar binnen werken van de zalige lekkernijen en het overlopen van de leuke belevenissen van die dag. Ze nam een stuk brood om het laatste drupje hemelse olijfolie weg te vegen, toen Kim haar wees op de starende blikken van Alexander.
"Nu niet meteen doen, hé," zei ze stilletjes tegen Phaedra. "Maar je moet eens onopvallend in de richting van de knappe ober kijken." Uiteraard deed Phaedra net het tegenovergestelde en keek hem meteen recht in de ogen.
En plotseling viel de wereld volledig stil.
Alles leek in slow motion te verlopen, elk geluid gehuld in een dikke nevel. Phaedra en Alexander zagen alleen nog elkaar. Het leek alsof ze samen in een bubbel door het heelal zweefden, zelfs de zwaarste aardbeving zou hen niet kunnen afleiden.
Phaedra was op slag tot over haar oren verliefd. Van het ene moment op het andere wist ze niet meer van welke planeet ze kwam. Haar hele lijf gloeide. Haar lichaamstemperatuur steeg met vijf graden per seconde.
Dit kan toch niet waar zijn, dacht ze. *Overkomt mij dit echt of is dit een sprookje?*
Ook Alexander was als van het Lam Gods geslagen door de sterke, intense gevoelens in zijn onderbuik, maar probeerde professioneel te blijven.
"Heeft de mooie jongedame iets gezien wat ze graag wil? Ik bedoel, iets van de menukaart uiteraard," vroeg hij onhandig terwijl hij Phaedra zalig verliefd bleef aankijken.
De drie overige vriendinnen zaten het onwezenlijke gebeuren gade te slaan, niemand zei een woord, ze keken elkaar enkel stomverbaasd aan. Niemand wist wat er zou gebeuren.
Phaedra was er zich totaal niet van bewust dat Alexander haar een vraag gesteld had.

Ze had zijn mond zien bewegen, maar haar focus lag helemaal op zijn warme, vriendelijke ogen. Haar spraakorgaan was tijdelijk on hold gezet.
"Ahum, onze plaatselijke gids Phaedra zal alles doorgeven," zei Kim op een venijnig toontje, stiekem jaloers dat Phaedra met haar verjaardagscadeau ging lopen.
Opnieuw bleef het muisstil.
"Hallo, iemand thuis?" probeerde Lizzie de aandacht van Phaedra te krijgen terwijl ze met haar handen voor het gezicht van haar vriendin zwaaide.
"Euh, wie, wat? Is er iets?" mompelde Phaedra, nog genietend van de warme gloed in Alexanders blik.
"Zeg, wat gaan we nu bestellen om te eten?" drong Lina aan. "Ik heb eindelijk de smaak te pakken en wil toch ook nog wat andere gerechtjes proeven, hoor!"
"Oh, neem maar waar jullie zin in hebben," zei Phaedra verward. "Ik weet al wat ik ga nemen," voegde ze er ondeugend aan toe en knipoogde lachend naar Alexander.
"Zeg, verliefde tiener. Wat gaan we nu kiezen: vlees of vis? We kunnen ook van elk twee schotels nemen, zo hebben we een beetje van alles. Is dat goed voor jou?" vroeg Lizzie, ook lichtjes geïrriteerd omdat hun gids behoorlijk afgeleid was.
"Wat zou jij nemen als je moest kiezen, de vis uit de koude zee of het lekker sappige, warme vlees?" vroeg Phaedra dubbelzinnig aan Alexander.
Ze zag zijn adamsappel een paar keer snel over en weer gaan, terwijl er enkele zweetdruppels uit zijn gitzwarte haar naar beneden drupten.
"Ik veronderstel dat ik dan iets moet kiezen wat op de kaart staat?" antwoordde hij gevat.
"Dan zeker het Rosemary lam met bulgur, warme tomaatjes en aubergine en wellicht ook de in limoen, look, rozemarijn en tijm gemarineerde kip met wilde rijst. Dat zijn hier absolute toppers. Vinden jullie dit goed?" brabbelde hij zenuwachtig verder.

“Klinkt goed,” bevestigden de vriendinnen knikkend.
“Oké, voor mij is alles goed,” antwoordde Phaedra zonder zijn blik los te laten.
“En voor de vis toch zeker de gegrilde inktvis met linzen en wat denken jullie van de zeebaars in citrus vinaigrette met gestoomde groentjes? Is dat ook in orde voor jullie?” vroeg Alexander vakkundig toen hij zich enigszins herpakt had.
Opnieuw knikten de drie anderen terwijl Phaedra alle kwijl in haar mond probeerde te houden.
“Het ziet er allemaal dik in orde uit,” glimlachte Phaedra in zijn richting.
Alexander kon zijn lach niet meer inhouden en liep snel naar de keuken waar hij zich een luide “*What the fuck*” liet ontvallen.
Phaedra was verliefd, dat was meer dan duidelijk, zeker omdat ze geen hap meer door haar keel kreeg. Dit hadden de vriendinnen nog nooit gezien bij haar.
“Wat was dat nu allemaal? Wat is dat met jou op dit eiland? Ben jij hier een of andere seksgodin of zoiets?” vroeg Lizzie.
“Ik snap het ook niet echt, maar ik voel me zalig,” stotterde Phaedra.
Toen de sublieme gerechten op tafel kwamen, had ze opnieuw enkel oog voor Alexander. Zelfs de hemelse geuren van het geroosterde lam konden haar niet afleiden.
“Smakelijk!” riepen de vriendinnen terwijl ze op hun maaltijd sprongen.
Toen even later drie van de vier borden perfect schoon waren en ze alle restjes aan hun vork voor de vijfde keer afgelikt hadden, zat Phaedra nog steeds met haar eerste stukje lam op twee centimeter van haar mond.
“Ik denk niet dat hij tevreden zal zijn als je niets van dat lekkere lam gaat opeten,” probeerde Kim haar vriendin opnieuw vanuit de hemel op aarde te krijgen.

"Sorry, je hebt gelijk. Het lam ruikt subliem en ik zou niet willen dat hij denkt dat ik zijn eten niet lust," antwoordde Phaedra terwijl ze in recordtempo haar bord leegat.
De vier vriendinnen genoten van het lekkere eten, het gezelschap en het fenomenale uitzicht.
Een flauw briesje zorgde ervoor dat de temperatuur draaglijk was om te genieten van het eten. Een na een kwamen de tafeltjes vrij, tot uiteindelijk ook de laatst overgebleven klanten, met uitzondering van de vier vriendinnen, het restaurant verlieten.
Alexander bracht hen nog een glaasje Metaxa, om de ontmoeting te vieren.
"*Yamas*!" riepen ze luid bij het klinken van de glazen en gelijktijdig dronken ze het sterke goedje ad fundum uit.
Toen Alexander de rekening bracht, had hij er een briefje met zijn telefoonnummer bij gestopt, op zo'n manier dat het zeker in Phaedra's handen terechtkwam.
"*Kalinichta*," zei hij zacht terwijl hij diep in haar ogen keek.
Ze smolt.
De wijn en de Metaxa waren wellicht de reden dat de jongedames uitbundig en redelijk in de wind het restaurant verlieten. Phaedra was helemaal in de wolken en had nu een Griekse halfgod om van te dromen.
Nog nooit was ze zo verliefd geweest als op dat moment. Het gevoel was overweldigend.
Wat gaat dat worden? Hoe gaat dit verder? dacht ze, maar ze had iets te veel gedronken om dit nu te evalueren. *Morgen is er opnieuw een dag, we zien wel.*
Gelukkig was het gewoon bergaf wandelen door de smalle straatjes om terug tot bij het hotel te komen.
"Wat een ongelooflijk mooie dag en een fantastisch diner!" zei Kim enthousiast.
"Bedankt dat jullie er zo'n mooie dag van hebben gemaakt." Uit pure dankbaarheid gaf ze haar vriendinnen nog een dikke zoen en een warme knuffel erbovenop.

"Een avond om nooit te vergeten," antwoordde Phaedra, waarschijnlijk doelend op andere gebeurtenissen.
"Morgen maken we er opnieuw een topdag van, misschien een luilekkere dag op het strand, enkel wij vieren. Wat denken jullie?" vroeg Lizzie.
"Topidee," antwoordden ze in koor.
Niet zonder moeite namen ze de buitentrap die hen naar hun kamer leidde. Veel kledij moesten ze niet uittrekken en na enkele tellen lagen ze in hun bed.
"Slaap lekker en droom zacht," zei Phaedra, eerder gericht aan een afwezige man dan tegen haar vriendinnen.
"*Kalinichta*," antwoordden de vriendinnen.

De volgende ochtend zat Phaedra al vroeg op het balkon.
Die nacht kon ze de slaap niet echt vatten en al na een tweetal uur was ze opnieuw wakker geworden. Daarna was ze enkele uurtjes ingedommeld, maar kort nadien lag ze toch weer schaapjes te tellen tot het eerste licht door de ramen scheen. Ze kon aan niets anders denken dan aan Alexander, soms kon ze zich enkel zijn silhouet herinneren. Op andere momenten zag ze duidelijk zijn gezicht en de uitdrukking in zijn ogen. Uiteraard speelden de paradijselijke plaats en de bedwelmende warmte een rol, samen met de hemelse geur van alle kruiden die de lucht vulden. Maar ze voelde dat er meer aan de hand was, iets wat ze nog nooit gevoeld had. Phaedra volgde altijd al haar buikgevoel, maar deze keer leek het gevoel in haar buik op een vulkaan die op exploderen stond. Ze kreeg het bij momenten ijskoud, terwijl het tegelijk voelde alsof ze veertig graden koorts had. Bij elke herinnering aan zijn lieve gezicht stond haar hele lichaam vol kippenvel. Bij elk woord dat hij had uitgebracht, waren alle haartjes op haar hele lichaam steil rechtop gaan staan.
Hoe zou hij zich voelen? Zou hij ook aan mij denken, bedacht ze plots.

Zou hij me nog willen zien of was dit een bevlieging? Een speciaal moment dat meer voor mij betekent dan voor hem? Anderzijds waren zijn blikken toch ook duidelijk op mij gericht. Het feit dat hij mij zijn telefoonnummer gaf, is toch een positief signaal of niet?

De vier vriendinnen hadden de vorige avond afgesproken dat ze die dag samen een rustdag op het strand zouden inlassen, zonder iemand anders. Dat maakte het voor Phaedra op dit moment niet makkelijk.
Misschien moet ik straks toch maar even het nummer bellen van die knappe Alexander?
Van praten is nog niemand zwanger geworden, dacht ze.
Ik stuur hem gewoon een kort berichtje, dan heeft hij ook al mijn nummer. We zien wel, bedacht ze.
'Hey knapperd, bedankt voor de superleuke avond. Blij je te ontmoeten, Phaedra.'
Phaedra zag de grote oranje bol opkomen boven de heuvel, net naast het Kastelli. De eerste warme zonnestralen voelden als zachte aanrakingen op haar gezicht. Dit was niets te vroeg, want het was toch wat frisjes geweest op het terras. Door de open ramen hoorde Phaedra enkele kreunende geluiden, wat erop wees dat Kim ook wakker werd, maar ze liet haar nog wat bekomen.
De deur van de andere kamer ging opeens open en Lina kwam het prachtige uitzicht bewonderen. Meer en meer raakte ze begeesterd door de rust en de gemoedelijkheid van dit eiland, de pracht van de natuur om haar heen.
Ze had zichzelf beloofd om haar vooroordelen achterwege te laten en zich te laten verrassen, dag na dag. En dat viel reuze mee. Ook de mannen bleken beter mee te vallen dan verwacht.
"*Kalimera*," zei Phaedra en ze gaf haar vriendin een zoen en een warme knuffel.
Minutenlang zaten de twee vriendinnen naast elkaar zonder ook maar een woord te zeggen. Ze waren overdonderd door de stilte

in Pyrgos. Geen getater van toeristen, geen getoeter of lawaai van auto's, enkel af en toe het luiden van een klok.
Uiteindelijk nam Lina Phaedra's hand. "Bedankt om ons dit paradijs te tonen. Nu snap ik waarom je altijd zo blij was toen je in de zomervakantie bij je Papou en Yiayia mocht verblijven en hoe verdrietig je soms was toen je opnieuw naar het sombere België moest terugkeren. Het is hier het walhalla!"
Phaedra nam haar vriendin stevig vast en gaf haar nog een warme knuffel.
"Ik weet het," bevestigde ze.
Ook de andere dames kwamen een voor een op het balkon zitten en toen iedereen weer fris en monter was, gingen ze naar hun ontbijttafeltje beneden.
Lina had een berichtje van Vince ontvangen. 'Hey, lekker geslapen?' met wat hartjes erachter.
"Wat moet ik hier nu mee?" vroeg ze stilletjes.
"Hoe denk je er zelf over? Zou je verliefd kunnen worden of was het gewoon een onenightstand?" vroeg Kim geïnteresseerd.
"Uiteraard was het plezant, maar het voelt niet aan alsof ik hier verder mee wil. Als ik zie hoe Phaedra zit te dromen van haar Griekse god, moet ik voor mezelf toegeven dat ik eigenlijk niet echt iets voel voor Vince. Het is een toffe gast en het was een leuke avond, punt."

Het was nog heerlijk rustig op het ontbijtterras, er was nog niemand anders aanwezig, met uitzondering van een oudere man die aan het werk was op zijn laptop. Enkel het geluid van het fonteintje weerklonk, verder niets. Heerlijk.
Sean had hen horen aankomen en kwam al uit de keuken met een grote kan verse koffie. De vier vriendinnen keken elkaar aan en schaterden het uit.
"Let op met die koffie, hé," riep Lizzie plagerig. "Een tweede keer zou overdreven zijn."

Hij keek Lizzie recht in de ogen en gaf haar een vette knipoog. Terwijl ze vuurrood werd, kon ze niet anders dan lief glimlachen. Het was de eerste keer dat ze bij het ontbijt, zo vroeg in de morgen, zoveel vlinders in haar buik voelde.
Na het ontbijt kwam Sean bij hen aan tafel en wenkte Lizzie. Ze kreeg het al Spaans benauwd, gewoon van de manier waarop hij naar haar keek.
"Kan ik jou even spreken, maar dan zonder je vriendinnen?" vroeg hij lief.
"Euh, natuurlijk, graag! Ik kom onmiddellijk bij je," stamelde Lizzie.
Ze keek even met een vragend gezicht naar haar vriendinnen en ging vervolgens naar binnen.
"Om elf uur ben ik vrij voor de rest van de dag. Ik weet enkele leuke plaatsen op het eiland die je misschien wilt zien?" stelde hij voor toen ze in de onthaalruimte stonden.
Ze liep opnieuw vuurrood aan en voelde een en ander van structuur veranderen tussen haar grote tenen. Uiteraard had ze er zin in, ze zou wel gek zijn om zo'n spetter te laten gaan. Als het tegen zou vallen, zou niemand het weten: er was geen kat op Santorini die haar kende (en er zijn heel wat katten op Santorini). En haar vriendinnen zouden het vast niet erg vinden. Anderzijds spookte Peter nog altijd door haar hoofd. Sean was het omgekeerde van Peter, maar ze zouden er een leuke dag van kunnen maken.
"Oké!" stemde ze enthousiaster in dan ze zelf wou.
"Ik heb een scooter. Iets na elf kom ik je ophalen op de kleine parking van de kerk achter het hotel. Is dat goed voor jou?"
"Perfect!" antwoordde ze lachend, terwijl ze opnieuw recht in zijn ogen keek.
Lizzie bloosde nu nog meer.
Terwijl ze zich omdraaide, besefte ze plots wel dat ze hem uiteraard totaal niet kende en dus ook niet wist wat zijn effectieve

bedoelingen waren. Mocht het te gortig worden, kon ze altijd de vriendinnen verwittigen met haar smartphone.
Toen ze weer terug aan tafel kwam, keken de anderen vol verwondering naar hun terugkerende *gang*-lid.
"Ik heb een vraagje," begon Lizzie met ingehouden lach.
"Sean heeft me net uitgenodigd om met hem de dag door te brengen. Ik weet dat we afgesproken hadden om samen iets te doen, maar hij zou mij enkele prachtige landschappen laten zien en plaatsen die niemand kent."
"Tja, typische verleiderspraatjes," reageerde Kim eerder bitsig.
"Wat krijgen we nu? We zouden vandaag toch iets samen doen, gewoon met ons vieren, zonder pottenkijkers?" vroeg Phaedra op een koele manier.
Net op dat moment maakte haar telefoon een scherp piepend geluid. Het was een bericht van Alexander.
De tomaten bleken goedkoop die periode, want ook zij kreeg opeens een blozende kop van ongekende emoties en intense gevoelens. Haar hormonenhuishouding was op één seconde volledig ontregeld. Waarvoor inlegkruisjes al niet van pas kunnen komen.
'Kunnen we mekaar zien vandaag?' stond in het Engels op het schermpje. Kort, duidelijk, krachtig. Typisch mannelijk.
Wat moest ze nu doen? Ze had net Lizzie nogal hard aangepakt omdat die met Sean wilde afspreken en nu zat ze zelf met een immens dilemma. Ze wilde haar vriendinnen ook niet zomaar in de steek laten. Een rustige stranddag zou het worden, meer niet. Dat was afgesproken. Anderzijds, af en toe kon er ook iets spontaans gebeuren, toch?
Misschien vinden Kim en Lina het niet eens zo erg, mocht ik enkele uurtjes weggaan met Alexander, dacht ze.
"Eerlijk, wat vinden jullie?" stelde ze rechtuit de vraag aan Lina en Kim.
"Vinden jullie het erg dat Lizzie vandaag met Sean optrekt?"

Ze klonk nu plots een stuk milder dan iets daarvoor, in de hoop dat ze Lizzie zouden laten gaan. Zo zou het ook minder erg zijn, mocht zij plannen maken met Alexander.
"Het is hier op Santorini ongelooflijk mooi en er zijn ontzettend veel leuke dingen te doen. Lizzie vindt Sean tof, dus waarom zou ze niet mogen meegaan?" antwoordde Lina rustig. "Ieder is toch vrij om te doen wat we willen? Het is voor ons allemaal vakantie. Niet?"
Kim knikte instemmend.
"Dan vinden jullie het ook niet erg als ik met Alexander optrek vandaag?" zei Phaedra met een ondeugende blik in haar ogen en ze toonde triomfantelijk het bericht op haar mobieltje.
"Ik dacht al zoiets. Natuurlijk niet," zei Lina. "Wij gaan wel naar het strand of iets anders en zien wel wie of wat daar allemaal langskomt."
Blij als een kind gaf Phaedra haar vriendinnen een dikke smakkerd en haastte zich naar de kamer.
Nog geen tien minuten later stond ze alweer aan de receptie. Gedoucht, haren netjes gekamd met een leuke, pittige paardenstaart, een sexy, diep uitgesneden witte top en een kort blauw jeansshortje. Ze was al voorzien op zee, strand en andere dingen, want onder haar topje was haar nieuwe, witte bikini duidelijk te zien.
Even later kwam Alexander Phaedra ophalen. Hij had zijn kleine Fiat 500 op de parking iets verderop laten staan. Toen hij door de ingang van het hotel kwam, zag hij Phaedra meteen staan. Ze stond met haar rug naar hem gekeerd en was aan het praten met haar vriendinnen.
Net als in een melige, overdreven romantische film op televisie voelde ze zijn aanwezigheid. Ze draaide zich langzaam om, keek hem wulps aan met haar getinte benen iets uit elkaar. Zijn ogen puilden uit bij het zien van zoveel pure schoonheid. Wat hem betrof zag ze eruit als de vlees geworden Aphrodite, de Godin van de liefde *herself*.

Hij volgde de contouren van haar lichaam vanaf haar gele slippers over haar stevige benen, via haar uitgerafelde jeansshortje naar de uitsnijding van haar goed gevuld topje. Alexander wou iets zeggen, maar het lukte hem niet. Zijn lippen leken in staking want, ook al zou hij de juiste woorden gevonden hebben, zijn mond weigerde elke medewerking.
Blij als een kind liep Phaedra naar hem toe.
"Heb je een cadeautje in je broek gestoken of ben je gewoon blij om mij te zien?" vroeg ze ondeugend. Alexander lachte schalks en was een beetje beschaamd om wat blijkbaar zo duidelijk te zien was.
Phaedra nam haar strandtas met wat noodzakelijke benodigdheden zoals een handdoek, condooms, een zonnebril en zonnecrème.
Heb ik alles mee? Een mens kan niet voorzichtig genoeg zijn, dacht ze en ze gooide nog een fles water in haar tas.
Met een *big smile* en een theatrale handkus nam ze afscheid van haar vriendinnen.
"We houden wel contact via berichtjes hé," riep ze nog toen ze het hotel uitging.

7. Met z'n drieën is alles leuker

Alexander was een toffe kerel. Hij leek bevriend met iedereen op het eiland, had een leuke baan en ondanks een verschrikkelijke gebeurtenis uit zijn jeugd was hij perfect gelukkig. Alleen had hij nog niet het geluk gehad zijn ideale vrouw te ontmoeten.
Hij had in Athene Marketing gestudeerd, met de bedoeling later het restaurant van zijn tante te runnen en uit te breiden of eventueel een hotel uit te baten in Pyrgos of Imerovigli. Het was altijd moeilijk kiezen voor Alexander. Pyrgos was voor hem zijn thuis, een vrij klein dorpje tegen een bergwand. Iedereen kende hem daar, hij kende er iedereen en wist wat hij aan hen had. Maar er waren weinig toeristen en dat was nu net het punt. Een leuk hotelletje is altijd gezellig wanneer er veel toeristen zijn. In Imerovigli lag dat anders. Het was een prachtig stadje dat tussen Fira en Oia lag, boven op de driehonderd meter hoge kliffen van de Caldera en uitkijkend op Skaros, de iconische rots. Het was er minder druk in vergelijking met Fira of Oia, maar toch kozen toeristen bewust voor Imerovigli omdat ze van daaruit konden wandelen naar zowel Oia als Fira. Er waren weliswaar al heel wat lekkere restaurantjes en bars, maar met de kwaliteit die zijn tante nu in haar restaurant Rosemary gaf, kon het geen probleem zijn tegen de concurrenten op te boksen. Rosemary werd aanzien als een van de beste restaurants van het eiland, net als Anogi en The Athenian House, die door Tripadvisor steevast tot 'beste mediterrane restaurants' bekroond waren.
Alexander nam Phaedra mee naar Fira om haar te imponeren met het uitzicht op de Caldera. Hij had uiteraard geen flauw benul dat ze het eiland kende als haar broekzak, maar ze liet hem begaan. Ze zou hem eerst het vuur aan de schenen leggen en hem in het

zweet laten werken voor haar. Achteraf zou ze dan wel zeggen hoe de vork in de steel zat.
Hij parkeerde zijn autootje op de grote parking, net buiten het centrum. Van daaruit was het hooguit drie minuten stappen tot in de smalle, wit geplaveide straatjes met de vele winkeltjes met goudwerk of souvenirs. Vanaf het plein aan de orthodoxe Metropolitan-kathedraal en het chique Atlantis Hotel had je een adembenemend zicht over de immense krater. Trapsgewijs kon je de vele luxe boetiekhotelletjes met hun jacuzzi's en minizwembaden zien waar meestal enkele extravagante dames duidelijk wilden opvallen door zo weinig mogelijk badkledij te dragen. Gewoon kwestie van gezien te worden.
Stiekem keek Phaedra naar het linkeruiteinde van het eiland, de plek waar haar grootouders woonden. Ze kon met moeite haar lach inhouden, maar bleef zich voordoen als de modale toerist die deze sublieme uitzichten voor de eerste keer zag.
"Wat een uitzicht, wat een luxe hebben die mensen hier!" riep Phaedra luid.
Alexander genoot ervan haar rond te leiden op 'zijn' eiland. Hij nam haar verder mee door de nauwe straatjes naar de katholieke Saint John-kathedraal. Van daaruit hadden ze een onvergetelijk zicht op de cruiseschepen die voor de kliffen lagen en hun tenders met duizenden toeristen uitspuwden.
Verderop, aan de zogenoemde 'Three Bells Church', kon je honderden foto's nemen zonder ook maar in herhaling te vallen.
"Mag ik een foto nemen van ons beiden?" vroeg hij beleefd.
"Oh ja, graag!" riep Phaedra enthousiast.
Hij nam haar zachtjes vast bij haar schouder en probeerde een selfie te nemen van hen samen zodat dit moment hem eeuwig zou bijblijven. Het moment waarop zijn hand haar schouder raakte, kreeg Phaedra rillingen tot in haar kleine teen.
"Wil je zorgen dat Akrotiri zeker op de achtergrond staat, alstublieft?" vroeg ze schalks.
Alexander bleef een seconde stokstijf voor zich uitstaren.

"Hoe weet jij waar Akrotiri ligt?" informeerde Alexander verbaasd.
"Ik wou je niet misleiden, maar ik ken het eiland maar al te goed. Mijn grootouders wonen in Akrotiri en ik kom al meer dan vijftien jaar elke zomer naar Santorini," verklaarde Phaedra lachend.
"Ik ken je niet, maar toch heb ik het gevoel dat ik je ooit eerder gezien heb, kan dat?" vroeg Alexander terwijl hij haar nog eens doordringend aankeek.
"Dat zou ik mij toch zeker herinneren, lijkt mij, maar het zou kunnen," lachte Phaedra het idee weg.
"Zullen we iets drinken?" stelde Alexander voor.
"Graag, ik lust wel iets fris," antwoordde Phaedra.
Al snel vonden ze een leuke bar in de vorm van een windmolen, cocktailbar Milos.
"En laat de eigenaar nu toevallig ook een vriend van mij zijn," lachte Alexander.

Ondertussen haalde Sean Lizzie op met zijn gammele scooter. Tot nu toe had ze hem enkel gezien in zijn maagdelijk witte hoteloutfit, dus moest ze toch twee keer kijken toen hij in een sjofel hawaïhemd, gecombineerd met een strooien hoed, bermudashort en slippers kwam aandraven.
"Hoi Lizzie!" zei hij vriendelijk. "Spring maar achterop, dan maken we er een leuke dag van!"
Valt dat even tegen, dacht Lizzie, en ze kon haar teleurstelling amper verbergen.
Help! Ik wil niet mee met die kerel, ik wil bij Peter zijn! Zo schreeuwden haar gedachten, maar ze kon nu moeilijk nog weigeren, dus ging ze maar op de scooter zitten. Bij het wegrijden, zwaaide ze met een bedrukt gezicht naar de tot tranen toe lachende Kim en Lina.

De twee overblijvende vriendinnen namen hun strandtas en wandelden naar de Jimny op de parking even verderop. Een tiental minuutjes later stonden ze aan het strand van Kamari waar ze de eerste avond ook waren.
Het was er vrij druk, bijna alle strandstoelen waren al ingenomen. Enkel aan de verste parasols waren er nog wat vrije plaatsen.
"Wat was dat allemaal met ons Lizzie? Die had er duidelijk geen zin in, te zien aan haar gezicht. Wat zou haar nog te wachten staan vandaag? Ik kijk er nu al naar uit om het verhaal te horen," zei Lina lachend.
"Weet je wat ik raar vind?" vervolgde ze. "Dat we de Engelse broers niet meer gezien hebben."
"Ben je dan toch geïnteresseerd?" vroeg Kim ondeugend.
"Ik denk niet dat Vince mijn 'prins op het witte paard' is," verklaarde Lina. "Het was een leuke avond, maar voor mij voelt het aan als een vakantieliefde, niets serieus. Ik mis een klik, maar ik wil nu ook niet meteen alles afblazen. Misschien moeten we hem een gewaagd aanbod doen?" stelde Lina voor.
"Wat voor gewaagd voorstel heb je in gedachten?" reageerde Kim nieuwsgierig.
"Zou hij ook triootjes doen?" vroeg Lina speels.
"Wat? Wat zeg jij nu? Waarom?" gilde Kim van verbazing om de rare vraag van haar vriendin.
"Ik fantaseer er al langer over om het eens met jou te doen, maar dan ook met een man erbij."
"Wat!? Wil jij met mij vrijen? Wat zeg je nu allemaal?" kwam er stotterend uit bij Kim die deze vraag helemaal niet had zien aankomen.
"Ik weet het niet, sta je daarvoor misschien open? Wat denk je?" vroeg Lina nieuwsgierig.
Kim stond gewoon perplex en wist niets uit te brengen.
Aan de ene kant was ze totaal verrast door het voorstel van haar vriendin. Het was haar nooit opgevallen dat Lina op die manier

naar haar keek. Anderzijds was ze zelf ook niet vies van een experiment en Lina was ook een van de mensen die ze het liefst zag, alleen, niet meteen op die manier.

Ondertussen hield Julian de twee dames al de hele tijd in de gaten. Hij was samen met zijn ouders naar Kamari gekomen voor een dagje strand. Vince was boos op zijn ouders omdat ze hem naar zijn idee te veel als kind behandelden tijdens deze vakantie en was mokkend in het hotel gebleven. Zonder de concurrentie van zijn broer werd het voor Julian een stuk makkelijker om er een fijne dag van te maken met een van de dames, iets wat de voorgaande avond door Vince in het water gevallen was.
De twee vriendinnen hadden het, mede door het pikante gespreksonderwerp, nogal warm gekregen en wilden wat afkoeling zoeken in zee.
"Om het eerst het water in," riep Kim.
"Je verliest sowieso," plaagde Lina en ze gaf haar vriendin een duw.
Beide dames spurtten naar de waterlijn, maar eens in de eerste golven struikelden ze en vielen pardoes in het water. Echt elegant kon je het niet noemen.
Julian was onopvallend uit zijn luie stoel opgestaan en in het water geslopen. Het was een korte afstand om onder water te overbruggen en net toen de twee vriendinnen omhoog wilden springen voor een grote aankomende golf, sprong Julian uit het water omhoog.
"Ik heb je," riep hij luid.
Ze gilden het uit van het schrikken, sprongen beiden instinctief op het 'beest' af om het te verdrinken, tot ze beseften dat het geen echt beest kon zijn want het sprak Engels. Naar adem snakkend kwam Julian boven water, maar vond al snel zijn tweede adem toen hij zag dat de bovenstukjes van beide meisjes door het tumult losgekomen waren. Lina's topje was al helemaal zoek en

bij Kim kwam haar rechterborst mooi genieten van het stralende zonnetje.
Veel mensenkennis had Julian niet nodig om te zien dat beide dames niet echt timide waren.
"Sorry dat ik jullie deed schrikken, dames. Zal ik je een zoen geven om het goed te maken?" vroeg hij plagend aan Lina.
"Wie zegt dat je dat met een kus kan goedmaken? En mijn vriendin dan?" plaagde ze terug.
Julian wist niet meteen iets intelligents te antwoorden, zeker aangezien de beide dames nog steeds met stijve tepels op een halve meter voor hem stonden.
"Ik kan proberen om het bij jullie beiden goed te maken, maar bij wie moet ik dan beginnen?" vroeg hij dan maar uitdagend.
Zoals altijd was Lina voor zulke gelegenheden het snelst te vinden en ze zette een stap naar voren. Ze keek hem recht in de ogen en trok zijn lichaam tegen haar stevige borsten. Zonder enige voorbereiding draaide Lina hem een vette tong. Onmiddellijk daarna loste Kim Lina af zodat de arme jongen niet goed wist wat hem overkwam. Tot slot nam Lina Kim's gezicht in haar handen en kuste ook haar hartstochtelijk.
"Dat noem ik nu goedmaken, zie. Van mij mag er meer van dat volgen," zei Julian totaal in de ban en hij keek de dames suggestief aan.
"En wat nu?" vroeg hij met blinkende ogen.
Lina keek naar Kim en Kim naar Lina. Ze begrepen elkaar zonder woorden.
Vakantie is vrijheid, plezier en af en toe dingen doen die je thuis nooit zou doen, dacht Kim.
"Met duizend toeristen als pottenkijkers zal het hier niet echt lukken, vrees ik," zei Lina. "Maar ons hotel is vlakbij," voegde ze er met een knipoog aan toe. Veel aandringen was niet nodig om Julian te overtuigen zijn ouders een uurtje alleen op het strand achter te laten. Gedwee ging hij op de achterbank van de Jimny zitten, vol van verwachting, mee richting het hotel van de dames.

Lina voelde het een en ander tintelen in haar buik en kreeg een spanning op haar blaas ondanks het feit dat ze nog niet zo lang geleden naar het toilet geweest was.
Hopelijk hield Julian het ook nog eventjes uit, want te zien aan de vorm van zijn zwembroek zou het niet lang meer duren voor er opnieuw een vulkaan op Santorini zou uitbarsten.
Gelukkig was Donna niet te zien op het terras en via de buitentrap konden ze snel ongezien met Julian naar hun kamer. Hij stond een beetje onwennig in de deuropening terwijl de beide vrouwen op het bed gingen zitten. Veel kledingstukken moesten ze niet meer uittrekken. Lina opende het knopje van Kims bovenstukje en liet het tergend traag op de grond vallen. Daarna duwde ze haar vriendin op bed zodat ze haar shortje kon openen. Terwijl ze zichzelf ontdeed van haar eigen bikini keek ze even guitig naar Julian en zag hoe enkele zweetdruppels hun weg over zijn hoofd naar beneden zochten. Zachtjes begonnen de vriendinnen elkaar te kussen. Julian stond erbij en keek ernaar. Hij wist op dat moment niet echt of het realiteit was of een droom. Stokstijf stond hij het schouwspel gade te slaan en voelde zich even overbodig, maar toen raapte hij al zijn moed bij elkaar. Hij ontdeed zich van zijn zwemshort en sprong bij de dames in bed.
"Ben je daar eindelijk? Ik dacht dat wij al het werk alleen zouden moeten doen," lachte Lina.
"Wacht maar, straks zal je smeken om te stoppen," pochte Julian, zonder te weten waar hij echt aan begon.

Gelukkig moesten Sean en Lizzie niet té ver rijden met die gammele scooter.
Via het mooie dorpje Megalochori en het prachtige Emporio kwamen ze al snel bij het uitgestrekte strand van Perissa. Ondanks het feit dat het nog niet eens middag was, leek het hele strand wel een discotheek. Uit elke bar klonk er luide muziek en zover Lizzie kon kijken, stond het strand vol dansende mensen.
Wat een unieke plek, dacht ze.

Ze reden de volledige baan langs het strand af, vanaf Mount Profitis tot waar het asfalt opeens veranderde in zand. De imposante Timos Stavros-kerk, de grootste kerk van het eiland, lieten ze links liggen, al lag de kerk in werkelijkheid aan hun rechterkant. Talloze eet- en drankgelegenheden reden ze voorbij, maar Sean had een favoriete plaats. De Seaside Bar in Perivolos, net voorbij Perissa, was zijn vaste stek om meisjes mee naartoe te nemen. Het bleek een ideale plaats om een dagje te ontspannen.
Lizzie stond met open mond de omgeving in zich op te nemen terwijl Sean de scooter op zijn vaste plaats wegzette.
Aan de ingang van het strandgedeelte stonden grote, lege flessen champagne van het huis Moët et Chandon heel uitnodigend te blinken.
Hier kan het nog leuk worden, dacht Lizzie.
Alleen ligbedden die dicht bij de waterlijn lagen, leken nog vrij.
"Geen nood, ik vraag wel of er nog iets vrij is," stelde Sean charmant voor.
Hij ging het strandhuisje binnen en, buiten het zicht van Lizzie, gaf hij de juffrouw een vluchtige kus, een flinke tik op haar achterwerk en een vette knipoog.
"*Kalimera omorfiá,*" plaagde hij haar.
Hij nam enkele verse badhanddoeken uit de kast en kwam triomfantelijk weer naar buiten.
"We hebben geluk! We krijgen de enige nog vrije parasol," deed hij opzettelijk gewichtig zodat Lizzie onder de indruk zou zijn van zijn onderhandelingstechnieken.
"Er ligt nochtans een bordje met 'gereserveerd'," mompelde Lizzie teleurgesteld toen ze aankwamen bij de ligbedden.
"Wij krijgen deze plaats, de klanten zijn niet komen opdagen," loog hij. Ze kon onmogelijk weten dat hij hier een vaste klant was en dat deze plek steeds vrijgehouden werd voor hem.
"Moet je de kleur van de zee zien, wel vijftig tinten blauw," stamelde Lizzie met open mond.

Ze was gecharmeerd door de prachtige omgeving en voelde zich op slag wat beter. Ze trok haar bovenkledij uit en gooide haar slippers onder een ligbed. Net toen ze zich nestelde op haar ligstoel, kwam Sean 'toevallig' voor haar staan. Hij keek in de richting van de zee en deed tergend traag zijn hemd uit. Hij liet het kledingstuk vallen in het zand en ging verder met enkele stretchoefeningen, alsof zijn rug wat losgemaakt moest worden. Lizzie wist niet wat ze zag. Elk spiertje bewoog, vanaf zijn gespierde nek over de brede schouders naar zijn smalle taille. Alles kon hij blijkbaar moeiteloos opspannen.

"En, is het de moeite?" vroeg hij plagerig terwijl hij zich omdraaide en haar in de ogen keek.

Dit was geen gewone sixpack meer, dit was een volledig wasbord.

Sommigen beweren dat je beter af bent met een tonnetje dan met een sixpack, maar van zo'n lichaam kon Lizzie alleen maar dromen. Peter had weliswaar ook een mooi lichaam, maar iets dergelijks had ze nog nooit gezien.

"Het is nog mooier dan ik gedacht had," prevelde ze. "En het uitzicht mag er ook zijn," voegde ze er nog aan toe.

Sean genoot van de aandacht. Hij wist best dat meisjes op zijn lichaam kickten, het lukte hem elke keer opnieuw.

Tijd voor wat afkoeling, dacht ze, ze stond op en liep naar zee, tot haar middel de zachte golven in.

Wat zou Peter zeggen mocht hij mij hier samen met dit model zien liggen? Hij zou het vast niet leuk vinden en hij heeft nog gelijk ook! Wat doe ik hier in godsnaam? vroeg ze zich af.

Aan de andere kant doe ik toch niets verkeerd, ik heb niet eens een relatie met Peter en hij heeft er wel een met iemand anders, praatte Lizzie zichzelf goed. *Hij kiest niet voor mij.*

Ze nam zich voor om te genieten van deze dag, zonder te ver te gaan met deze Griekse playboy.

Na de deugddoende duik in zee begon haar maag te knorren.

"We kunnen hier een lekkere snack eten aan de bar," stelde Sean vriendelijk voor. "Wat wil je drinken?"
"Doe maar iets fris," antwoordde Lizzie.
Met een ouzo of twee zal ze wel loskomen, dacht Sean. *Alcohol lukt altijd!*
"Mag ik twee ouzo's, een frisse fles rosé en een mixed grill voor twee personen, *parakaló*?" vroeg hij aan zijn vriendinnetje dat een licht jaloerse blik op Lizzie wierp.
"Hetzelfde als altijd?" vroeg ze giftig en ondanks dat Lizzie de woorden niet begreep, kon ze uit de toon opmaken dat de twee elkaar kenden.
Lizzie keek Sean aan en glimlachte een beetje geforceerd. Hij wist hier alles zijn, kende iedere medewerker bij naam, wist wat er allemaal op de kaart stond: hij was hier duidelijk dikwijls geweest.
Tot Lizzies verbazing ging de ouzo er vlotjes in. Sean zag zijn kansen stijgen en opende de fles rosé. Lizzies oog viel op het etiket, hetzelfde eenvoudige etiket, met de letter 'C' als in Penelope's bar.
"Dat is heerlijke wijn!" riep Lizzie uit.
Tegen de tijd dat de schotel met het vlees opgediend werd, was ze al redelijk in de wind.
Gelukkig zijn de porties in Griekenland immens en kwam ze dankzij de lekkere stukjes rundvlees, kip en de subliem gegrilde lamskoteletjes terug uit haar benevelde toestand.
De sfeer op het strand was top, maar na enkele uurtjes begon de luide muziek haar toch wat op de zenuwen te werken, evenals het gezelschap dat zodanig met zichzelf bezig was dat ze zich best overbodig voelde. Nog nooit had ze een man op het strand gezien met een kam in zijn zwembroek en een spiegel binnen handbereik. Uit verveling stuurde ze enkele berichtjes naar haar vriendinnen, al kreeg ze niet meteen een antwoord van Kim of Lina. Phaedra maakte met enkele smileys en hartjes duidelijk dat zij de tijd van haar leven had. Ze was met Alexander in Fira en Oia en

ze zouden die avond afzakken naar het prachtige havenstadje Amoudi Bay, tweehonderdzevenentachtig trappen lager dan Oia. Even later vonden ook de andere dames hun smartphone terug. 'Afspraak deze avond in Amoudi Bay, goed?' stond er ook bij hen te lezen.
'Ok xxx,' stuurde Kim terug in de groep.
'Oef, eindelijk! *Miss you guys*, tot straks xxx,' tikte Lizzie.
Die middag hadden Phaedra en Alexander een lekkere Griekse salade gegeten, maar dan op speciale wijze klaargemaakt, met ansjovis, kappertjes en zuurdesembrood, een heerlijke specialiteit van Santorini! Maar de salade was bij Phaedra nogal snel verteerd, dus begon haar buik algauw weer te knorren.
Ze kon nog altijd amper geloven wat ze meemaakte, ze had de tijd van haar leven. Er hing meer dan duidelijk een romantische sfeer in de lucht, maar uit onzekerheid hield ze de boot toch een beetje af. Was het de typische vakantiesfeer? Lag het aan het feit dat ze zich ongelooflijk op haar gemak voelde bij hem? Het was allemaal zo danig positief dat het haar een beetje afschrikte.
Alexander was een Griek. Hij leefde op zijn eiland, iedereen kende hem hier. Iedereen kende ook Phaedra's Papou en Yiayia, en Grieken, daar kon je geen spelletjes mee spelen. Ze zou haar Yiayia vragen naar zijn achtergrond, zijn familie en zijn verleden, maar ondertussen kon ze wel alvast genieten van zijn aandacht.
Tegen zonsondergang spraken ze af om allemaal samen een aperitiefje te drinken in Dimitris Taverna in Amoudi Bay. Het was een authentiek visrestaurantje waar je een onvergetelijk zicht had op de sublieme zonsondergang, gewoon vanop de eerste rij, vlak aan het water.
Aangezien Alexander en Phaedra zich niet ver moesten verplaatsen, kwamen ze als eersten aan. Uiteraard kende Dimitri Alexander maar al te goed en kregen ze de mooiste tafel pal aan het water. Ze bestelden een ouzo met wat tzatziki en een bordje tara masalata. Tegen de tijd dat Sean en Lizzie de zeventien kilometer

tussen Perissa en Oia overbrugd hadden met zijn krakkemikkige scooter, waren de eerste gerechtjes al verdwenen.
Kim en Lina kwamen fris en monter met de Jimny aangereden. Julian kon er helaas niet bij zijn. De twee vriendinnen hadden hem lichamelijk stevig zo uitgeput dat hij weer bij zijn ouders op de ligstoel was gaan rusten. Hij voelde zich uitgeperst, afgemat en had totaal geen zin meer om die avond samen met hen nog ergens heen te gaan. Hij wou liever zijn eigen bed zien en slapen om opnieuw op krachten te komen. Toen hij, na de erotische activiteit met de dames, weer bij zijn ouders op het strand aankwam, was zijn moeder zodanig geschrokken van zijn lijkbleke kleur en de levenloze blik in zijn ogen, dat ze onmiddellijk met hem naar het hotel reed en de dokter belde. De voorbije dagen was hij mooi bruingebrand, maar die namiddag leek alle kleur weggetrokken uit zijn lichaam. De dokter concludeerde dat hij aan totale uitputting leed en schreef Julian enkele dagen rust voor. Zijn broer Vince lag haast op de grond van het lachen, maar was heimelijk ook jaloers dat hij het een en ander gemist had.

"Wat een mooie locatie," riep Lizzie toen ze na de laatste bocht het oude vissersdorpje zag liggen.
Bijna gelijktijdig kwamen de drie overige vriendinnen en Sean bij het restaurant aan.
"Zotte plek, hé? Wat gaan we hier nog allemaal meemaken?" vroeg Lina zich af, onder de indruk van de gezellige inrichting en het adembenemende uitzicht, maar ook nog steeds ondersteboven door de seksuele uitspattingen met Kim die namiddag.
Het was een gezellige bende, zo met z'n zessen aan tafel.
Het was meteen duidelijk voor de anderen dat Alexander en Phaedra het wel heel goed konden vinden met elkaar. Een kusje hier, een zoentje daar en met de handjes foefelen onder tafel. Ze konden gewoon niet van elkaar afblijven. Alexander nam een sneetje brood, goot er wat olijfolie overheen en wat grof zeezout, bracht het al plagend naar Phaedra's mond en stak het dan vlug

in zijn eigen mond. Hij maakte het onmiddellijk goed door haar een nieuw stukje met extra olijfolie aan te bieden. Als beloning kreeg hij een vettige kus vol olijfolie.
Alexander had samen met Dimitri de menukaart overlopen en had nog enkele specialiteiten besteld. Joy, Dimitri's vrouw, bracht meteen een frisse fles water en wat extra brood en olijfolie aan hun tafel.
"Zeg Lizzie, hoe was jullie dag eigenlijk?" vroeg Phaedra.
"Wij zijn naar Perissa geweest," antwoordde Lizzie. "Fijne badplaats met toffe muziek en zo, maar na een paar uur had ik het wel gezien. De rest vertel ik later wel," en ze wees met een misnoegd gezicht in de richting van Sean.
"Hé Kim en Lina, jullie zijn zo stil. Jullie zijn toch niet boos op ons? We hebben dit vanmorgen samen afgesproken, toch?" vroeg Phaedra bezorgd.
"Is er iets? Inderdaad, jullie lijken wat stiller dan anders?" vulde Lizzie vragend aan.
Van kriebels gesproken, Lina en Kim zaten allebei te blozen en wisten eigenlijk niet goed hoe ze nu met elkaar moesten omgaan. Lina had het voorstel gedaan en voelde zich ongemakkelijk omdat ze haar vriendin in deze ongewone situatie gebracht had. Anderzijds had Kim de opportuniteit met beide handen aangenomen en had ze er dus blijkbaar niet echt een probleem mee gehad. Ze lachten schuchter naar elkaar omdat ze beiden hetzelfde gevoel hadden.
"Natuurlijk niet," antwoordde Lina. "We hebben ons goed geamuseerd, op onze eigen manier, hé Kim?" Ze knipoogde naar Kim en kreeg een warme glimlach als antwoord.
"Gelukkig! Daar drinken we op. *Yamas*," riep Phaedra en stak haar ouzo uit naar de anderen om te klinken op deze prachtige dag.
Dimitri kwam eraan met zijn specialiteit van het huis, de tomatokeftedes. Gefrituurde tomaten met courgette, ajuinen en geheime kruiden, buitengewoon verrukkelijk! Naast wat extra tzatziki

volgden ook enkele viskoekjes, een schaal met gemarineerde ansjovis en een bord met fava, een heerlijk traditioneel vegetarisch gerecht. De gele splitbonen waren gekookt en samen met look, ajuin, tijm en olijfolie tot een smeuïge massa gebracht en geserveerd op eetlepels met wat kappertjes, enkele druppels olijfolie en een beetje gehakte peterselie.
Ze bestelden een fles witte huiswijn die perfect paste bij de heerlijke gerechtjes. Opnieuw bleek het dezelfde lekkere wijn te zijn van die kleine wijnhandel op Milos, met het simpele etiket met de letter ‘C’. Phaedra was blij dat ze zo’n fles meegenomen had voor haar Papou.
Als een bende uitgehongerde leeuwen stortten ze zich op het heerlijke voedsel, tot de laatste veeg olijfolie met het laatste stukje brood verdwenen was.
Ondertussen was de vuurrode zon bijna volledig onder het wateroppervlak verdwenen.
Het leek bijna alsof de hemel in brand stond en door de weerspiegeling leek ook het water op een vuurspuwende massa. Overal lagen overvolle boten muisstil te dobberen, wachtend op het juiste moment.
Iedereen in het restaurant zat te genieten van dit spektakel tot het laatste streepje zonlicht verdwenen was. Spontaan begon iedereen te applaudisseren, zowel in de verschillende restaurants als op alle boten. Ook in Oia, honderd meter hoger, klonk een immens handgeklap van duizenden mensen. Alleen, de superster verdween na het optreden gewoon in zee, zonder een mogelijkheid op een bisnummer.
Op de tafeltjes rondom hen zagen ze ondertussen enkele schotels met een van Dimitri’s specialiteiten: de ‘mixed grill seafood’.
“Dimitri brengt ons naast die schotel ook nog zijn andere specialiteit, de linguine met kreeft,” gaf Alexander het gezelschap mee.
“Het water komt mij opnieuw in de mond,” lachte Lina terwijl ze in Kims ogen keek.

Even later stond de immense schotel vol gegrilde vis op tafel. Scampi's, calamares, octopus, zeebaars, een stuk zwaardvis, mosselen, aangevuld met brood en heel veel frietjes. Daarnaast stond een grote kom pasta met zeekreeftjes.
"Aanvallen!" riep Phaedra die alweer scheel keek van de honger.
Even later zat Phaedra verscholen onder de sterke armen van Alexander. Ze genoten van elk moment samen. Het onbeschrijfelijke uitzicht, de unieke sfeer en het fantastische gezelschap: ze had zich nog nooit in haar leven zo veilig gevoeld, zo geborgen. Voor haar leek dit moment het summum van geluk. Ze liep over van verliefdheid en voelde ook dat Alexander hetzelfde voelde. Het leek wel een sprookje.
Hopelijk komt er geen Griekse tragedie van, dacht ze.
Nu de zon volledig verdwenen was, voelde het onmiddellijk wat koeler aan. Dit was ook duidelijk zichtbaar in de topjes van de vriendinnen. Kim keek naar Lina en beiden trokken hun topje extra strak aan. De gebeurtenissen van enkele uren terug nog vers in hun gedachten proestten ze het uit. De rest van het gezelschap keek hen vragend aan en hoorde het in Keulen donderen.
"Ik heb wel vervelend nieuws," zei Alexander. "De afwasser van Rosemary is blijkbaar ziek geworden en ik heb mijn tante beloofd om te gaan helpen. Sorry, hoor!"
"Geen probleem! Dan ga ik met je mee om te helpen," zei Phaedra kordaat.
"Dat is lief, dank je," antwoordde Alexander en hij gaf haar een dikke zoen.
Ze goten nog snel het gratis glas Metaxa naar binnen alsof het water was en sprongen in de witte Cinquecento, richting restaurant Rosemary in Pyrgos.
Sean voelde ondertussen ook dat zijn verleidingstechnieken niet echt gewerkt hadden bij Lizzie en wou naar huis met de smoes dat hij al om zes uur opnieuw in de keuken aanwezig moest zijn voor het ontbijt in het hotel.

"Geen probleem, ik kom wel thuis met mijn vriendinnen," lachte Lizzie opgelucht en met veel lawaai sprong hij op zijn tweewieler.
De drie dames bleven nog een tijdje gezellig zitten. De temperatuur zakte die nacht niet onder de vijfentwintig graden en er was geen zuchtje wind.
"Het zit duidelijk wel snor hé bij Phaedra en Alexander?" constateerde Kim.
"Ik heb haar nog nooit zo gelukkig gezien, denk ik," antwoordde Lina. "En jij, hoe zit dat nu echt met Sean? Wat is er gebeurd?" vroeg ze aan Lizzie.
"Sean is een knappe kerel, maar hij is zo zelfingenomen. Ongelooflijk! De hele tijd bezig met zijn uiterlijk en wat mensen van hem denken. Heb je ooit al iemand ontmoet met een kam in zijn zwembroek? Niet normaal. Geef mij maar een doorsneeman, die me apprecieert om wie ik echt ben. Met zo'n kerel als Sean is het vandaag ik en morgen een ander. Neen, dank je," zei ze teleurgesteld.
"Zeg, wat hebben jullie nu eigenlijk gedaan vandaag? Jullie doen zo geheimzinnig?" vroeg Lizzie toen aan Lina en Kim.
De beide dames begonnen alweer te blozen en keken elkaar aan.
"Wij hebben een trio-marathon gehouden met Julian," schaterden ze uit.
"Wat hebben jullie gedaan? Hebben jullie samen seks gehad? En ik mocht weer niet mee doen of wat?" lachte Lizzie een beetje ongemakkelijk.
"Meen je dat? Zou je ook meedoen?" vroeg Kim verbijsterd.
"Het lijkt me wel leuk om te experimenteren, daarmee doen we niemand kwaad, toch?" vulde Lizzie stoer aan.
"Wat is dat met dit eiland?" lachte Kim. "In België zouden we nooit samen de koffer in duiken en hier lijkt het de normaalste zaak van de wereld."
"Als ik dit allemaal hoor, lijkt het me tijd om samen naar ons nestje te gaan," zei Lina uitdagend. "De avond is nog jong."

Het was een twintigtal minuten rijden tot aan de parking in Pyrgos. Kim nam het stuur van de Jimny en kon zich maar met moeite concentreren op de baan. Lizzie en Lina zaten achterin te giechelen van de zenuwen. Zo stil mogelijk liepen ze door het smalle straatje tot aan het hotel, toen de wagen geparkeerd was. Via de steile trap kwamen ze eindelijk aan bij hun kamer.
“Zullen we eerst een douche nemen?” vroeg Kim.
“Topidee!” vond Lizzie.
Drie volwassen vrouwen samen in een douchecel van een meter op een meter, echt sexy was het niet. Er waren te veel ledematen voor de beschikbare ruimte.
Na het douchen kropen ze samen in bed, maar buiten wat knuffelen en wat voorzichtig gekus kwam er niet veel van in huis. Ze lagen gezellig samen, dicht bij elkaar. Een voor een overliepen ze hun dag en vertelden elkaar over de schoonheid van het eiland. Was het door de drank of de rust en warmte van elkaars lichaam, spontaan vielen ze met een glimlach om hun mond in slaap.

Enkele uren later bracht Alexander Phaedra tot bij haar kamer.
“Mag ik nog even binnenkomen?” vroeg hij schuchter.
“Van mij wel,” zei Phaedra lachend. “Maar ik denk dat Kim al lekker ligt te slapen in ons bed. Het lijkt mij geen goed idee om haar te storen.”
“Jammer, slaap lekker, schoonheid,” fluisterde hij.
Met een broek vol goesting namen ze afscheid van elkaar. Hij gaf haar nog een laatste innige zoen. Phaedra merkte dat haar rechteronderbeen automatisch omhoog kwam en glimlachte omdat dat in melige romantische films steevast een positief teken bleek te zijn.
Ze zwaaiden naar elkaar tot hij achter de hoek verdween. Daarna deed ze heel voorzichtig de kamerdeur open en probeerde zo stil mogelijk in de badkamer te komen om wat stoom af te laten. Toen ze daarna zo zachtjes mogelijk het laken wegtrok, zag ze dat er… niemand lag.

“Dat kan niet waar zijn! Waar ben je, Kim?” vroeg ze luidop, maar er kwam geen antwoord.
Dit had de beste nacht van mijn leven kunnen zijn en nu lig ik hier helemaal alleen, dacht Phaedra verdrietig.
Gelukkig had ze prachtige herinneringen aan deze dag en viel ze als een blok in slaap, dromend van haar Griekse halfgod.

8. Wind in de zeilen

Lizzie werd wakker van haar blaas die op springen stond. Ze opende haar ogen en schrok toch even toen ze merkte dat ze Kims linkerborst in haar rechterhand hield. Aan de andere kant lag Lina's arm over haar middel. Lizzie probeerde zich zo snel mogelijk los te maken om toch maar niet in bed te plassen. Door het geluid van de waterval in de badkamer en het licht dat al volop door het raam naar binnenkwam, werden de andere dames een na een wakker.

"*Kalimera*!" begroetten ze elkaar en ze moesten toch even slikken toen ze merkten dat ze poedelnaakt in bed lagen.

"Ik moet eerlijk toegeven dat ik mij niet veel meer herinner van gisterenavond," zei Kim.

"Ik ook niet, maar ik heb wel heerlijk geslapen," zei Lina terwijl ze zich uitrekte.

"Zou Phaedra in haar kamer zijn?" vroeg Lizzie zich luidop af. Ze deed haar kamerjas aan en klopte zachtjes op de deur.

"*Kalimera*!" riep Phaedra opgewekt toen Lizzie binnenkwam.

"Amai, jij bent goedgemutst," zei Lizzie.

"Het was een absolute topdag gisteren. Alleen jammer dat Alexander niet is blijven slapen. In normale omstandigheden zou Kim hier gelegen hebben, maar toen ik gisterenavond binnenkwam, lag er niemand! Tegen dan was Alexander natuurlijk al lang weg. Zonde!" zei ze met spijt in haar stem.

"Jammer, want wij hebben met ons drieën samen geslapen om jullie wat ruimte te geven," zei Kim terwijl ze ondertussen ook de kamer binnenkwam. Een klein leugentje moest kunnen.

"Spijtig dat ons plannetje niet gelukt is."

“Vandaag is een nieuwe dag met nieuwe mogelijkheden,” zei Phaedra goedgeluimd.
Ze hadden langer geslapen dan de voorbije dagen. Sean werd ongerust en was blij toen hij het kwartet eindelijk naar het ontbijtterras zag slenteren.
“Ik zou heel graag nog eens langsgaan bij mijn Yiayia,” zei Phaedra. “Ondertussen kunnen jullie al plannen maken voor de rest van de dag. Goed?”
“Ja chef,” lachte Lizzie.
Tijdens vorige zomers kon Phaedra uren kletsen met haar grootouders. Samen met haar Yiayia en Papou zaten ze op de gammele stoeltjes onder het afdak, uitkijkend op de Caldera. Phaedra vertelde dan telkens in geuren en kleuren wat ze die dag allemaal gedaan had en wie ze ontmoet had. Ze gaf alle nieuwste roddels die ze te horen gekregen had door aan haar grootouders.
Phaedra wou ook alle mythes en sages, alle verhalen van goden en halfgoden kennen en hoewel iedereen wist dat ze verzonnen waren, was iedereen overtuigd van het tegendeel. Hoe dichter het einde van de vakantie naderde, hoe meer ze het verhaal van Persephone in gedachten kreeg. Elk jaar opnieuw, de laatste dag voor Phaedra terug naar haar thuisland vertrok, vertelde de Yiayia het verhaal met zoveel passie en verdriet dat het duidelijk was dat het ook haar eigen verhaal was. De warme, gezellige zomermaanden die Persephone bij haar moeder, de godin Demeter, mocht doorbrengen, waren voor de Yiayia de vakantiemaanden dat haar kleinkinderen dicht bij haar waren en daar kon ze eindeloos van genieten. De donkere maanden die Persephone in de onderwereld moest doorbrengen, waren voor de Yiayia dan weer de lange, koude, eenzame wintermaanden waarin ze Phaedra en Nicolas enkel via telefoon of skype zag, maar hen verschrikkelijk miste.

Alle grote en kleine geheimen waren voor de Yiayia een open boek en bij elke uitdrukking op Phaedra's gezicht, van verdriet of van geluk, wist ze precies wat erachter zat. De gevoelens die ze nu had voor Alexander moest ze delen met haar Yiayia, ze kon het gewoon niet voor zichzelf houden.
Toen ze even later aankwam bij het kleine vierkante huisje van haar grootouders viel het haar op dat er nog volk was. Phaedra opende de donkerblauwe deur en vloog haar grootmoeder om de hals.
"Phaedra *mou*, ben ik blij dat ik je terugzie. Ik weet wat je me komt vragen," verwelkomde de Yiayia haar kleinkind.
Phaedra keek verbaasd en kuste haar grootmoeder op beide wangen. Ze wou beginnen te vertellen over Alexander, tot ze een voor haar onbekende vrouw zag zitten.
De vrouw knikte vriendelijk.
"*Kalimera*," zei ze.
"*Kalimera*," antwoordde Phaedra en ze vroeg zich af wie dit zou kunnen zijn.
"Dit is je *thea* Daphne," stelde de Yiayia haar tante voor.
Phaedra begon in haar arsenaal te graven van nonkels en tantes, ze zag hen meestal enkel op feesten en begrafenissen, om zich te herinneren wie deze mooie dame zou kunnen zijn. Ze leek haar enigszins bekend, maar Phaedra kon er toch de vinger niet op leggen wie ze exact was.
"Het zal wel lang geleden zijn dat je *thea* Daphne nog gezien hebt. Ze zal ook veel veranderd zijn ondertussen, ze is de jongste zus van je moeder. Overmorgen komt ze samen met haar vriend naar het feestje van je grootvader. Jullie komen toch ook, hé?" vroeg de Yiayia op eerder gebiedende toon.
"We komen zeker langs, maar ik wil mijn vriendinnen daarnaast zoveel mogelijk van het eiland laten zien," antwoordde Phaedra.
Ze bekeek haar tante nog eens goed en er kwam een beeld bij haar op van een mollig meisje met gitzwart haar. Haar tante

moest een jaar of achttien geweest zijn toen Phaedra haar als peuter voor het laatst zag.
“Aangename kennismaking,” lachte Phaedra en ze gaf Daphne een zoen op beide wangen.
“Jij bent ongelooflijk hard veranderd. Je liep geloof ik nog met een luier rond toen ik jou voor het laatst zag. Nu ben je echt een prachtige vrouw geworden. Blij je nog eens te zien,” zei Daphne en ze keek Phaedra enigszins onderzoekend aan
Blijkbaar had ze echter niet veel tijd, want ze nam haastig afscheid van haar ouders en dronk de laatste druppels koffie op. Voor ze naar buiten wandelde, bekeek ze Phaedra nogmaals aandachtig, gaf haar twee zoenen en verdween in het zonlicht.
Eindelijk kon Phaedra haar grootmoeder vrijuit vertellen over wat er allemaal gebeurd was op die paar dagen tijd en wat ze voelde voor Alexander. Ze wou vooral weten wat haar Yiayia’s buikgevoel was bij dit alles en of ze misschien meer van zijn achtergrond kende.
Op een klein eiland kent iedereen uiteraard iedereen.
“Ach Phaedra *mou*, ik wist dit allemaal al nog voor je naar het eiland kwam,” stelde haar grootmoeder haar gerust.
“Ik wist dat je zou vragen naar die familie. Ik had een voorgevoel dat je Alexander vroeg of laat zou tegenkomen. Het maakt mij gelukkig,” zei de Yiayia.
Phaedra keek haar grootmoeder vragend aan.
“Het is een fatsoenlijke, hardwerkende, eerlijke familie die ondanks vele tegenslagen steeds positief bleef. Ze zijn geliefd over het hele eiland en zowel Alexander als zijn zus Ariadne zijn opgegroeid als respectvolle, beleefde, jonge mensen met eerbied voor onze normen en waarden. Ik weet niet of ik je ooit het verhaal van hun ouders verteld heb?” vervolgde ze.
Phaedra zat vol spanning te luisteren naar haar grootmoeder en schudde haar hoofd.
“Ze woonden in een klein huisje in Emporio, recht tegenover het Kastelli, een prachtig oud gebouw in de vorm van een kasteel dat

vroeger een vesting was die zeer moeilijk in te nemen was. Toen Alexander een jaar of vijftien was, kwam hij samen met zijn ouders en zusje met de ferry terug van familiebezoek op Kreta en ze legden aan in Ormos Fira, toen nog de enige haven waar grotere schepen konden aanleggen. Hun schip voer iets te dicht bij de kliffen toen het probeerde aan te meren aan de pontons die een tiental meter verwijderd lagen van de rotsen.
Helaas raakte de onderkant van het schip de scherpe kliffen. Op korte tijd maakte het heel veel water en het is dan ook gezonken. Met man en macht probeerde men alle passagiers tijdig van het schip te halen voor het volledig onder water verdween. Alexander en zijn zus Ariadne konden zichzelf in veiligheid brengen op een van de reddingssloepen. Hun mama Verona wou nog wat persoonlijke spullen meenemen uit de reiskoffer die in het ruim stond en is opnieuw naar beneden gegaan. Christos is zijn vrouw nog achternagelopen om haar te helpen, maar beiden zijn nooit meer boven water gekomen. Het waren de enige opvarenden van de Sea Diamond die het niet overleefd hebben. Ik zal het beeld van de boeg die als laatste onder water verdween nooit vergeten. Sinds die dag zorgt hun tante, die doopmeter was van Alexander, voor hem en zijn zus alsof het haar eigen kinderen zijn."
De Yiayia en Alexanders tante Maria waren kennissen. Ze vertelde Phaedra dat Maria een heel vriendelijke en aangename vrouw was en een lieve gastvrouw in haar restaurant. Maria deed alles om haar klanten gelukkig te maken. Ze vertelde ook over de verschrikkelijke periode waarin Maria's man Christoferus stierf aan kanker, enkele jaren na het drama met Alexanders ouders. Ondanks het immense verdriet moest zijn tante het restaurant verder alleen uitbaten, gelukkig kon ze rekenen op de steun van vrienden en familie, maar vooral op die van Alexander en Ariadne.
De tranen vloeiden over Phaedra's wangen bij het horen van zoveel tegenslag en ze wou dat Alexander nu bij haar was. Ze wilde hem vastnemen en troosten. Ze zou hem tonen dat haar familie nu ook zijn familie was. Door dit gesprek met haar grootmoeder

wist Phaedra nu heel zeker dat haar buikgevoel haar niet bedrogen had. Dit was een man naar haar hart.
"Maar Yiayia, hoe moet dit nu verder? Ik woon drieduizend kilometer bij hem vandaan? Ik wil hem niet kwijt," snikte Phaedra.
Zonder een woord te zeggen dronk de Yiayia haar koffie leeg, zette het kopje op tafel en analyseerde het achtergebleven gruis in de tas. Ze hield de drab wat schuin en keek in welke richting het koffiedik ging. Toen keek ze op, recht in Phaedra's ogen en deed dan dezelfde beweging opnieuw. Ze glimlachte.
"Alles komt goed, Phaedra *mou*, ga nu maar. Je vriendinnen wachten op jou," zei de Yiayia zachtjes.

Phaedra wist dat ze niet te lang weg mocht blijven, dat had ze beloofd aan haar vriendinnen. Ze nam afscheid van haar Yiayia, gaf haar nog een dikke knuffel en beloofde dat ze op tijd zouden zijn om te helpen bij de voorbereidingen van het feestje voor haar Papou twee dagen later. De Yiayia gaf haar een kruisje op het voorhoofd, twee dikke zoenen en een warme knuffel.
De vriendinnen hadden ondertussen inlichtingen gewonnen in verband met de huur van een bootje of een leuke skipper met wie ze konden meevaren.
Een tiental minuutjes later kwam Phaedra aangereden met de rode Jimny op de parking net buiten het centrum van Pyrgos. De anderen stonden haar op te wachten om naar een haventje te rijden. Alleen moest Phaedra zich eerst nog eventjes verfrissen. Snel deed ze haar knalgele bikini aan, gooide er een doorzichtig strandjurkje overheen en keek in de spiegel. Ze lachte goedkeurend naar het resultaat.
Net toen ze allemaal in de rode Jimny stapten, kwamen de Engelse broers luid toeterend de parking op. Het was voor hen de laatste volledige dag op Santorini, dus wilden ze nog wat amusement en dat dachten ze te vinden bij de wulpse dames. Julian had bij zijn broer uitgebreid opgeschept over zijn bedavonturen met de twee vriendinnen. Vince had iets in te halen en hoopte op zijn

laatste dag in het Griekse paradijs nog eens in de zevende hemel te raken.
Kim en Lina keken meteen naar mekaar met een blik van: "het zal vandaag toch niet weer van dat zijn" en ze proestten het uit.
Toen Phaedra uitstapte om de jongens te verwelkomen, vielen de monden van het mannelijk gezelschap open. Hun ogen puilden uit als die van een kat die zeven dagen niets te eten gekregen heeft en plots een stuk verse zalm ziet liggen.
Het goedgevuld bovenstuk van haar knalgele bikini en al haar andere welgevormde lichaamsdelen waren duidelijk zichtbaar in het zomerse kleedje. Met haar strooien hoed en gele slippers was het duidelijk dat dit een dagje zou worden op het water, in het water en op het strand. De hormonen van de jonge hengsten sloegen alweer op hol.
Julian zag zijn kans om, na de abrupt afgesloten eerste avond, Phaedra nu volledig in te palmen.
Anderzijds kwam ook Kim supersexy uit de hoek. Wedden op twee paarden geeft meestal geen goede afloop, dus moest hij een keuze maken.
Lina had haar kleinste bikini uit haar valies genomen. *Op zo'n boottochtje krijg je het snelst een bruin kleurtje en ik wil geen witte plekken zien*, dacht ze. Bij dat zicht kreeg Vince het dan weer moeilijk om alles onder controle te houden toen ze op een opvallende manier naar de auto liep in een minuscule short, loshangend topje en met een opmerkelijke zonnebril in haar lange bruine haren.
"Wij gaan naar de haven om een bootje te huren," zei Lizzie. "Wat zijn jullie plannen?"
"Dat lijkt ons een prima idee, kunnen we mee?" vroegen de broers bijna smekend.
Heimelijk had Kim gehoopt dat Manolis ook zou meevaren. Het was alweer even geleden dat ze hem gezien had. Ze miste zijn aanwezigheid, zijn aanstekelijke glimlach. Ze wou deze toffe kerel beter leren kennen.

Die ochtend had ze hem een berichtje gestuurd met de vraag of ze elkaar nog eens konden zien. Hij had nog steeds niet geantwoord. Misschien lag het aan het feit dat ze het berichtje per ongeluk naar Julian gestuurd had in plaats van naar Manolis… 'Hé, knappe kerel, zin om vandaag iets leuks en ondeugends te doen?' stond er duidelijk te lezen, vandaar ook dat Julian meteen enthousiast was toen hij haar zag. Hij dacht natuurlijk dat hij haar hart echt veroverd had en dat zijn broodje gebakken was.
In werkelijkheid had Kim voor zichzelf beslist dat Julian een leuke jongen was, maar niet de soulmate die ze zocht. Ze hadden, samen met Lina, een leuke namiddag gehad, maar er was geen haar op haar hele lichaam dat eraan dacht om iets serieus met hem te beginnen. Daarom had ze ook een berichtje aan Julian gestuurd: 'Je bent een toffe gast, een leuke vriend, maar meer zal het niet worden. Sorry.' Alleen, door de nummerverwarring was dit bericht bij Manolis aangekomen.

Phaedra miste Alexander. Het zou leuk zijn om een boottochtje te maken met deze bende, maar de belangrijkste man ontbrak. Bij Alexander voelde ze zich veilig, geborgen. Hij leek haar te begrijpen zonder een woord te zeggen. Hij wist wat ze wou en wat ze zocht in een man, ze kon zowat alle puntjes van haar ideale verlanglijstje afvinken.
Hoewel ze wist dat Alexander zijn tante die ochtend moest helpen in het restaurant om alles klaar te maken voor de mise-en-place, werd ze enigszins ongerust. Ze had nog geen enkel berichtje van hem ontvangen. *Zou hij dan toch twijfels hebben over ons? Vond hij het niet leuk gisteren?* vroeg ze zich af.
Net op dat moment rinkelde haar telefoon. Het was Alexander. Haar hart sloeg enkele tellen over.
"Goedemorgen, schoonheid. Hebben jullie plannen voor vandaag? Mochten jullie geïnteresseerd zijn, ik heb eventueel een aangename verrassing. Kunnen jullie naar de haven van Vlychada komen?" stelde hij enthousiast voor.

Tranen van geluk liepen over haar kaken. Ze trilde op haar benen van blijdschap.
Hij heeft leuke plannen met mij! Hij ziet mij ook zitten, dacht ze.
Zonder ook maar iets aan de anderen te vragen, riep ze luidop: "Natuurlijk, we komen af! Tot straks. Bedankt!"
Ze draaide zich om naar haar vriendinnen. "Alexander vraagt of we naar de haven komen! De max!" schreeuwde ze haar blijdschap uit.
Kim keek naar Julian, die plots op tien centimeter van haar neus stond. Nu hij het uitnodigende en bevestigende berichtje op zak had, kon hij niet wachten haar een vette tong te draaien.
"Waarmee beginnen we?" vroeg Julian. "Met het leuke of het ondeugende?"
"Sorry Julian," stamelde Kim. "Ik weet niet wat je bedoelt. Ik vind je een toffe gast, maar daar stopt het," probeerde ze hem voorzichtig duidelijk te maken.
"En dat berichtje dan deze ochtend?" antwoordde Julian verbaasd, terwijl hij haar het berichtje toonde.
"Oh shit! Dit moet een vergissing zijn. Ik heb je het verkeerde bericht gestuurd… Het spijt me zo erg," zei Kim.
Even liet hij zijn hoofd hangen, maar al snel herpakte hij zich.
"Ik begrijp het, ik zag het aankomen," antwoordde hij terwijl hij een triestig gezicht opzette.
Ondertussen stonden de anderen al een halfuur in de brandende zon, zich afvragend wat er eigenlijk gaande was tussen die twee.
"Is er iets? Kunnen wij iets doen terwijl we hier wortel staan te schieten?" vroeg Lina terwijl ze op haar horloge keek.
"Nee hoor," probeerde Kim zich sterk te houden, wetend dat Manolis het andere, minder leuke bericht moest hebben gekregen.
"Kom, we vertrekken naar de haven," stelde Phaedra voor.
"Ik ben benieuwd welke verrassing Alexander in petto heeft."
De rode Jimny met de vier vriendinnen reed voorop, de gehuurde Ford Focus met de twee Engelse broers volgde kort erachter.

Een kwartiertje later kwamen ze aan bij de kleine idyllische haven.
Ze konden hun wagens makkelijk kwijt op een grote parking net naast een restaurant dat op de rand van de kliffen gebouwd was. Onder hen lag de haven. Het waren net twee halve cirkels die in zee lagen waar de vissersboten en plezierboten netjes naast elkaar aangemeerd lagen.
Phaedra kende de haven als haar broekzak, want met haar Papou kwam ze steevast elke vakantie hierheen om te vissen op octopus. Daarna gingen ze iedere keer Dimitri's *taverna* binnen om iets fris te drinken en een kleinigheid te eten. Tegen de tijd dat ze opnieuw huiswaarts keerden, vele grappen en roddels later, kon haar Papou nog met moeite op zijn benen staan. Echte Grieken nemen geen water bij de ouzo. Gelukkig had hij Phaedra al vroeg leren autorijden en kende ze het korte stuk tussen Vlychada en Akrotiri bijna blindelings. Maar goed dat er in die tijd weinig verkeer op het baantje was, want stuurvast was haar rijstijl niet echt en al zeker niet toen haar Papou het stuur probeerde te corrigeren.

Ieder nam zijn eigen spullen uit de auto's en volgde Phaedra naar het centrale gebouw. Het ene deel was ingericht als kantoor voor alles wat met de haven en de boten te maken had. In het deel ernaast was een kleine taverne voorzien waar enkele eenvoudige gerechtjes te verkrijgen waren. In een ietwat verscholen gedeelte bevond zich een winkeltje met wat toeristische prullaria en spulletjes die te maken hadden met plezier op zee, zoals luchtmatrassen, opblaasbanden, snorkels en meer van dat.
Op het einde van de linkersteiger, naast enkele oude vissersboten, lagen een tweetal catamarans. Aan de andere kant van de haven was net een groep luidruchtige Amerikanen aangekomen. Ze zouden die dag op uitstap gaan met het grootste jacht in de haven. Alleen al met hun luide muziek en harde gelach leken ze de hele haven te vullen.

Naast het grote jacht lagen ook verschillende zeilboten, maar hoe hard Phaedra ook zocht, ze kon Alexander nergens zien.
Uit het niets dook hij plots op uit het gebouwtje en nam haar langs achteren vast bij haar heupen. Phaedra schrok zich rot, aangezien ze hem totaal niet had zien aankomen. Ze draaide zich om en verkocht haar 'aanvaller' een fameuze kniestoot tussen zijn twee grote tenen. Kermend van de pijn zeeg Alexander neer, zijn handen tussen zijn dijen geklemd. Het werd zwart voor zijn ogen en hij voelde zijn toekomstige kindjes tot in zijn keel.
Waar is dat nu goed voor? Een mens nodigt een mooie vrouw uit en dit is mijn dank? Ik snap niets van die vrouwen, dacht Alexander.
Het moment waarop Phaedra besefte dat ze een gênante fout gemaakt had en haar geliefde effectief op de knieën gekregen had, weliswaar om de verkeerde reden, wist ze niet goed wat ze moest doen of hoe ze hem kon troosten. Een zoentje op de pijnlijke plek leek haar een beetje bizar in het bijzijn van iedereen en een massage was ook al geen goed idee.
Een paar jaar terug was Phaedra het slachtoffer geworden van ongewenste intimiteiten toen ze met haar vriendinnen op een festival in een enorme mensenmassa stond. Iemand had haar langs achteren aangerand door haar borsten vast te grijpen. Nog voor ze goed en wel besefte wat er gebeurde, had die persoon haar vervolgens betast onder haar rokje. Tussen de massa was de dader onmiddellijk weggeglipt en misschien maar best ook. Mocht haar Papou het geweten hebben en die kerel in handen hebben kunnen krijgen, hij zou voor de rest van zijn leven zittend naar toilet gegaan zijn.
"Sorry voor de onhandige reactie," stamelde Phaedra toen Alexander even later weer enigszins bij volle bewustzijn was.
"Dat liefde pijn kon doen, wist ik, maar dit moet wel heel veel liefde ineens zijn," probeerde hij met een komische noot de spanning weg te nemen, al waren de noten toch wel wat gekraakt.

Al snel maakte hij kennis met de andere mannen van het gezelschap.
"Zoveel volk had ik niet verwacht," zei Alexander verward. "Komt er nog een bus of is dit alles?"
"Dit zijn enkele Engelse vrienden die we hier hebben leren kennen. Is dat een probleem?" vroeg Phaedra.
"Nee hoor, hoe meer zielen hoe meer vreugde," zei Alexander lachend.
"Dit is Vince en dat is Julian," stelde Phaedra hen voor.
"Aangenaam," zei hij vriendelijk terwijl hij zijn hand uitstak.
Ze wisten uiteraard nog steeds niet wat de verrassing was die Alexander in petto had, maar Phaedra hoopte vurig op een boottochtje en werd toch wel erg nieuwsgierig.
"Volgen jullie mij?" vroeg Alexander. Hij probeerde zo goed en zo kwaad als het lukte om op een normale manier te wandelen, maar bij elke stap schuurde zijn klokkenspel tegen zijn broek, wat hem toch een ongemakkelijk gevoel gaf.
Hij liep traag maar gestaag naar de mooiste catamaran die in de haven lag.
"Dit is 'De Verona', wees welkom," zei hij fier.
"Meen je dit? Is dit echt *jouw* boot?" stamelde Phaedra.
Alexander glimlachte en knikte trots, al had zijn trots een behoorlijke deuk gekregen door de manier waarop Phaedra hem zopas begroet had. Uiteraard was hij vooral verrast dat er, naast de vier vriendinnen, nog twee onbekende verstekelingen aan boord kwamen. Ruimte was er genoeg, dat was het probleem niet, maar echt romantisch kon je dit niet noemen.
Allemaal deden ze hun slippers uit en stopten die in de daarvoor voorziene mand zodat het dek schoon bleef.
"Wat een prachtige boot!" riep Lizzie. "Ik wil vooraan op het net liggen."
"Ik ook, wacht op mij," schreeuwde Kim en ze stormde naar voren.

Op dat moment kwam iemand uit de benedenvertrekken gekropen.
Onverwacht stond Kim op enkele centimeters van haar Griekse god, bij wie ze nog iets goed te maken had.
"*Kalimera*," zei Manolis op een koele, ernstige toon.
"Hé! Wat doe jij hier?" vroeg Kim verlegen. Enerzijds was ze heel blij Manolis te zien, anderzijds voelde ze zich erg ongemakkelijk.
"Alexander is mijn beste vriend. Hij had mij verteld dat hij zijn droomvrouw vandaag uitgenodigd had voor een dagje fun op zee en dat er meer dan waarschijnlijk nog enkele andere toeristen zouden meevaren. Een tochtje zoals we samen wel vaker maken. Ik had dan ook geen idee wie er nog meer aan boord zou komen," antwoordde hij stug.
Eigenlijk was hij ook blij om Kim terug te zien, maar hij probeerde dat zo goed mogelijk te verstoppen. Hij zat nog in zijn maag met haar onaangename bericht van die ochtend.
Het was een vrij vervelende situatie voor hen beiden, zeker toen er een prachtige jonge dame achter Manolis uit de benedenverdieping verscheen om enkele zachte kussens naar boven te brengen.
Kims hart sloeg een paar tellen over van het schrikken en ze werd wit van jaloezie.
Wat deed dat mooie meisje met Manolis beneden? Wat moet ik hiervan denken?
"Ik ben blij je te zien want ik denk dat we moeten praten," zei ze terwijl ze probeerde rustig te blijven.
"Volgens mij hoeven we niet te praten, je berichtje van deze morgen was duidelijk genoeg," stelde hij koel.
"Het is een misverstand, echt waar, maar mag ik jou dat straks uitleggen, alsjeblieft?" vroeg ze smekend.
Kim zag dat het mooie meisje – Alexanders' zus Ariadne – in al haar glorie hun gesprek stond te volgen. Ze voelde onmiddellijk

dat er iets gaande was tussen Manolis en Kim, alleen kon ze niet meteen plaatsen of het positief of negatief was.
Toevallig riep Alexander op dat moment zijn zus om kennis te maken met Phaedra.
"*Kalimera*!" riep ze spontaan uit toen ze Phaedra begroette met een dikke kus op beide wangen en een warme, welgemeende knuffel.
"Ik merk dat mijn broertje tot over zijn oren verliefd is, hij praat over niets anders," lachte ze.
"En ik ook op hem, niet te geloven hoe snel alles kan gaan als je plots vindt wat je al jaren zoekt," antwoordde Phaedra, blij met de warme kennismaking.
"Het was blijkbaar voorbestemd, want weet je dat we volgens de mythologie zussen zijn?" lachte Ariadne.
"Ja, nu je het zegt!"
Volgens de mythe waren Phaedra en Ariadne dochters van Zeus. Theseus kreeg van Ariadne een zwaard en een kluwen wol om weg te raken uit het labyrint, nadat hij de Minotaurus op Kreta gedood had. Leuk verhaal, al liep het niet zo positief af voor Ariadne.
"Het is inderdaad een tof toeval!" riep Phaedra enthousiast.
Ze nestelde zicht naast Alexander en gaf hem een zoen, genietend van de vrolijke en ongedwongen sfeer op de boot.
"Is dit echt jouw boot?" vroeg ze hem nogmaals vol ongeloof.
"Inderdaad. Toen mijn ouders omkwamen, heeft mijn tante wat centen van de erfenis en de verzekering op de bank gezet. Vorig jaar heb ik deze boot tweedehands kunnen kopen. Ik probeer mijn tante zoveel mogelijk te helpen in het restaurant, maar het is mijn bedoeling om meer boottochtjes met toeristen te maken en die dan een onvergetelijke dag te bezorgen. Amerikaanse toeristen geven meestal een dikke fooi bovenop de normale prijs, altijd leuk," legde Alexander uit.
"En de naam van je catamaran: 'De Verona', is dat wie ik denk dat het is?" vroeg Phaedra voorzichtig.

“Mijn pa noemde haar altijd ‘Veeke’, maar haar echte naam was Verona. Ze was een warme, lieve vrouw die haar kinderen in een gezellig nest liet opgroeien. Een moeder die alles deed wat in haar mogelijkheden lag om haar gezin een aangenaam leven te bezorgen. Uiteraard, zoals overal, hadden wij ook onze problemen, vooral financieel. Maar met de beperkte middelen die we hadden, waren we gelukkig. Ik heb niets anders dan fantastische herinneringen aan mijn ouders. Het was dan ook verschrikkelijk toen ze beiden zo plots uit ons leven verdwenen. Van het ene op het andere moment hadden we geen ouders meer. De personen die je het beste kenden, die alle details van je karakter wisten, de fijne en minder toffe kantjes, alle onvergetelijke herinneringen die we samen hadden. Alles was opeens weg. Ik herinner mij alleen maar warme momenten met mijn moeder. Het was dan ook niet moeilijk een naam te kiezen voor mijn boot. Weet je, onze moeder was de dochter van uitgeweken Grieken die een tijd in Engeland gewoond hebben.
Ooit kwam ze op vakantie op Santorini, terug bij haar familie. Toen heeft ze mijn vader Christos ontmoet. Het verhaal deed de ronde dat ze in die tijd een stormachtige relatie beleefden en stapelverliefd op elkaar waren, ondanks de afstand. Mijn moeder moest echter terug naar het koude Engeland. Er bestond nog geen internet en de telefoon naar dat verre land was veel te duur. Ze konden enkel brieven schrijven. Hij probeerde echt alles om haar toch maar terug te zien, maar tevergeefs. Mijn vader was kapot van verdriet. De volgende zomer is mijn mama definitief teruggekeerd naar Santorini omdat ze hem niet kon missen en kort nadien zijn mijn ouders getrouwd. Het waren beiden warme, lieve mensen. Nu hoop ik ooit een vrouw te ontmoeten die de warmte en gemoedelijkheid van mijn moeder bezit.” Alexander keek Phaedra recht in de ogen. Ze zag de warmte en liefde in het diepst van zijn hart.
Phaedra pakte hem stevig vast, alsof ze hem nooit meer los wou laten.

"Mag ik proberen die vrouw voor jou te worden?" fluisterde Phaedra, terwijl ze een traantje wegpinkte.
Hij keek in haar grote, donkere ogen, knikte en gaf haar een warme, natte zoen.

"Zeg schipper, mag ik overvaren?" riep Lina opvallend luid en ongeduldig, zodat de twee onmiddellijk uit hun romantische bubbel ontwaakten.
Iedereen had ondertussen een lievelingsplaatsje op de boot bemachtigd en zat klaar voor de start van hun zeilavontuur, tot Alexander tot de conclusie kwam dat er niet voldoende voorraad was voor zo'n bende. Hij had voldoende frisdrank, bier en frisse wijn mee voor vier of vijf personen, maar was uiteraard niet voorzien geweest op het extra mannelijk gezelschap. Ook voor de barbecue die hij gepland had voor die middag, was onvoldoende voedsel aan boord.
Gelukkig kende hij de eigenaars van het hotel op de kade.
"Hé Manolis, zorg jij even voor onze gasten? Ik ga wat extra inkopen doen," zei Alexander.
"Met veel plezier," antwoordde Manolis en hij keek recht in de ogen van Kim.
"Mag ik met je mee?" vroeg Phaedra.
"Graag!" reageerde Alexander en hij gaf haar een dikke zoen.
Phaedra wou absoluut met hem mee, enerzijds om hem te helpen, maar anderzijds ook om zich ervan te vergewissen of *zijn gerief* weer netjes op zijn plek zat en naar behoren kon werken. Ze was zelfs bereid een kleine massage te geven zodat hij de pijn zou vergeten.

Met twee zakken vol extra wijn, vis, vlees en groenten kwamen ze even later opnieuw bij de boot aan. Iedereen zat ondertussen al aan de frisse pintjes terwijl de muziek uit de boxen schalde.

Het viel Julian op toen hij naar Kim en Manolis keek dat haar lichaamstaal meer duidelijk maakte dan hem lief was. Hij zag zijn eigen kansen bij Kim met de seconde verminderen.

Lizzie had na Sean niet veel zin in een nieuwe romance, ze zat met Peter in haar hoofd en Lina zat al met Vince te praten.

Maar de bevallige Ariadne was er ook nog, die viel wel bij Julian in de smaak.

Alexander en Phaedra leken intussen ook een ideaal team te zijn. Phaedra ontpopte zich onmiddellijk tot matroos en maakte behendig de trossen los.

Op een rustig tempo voeren ze het havengedeelte uit. Eens buiten de haven bleek de zee toch niet zo rustig als ze gedacht hadden, maar dat was voor kapitein Alexander en zijn catamaran geen enkel probleem.

Kim, Lina en Lizzie hadden zich helemaal vooraan op de netten genesteld. Ze waren nog geen meter de haven uitgevaren, toen ze al enkele serieuze spetters op hun lichaam voelden van opspattende golven. Hun strandlaken was dan ook op slag doorweekt. Onmiddellijk verlieten ze hun favoriete plaats om ze in te ruilen voor een drogere plek op de boot.

Alexander voer eerst tegen de wind in langs de kust van Agios Georgios. Via Perivolos voeren ze langs de luidruchtige stranden van Perissa tot helemaal aan Mount Profitou, de heuvel die tussen Perissa en Kamari lag.

“Hey, hier heb ik met Sean op het strand gelegen. Gezellig strand met toffe muziek, maar Sean daarentegen, daar was toch iets mis mee, geloof ik,” lachte Lizzie.

In Perissa ging Alexander overstag en haalde het grote zeil aan om wat snelheid te maken. Zonder motor en met de wind in de rug leek het alsof ze over de golven vlogen. De catamaran raakte maar af en toe het wateroppervlak.

De muziek werd luider gezet en de sfeer zat er al snel in.

De Engelse broers, die zich toch wat heldhaftiger wilden voordoen dan ze eigenlijk waren, hadden ondertussen elk al een vier-

tal biertjes binnen. Door de snelheid en de deining op zee voelden ze plots dat dit niet het beste idee was geweest. Eerst zocht Julian de rand van de boot op en al snel volgde de maaginhoud van Vince. Voedsel voor de vissen.
De dames gierden het uit van plezier.
"Het sterke geslacht ligt nu al murw over de rand," schaterde Lizzie.
Eens ze voorbij de vuurtoren van Akrotiri waren, het uiterste puntje van Santorini, viel de wind bijna volledig weg en konden ze rustig de Caldera binnenvaren, weliswaar op motorkracht.
Alexander wist dat er net voorbij Akrotiri een klein, gezellig, maar voor toeristen onbekend strandje lag: Balos Bay.
"Als het goed is voor jullie, gaan we hier eventjes aan wal zodat de beide heren kunnen bekomen," zei Alexander smalend.
Phaedra gooide het anker uit op een paar meter voor het strandje en ze sprong in het water. De frisse duik deed wonderen, ook voor de Engelse jongens die meteen weer de oude waren. Al snel kregen ze opnieuw zin in een pintje. *Je moet het kwade met gelijke wapens bestrijden*, dachten ze.
Vanaf dit strandje hadden ze een prachtig zicht op de volledige Caldera. Aan hun rechterkant, boven op de kliffen, zagen ze duidelijk eerst Fira, dan Imerovigli en helemaal achteraan Oia liggen.
Links hadden ze een prachtig zicht op het kleine eilandje Aspronisi en verderop het grotere Thirasia. Ertussen lag Palea Kameni met de bekende warmwaterbronnen.
Samen haalden ze de benodigdheden van boord voor hun barbecue en namen plaats op het kleine strand dat ze helemaal voor zich alleen hadden. Alexander raapte enkele grote keien bij elkaar, gooide daarna de kolen er middenin en legde zijn rooster erbovenop. Als een echte Robinson maakte hij het vuur aan en even later begonnen de kolen hun gloed af te geven.
"Zullen we ondertussen een aperitiefje nemen?" stelde hij voor.

"Ik heb gin-tonic, ik heb wijn of bier, maar uiteraard ook de beste ouzo van de hele wereld, de Ouzo of Plomari."
"Graag een ouzo voor ons," spraken de vriendinnen af, de Engelse broers hielden het wijselijk bij een biertje.
"Wat een ongelooflijk prachtig eiland, hier zou ik wel meer van willen," mompelde Kim terwijl ze heel langzaam de omgeving in zich opnam en aan haar glas nipte.
"Wie weet," gooide Manolis nonchalant in de groep.
Kim keek hem uitdagend aan.
"Ik heb je nog iets uit te leggen," zei ze en ze nam hem even mee naar een rustiger stukje strand.
"Er is een vergissing gebeurd," begon ze. "Ik heb je namelijk een berichtje gestuurd dat niet voor jou bestemd was."
"Je berichtje was nochtans duidelijk. Je vindt mij tof, maar daar stopt het," reageerde Manolis enigszins gepikeerd.
"Dat is het nu juist, dat berichtje was voor iemand anders," zei Kim opnieuw gegeneerd.
"Voor wie dan wel?" vroeg hij.
"Voor Julian," antwoordde ze terwijl ze hem aanwees.
"Julian heeft zich uitgesloofd om indruk op me te maken, maar dat heeft weinig effect gehad en dat wilde ik hem ook uitleggen in dat berichtje," ging Kim verder. "Ik wilde jou sturen dat ik je een leuke gast vind en graag meer van je wil weten. Ik wilde je vragen of we samen iets leuks of eventueel ondeugends konden doen vandaag, maar het bericht kwam bij de verkeerde terecht."
De tranen sprongen in haar ogen. Ze keek hem smekend aan, als een puppy die wilde spelen.
Manolis keek in haar diepblauwe ogen en begon te lachen.
"Griekenland-Engeland: 1-0," schaterde hij het uit en hij keek spottend in de richting van Julian.
"Dit wordt nog een moeilijke dag voor die sukkelaar," zei hij, waarna hij Kim vol op de mond kuste.
Kim wist niet welke emotie de overhand nam, ze was plotseling in de zevende hemel.

Toen ze vanuit een ooghoek naar Julian keek, zag ze dat hij met open mond de situatie volgde. Hij had zich deze dag duidelijk heel anders voorgesteld.
Ook Ariadne volgde met volle aandacht het schouwspel. Sinds het plotse overlijden van haar ouders was Manolis altijd haar troostende schouder geweest. Hij was er altijd, zowel voor Alexander als voor haar. Door de jaren heen was ze verliefd geworden op haar goede vriend Manolis, maar ze had dit nooit openlijk durven te zeggen. En nu stond hij daar te kussen met die blonde toeriste. Haar hart brak. Dit zou ze hem betaald zetten.
"Heb jij mij ook iets uit te leggen?" vroeg Kim aan Manolis, terwijl ze subtiel naar Ariadne keek.
"Geen idee wat je bedoelt. Wat moet ik uitleggen?" stotterde Manolis terwijl hij een drankje uit het ijs haalde.
"Wat deed je daar beneden met Ariadne?" kwam er jaloerser uit dan Kim zelf wilde.
"Oh, dat! Als ik eens vijf minuten tijd heb, leg ik je dat wel uit," zei hij zelfverzekerd met een venijnig lachje.

Alexander gooide ondertussen enkele stukken calamares op de rooster, ingesmeerd met olijfolie en bestrooid met de geheime kruiden van zijn tante. Door de uitgesproken geur die meteen de lucht vulde, liep bij iedereen het water in de mond. Ze zaten in een cirkel om de barbecue heen, de pintjes werden uit de koelbox gehaald, het culinaire feest kon beginnen.
Er volgden nog verrukkelijke lamskarbonaadjes en in repen gesneden kipfilet tot iedereen voldaan was. Daarna was het tijd voor een siësta, iedereen ging languit op het strand dutten.
"Dit moet het paradijs zijn," prevelde Lina terwijl ze dromerig het idyllische landschap in zich opnam.
"Ik wist niet dat er in het paradijs zoveel schone vrouwen waren," vulde Vince aan en hij knipoogde naar zijn broer, maar die zat erbij voor spek en bonen.

Even was het muisstil. Phaedra lag zalig in Alexanders sterke armen, Kim en Manolis hadden zich wat afgezonderd van de rest. Lizzie en Lina checkten hun smartphone en wisselden foto's uit, de twee broers zaten er wat beteuterd bij. Ze zagen de kaas van tussen hun boterham verdwijnen.
Alleen, Ariadne had nog een plannetje.
Als Manolis een toeriste mag kussen, kan ik ook wel iets verzinnen met een van die twee Engelse kerels, dacht ze boos. Ze zette de muziek luider, ging uitdagend voor de broers staan en begon te dansen. Omdat ze eigenlijk eerder Manolis in de gaten hield dan haar publiek, had ze een grote steen in het zand niet opgemerkt en viel ze vol met haar gezicht in het zand, wat voor complete hilariteit zorgde. Manolis had al snel door dat Ariadne iets te veel aandacht vroeg van de Engelse heren en gebaarde naar Alexander dat het tijd was om verder te varen.
"Laten we onze tocht voortzetten," riep Alexander terwijl hij alle materiaal verzamelde.
Vol schaamte droop Ariadne af.
De catamaran lag ongeduldig klaar om naar het kleine eiland Nea Kameni te varen. Daar zouden ze eventjes halt houden bij het kleine, witte kerkje dat zo dicht bij het water stond dat het bijna in zee lag. Het glasheldere water was zo uitnodigend dat ze er niet aan konden weerstaan: tijd voor een duik in de buurt van de warmwaterbronnen.
Ondertussen wou Kim te weten komen wat voor man Manolis eigenlijk was en ze probeerde te polsen bij Alexander.
"Zeg Alexander, is Manolis echt je beste vriend?"
"Natuurlijk, waarom?" vroeg hij nieuwsgierig.
"Hoe hebben jullie elkaar leren kennen? Heeft hij een vriendin? Is je zus verliefd op hem? Waarom werkt hij bij zijn mama in het restaurant?" ratelde Kim ongeduldig.
"Het is de beste vriend die ik mij zou kunnen wensen, ja. Ik zou niets liever doen dan je alles over hem vertellen, maar vraag het

hem gewoon zelf," antwoordde Alexander. "Kijk daar, hij ligt op jou te wachten op het benedendek."
Iedereen zat nu vooraan op de catamaran in de volle zon, enkel Manolis was op het onderste dek. Hij kreeg een krop in de keel en vlinders in de buik toen Kim voor hem opdook. Door het felle zonlicht zag hij enkel haar silhouet, het leek zo zelfs alsof ze geen bikini droeg. Haar lange, blonde haren zweefden in de wind. Manolis' tenen begonnen te krullen, hij kreeg het warm en koud tegelijk.
"Hé, knappe Griek, wat ben je van plan? Onschuldige meisjes verleiden? Vertel me liever eens wat meer over jezelf," vroeg ze op een sensuele manier.
"Dat is best saai en vervelend. Ik denk dat jouw verhaal veel leuker is," kaatste Manolis de bal terug.
"Goed dan, maar daarna wil ik alles van je weten. Wij zijn vier beste vriendinnen, al sinds we in de kleuterschool zaten. We weten alles over elkaar. Dat zorgt er natuurlijk ook voor dat we elkaar door en door kennen. Mijn vriendinnen hebben mij erop gewezen dat mijn vorige relatie mij niet meer gelukkig maakte. Dus ben ik nu op zoek naar *the one and only*," vertelde Kim openlijk.
"Dat biedt mogelijkheden," antwoordde Manolis terwijl hij zijn lach probeerde te onderdrukken.
"Ik was ooit verliefd op een meisje dat een tijdje op Santorini gewoond heeft, samen met haar mama. De moeder dacht dat ze hier de liefde van haar leven tegen het lijf gelopen was, maar is na een lange zomer ontgoocheld vertrokken, samen met haar dochter, mijn liefje. Sindsdien heb ik nooit nog een echte relatie gehad. Ik kan het niet echt vinden bij de Griekse meisjes en vrouwelijke toeristen zien mij enkel als een vakantiescharrel, en zoiets wil ik niet. Ik zou graag verliefd worden op iemand die het echt meent met mij, die samen met mij een leven wil opbouwen. Die samen met mij in de koude wintermaanden de wereld wil

ontdekken of gewoon bij het houtvuur dik ingepakt naar de mooiste zonsondergang ter wereld wil kijken."
"Wauw, zoiets heb ik een man nog nooit horen zeggen," stamelde Kim ontroerd.
"Dat is toch wat iedere vrouw ook wenst!" reageerde ze. "Elkaar liefhebben, begrijpen en helpen in alle omstandigheden. En als je dan nog dit sublieme decor er gratis bovenop krijgt, zit je gewoon in de zevende hemel."
Ze keek hem recht in de ogen en gaf hem spontaan een zoen op de mond.
Op dat moment schalden de boxen luid. Alexander hield de twee tortelduifjes in de gaten en had het juiste moment gekozen om hen eens serieus te doen schrikken.
Manolis riep enkele lieve Griekse woordjes in de richting van zijn vriend die het bijna in zijn broek deed van het lachen.

Na een tweetal uurtjes rustig zeilen, kwamen ze aan bij het kleine eilandje Thirasia. Daar was een kerkje dat Santa Irini heette, in het dorpje Agia Irini. Daar zou later de naam Santorini vandaan komen.
Het eilandje leek wel een miniversie van Santorini, met hoge kliffen, witte vierkante huizen en heel veel kerkjes met blauwe koepels. Het havenstadje Ormos Korfou was slechts een dertigtal huizen groot, waarvan de meeste dan nog restaurants of tavernes waren.
Aan een van de grootste steigers legden ze aan en Phaedra was opnieuw matroos van dienst. Nadat ze de trossen uitgegooid had, vroeg Alexander om te zorgen dat de zijkanten van de catamaran aan bakboord de andere boten niet zouden raken. Vince stond net achteraan toen Alexander hem vroeg om het anker uit te gooien. Vince had nog nooit op een boot gezeten, laat staan met ankers gewerkt.
Achter hem zag hij het grote, zware anker liggen dat bevestigd was aan een lange ketting en een dikke koord.

"Ik zal dat eens snel regelen, zie," zei hij stoer, terwijl hij het heel vlot optilde. Er was misschien toch nog een kleine kans om Lina te imponeren door zijn kracht te demonstreren en zijn inzicht om kritieke situaties juist in te schatten te tonen. Fier dat iedereen hem aandachtig bekeek, hief hij het zware ijzer hoog op en gooide het gezwind in het water. Blij gezind zag hij het anker de diepte ingaan, gevolgd door de ketting, daarna het touw en hij herinnerde zich plots dat hij het uiteinde niet eerst vastgemaakt had aan de boot.

"Wat doe je nu?" riep Manolis in paniek uit.

"Je hebt toch gevraagd om het anker uit te gooien. Wel, het ligt toch in het water?" antwoordde Vince bits.

"Je moest het uiteraard eerst vastmaken aan de boot!" maakte Alexander hem duidelijk.

Gelukkig was er een tweede anker aan boord, weliswaar een kleiner exemplaar, wat Manolis vastmaakte alvorens het in zee te werpen.

"Volgende keer wel wat duidelijker zijn in je bevelen, hé," riep Vince gefrustreerd omdat ook deze poging om Lina voor zich te winnen verloren was.

Kim keek naar Manolis en kon haar lach niet meer inhouden.

"De stand is volgens mij al 2-0 voor Griekenland," zei ze ondeugend.

Om nog meer indruk te maken dook Manolis het water in en samen met Alexander kon hij het zware anker weer aan boord hijsen.

Ariadne had medelijden met Vince en ging naar hem toe om hem te troosten, hoewel ze zelf haar lach ook amper kon inhouden.

Ik krijg toch nog een mooie troostprijs, dacht Vince terwijl hij Ariadne een stevige knuffel gaf.

Een na een, Manolis als eerste en Vince als laatste, begonnen ze aan de steile klim naar boven via het zigzaggende pad. Een twintigtal minuutjes later stonden ze boven op de kliffen en hadden

een prachtig zicht over de volledige kustlijn van Santorini, maar nu van voren naar achteren in de omgekeerde volgorde. Ze zagen eerst de witte huisjes van Oia, mooi in het midden de rots Skaros met daarachter Imerovigli. Even verder lag Fira en helemaal op het eind van het eiland konden ze Akrotiri zien, waar Phaedra's grootouders woonden.
"Kijk eens hoe deze plaats heet," glunderde Manolis terwijl hij op het naambord wees.
"Dat meen je niet! Zijn we hier in Manolas? Echt?" lachte Kim.
"Mijn eigen dorp!" snoefde hij.
Door de zware inspanning van het klimmen keek iedereen ondertussen scheel van de dorst. Gelukkig was restaurant Panorama in de buurt, anders waren de vriendinnen van ontbering omgekomen. Eigenaar Yanis herkende uiteraard onmiddellijk de beide vrienden Alexander en Manolis en begroette hen hartelijk met een kus op beide wangen.
Yanis was vroeger een van de beste vrienden van Alexanders vader.
Meteen bracht hij hen twee grote flessen fris water, wat gemengde olijven en vers gesneden brood. Alexander wist dat de moussaka van dit restaurant wereldberoemd was en vroeg of er die dag toevallig nog wat voorradig was. Blijkbaar was de barbecue van enkele uren ervoor, wellicht door de zilte zeelucht, vlug verteerd. Iedereen wilde een flink stuk van de heerlijke lekkernij proeven. Yanis wist hoe hij een ordinaire moussaka kon omtoveren tot een ware delicatesse. Alle groenten kweekte hij zelf, van zachte ajuinen, grote dikke wortelen, gigantische courgettes en massa's aardappelen tot en met de smaakvolle aubergines. Het lamsgehakt maalde hij zelf en vermengde dit met zijn geheime kruidenmengeling. Sommige daarvan konden enkel op het eilandje gevonden worden. Hij vulde die mysterieuze kruiden aan met oregano en marjolein, wat komijnpoeder en een kaneelstokje, samen met flink wat peper en zout. Hij voegde er een flinke portie harissa aan toe. De olijfolie die hij gebruikte was afkomstig van de

oude olijfgaard van zijn vader. Voor zijn bechamelsaus keek hij niet op een kluit meer of minder van de boter uit de boerderij van zijn broer Makis. Daarbovenop kwam dan uiteraard de enige echte schapenkaas Chloro, de lokale delicatesse.
"Yanis, mogen wij een fles frisse witte wijn, alstublieft," vroeg Manolis beleefd.
Ook hier werd de fles met de letter 'C' op het etiket aangeboden.
"Voor mij een plat watertje," zei Vince zieltogend.
"*And we have a knock out*!" smaalde Kim.
De zon begon stilletjes te zakken toen ze hun buikje rond gegeten hadden en ze besloten om de zonsondergang op zee te gaan bekijken.
De tocht naar beneden ging blijkbaar een stuk vlotter, want al snel was iedereen weer op de catamaran, vertrekkensklaar om het unieke natuurwonder van dichtbij mee te maken.
De trossen werden weer aan boord geladen, het anker werd gelicht en op een rustig tempo navigeerde Alexander zijn boot richting Oia.
Net toen ze ter hoogte van Amoudi Bay voeren, zette hij de motor stil en haalde het zeil naar beneden zodat ze roerloos ter plaatse bleven dobberen op zee. Dimitri, de eigenaar van het hemelse restaurant, herkende de catamaran van Alexander en stond al te zwaaien op de kade.
Vlak voor hen ging de grote rode bol stilaan onder, rechts van hen zagen ze enkele gelukzalige toeristen genieten van de hemelse gerechten in de verschillende tavernes van Amoudi Bay, iets daarboven lag Oia. Een beeld dat geen van hen ooit zou vergeten.
Ze zagen hoe duizenden mensen zich verdrongen in de smalle straatjes van Oia om toch maar een glimp van het dagdagelijkse schouwspel mee te kunnen maken. Manolis opende nog een fles witte wijn en haalde de laatste koele biertjes uit de koelboxen.
De zonnestralen hadden al aan intensiteit ingeboet, dus gaf de attente Alexander een dekentje aan de dames zodat ze geen borstvalling zouden opdoen. Hij nam Phaedra opnieuw in zijn armen

en gaf haar een zoen in de nek. Kim nestelde zich in de warme schoot van Manolis. Lina en Lizzie zaten tegen elkaar gedrukt, ademloos te genieten van het spektakel. Ariadne zat geklemd tussen Vince en Julian.
Toen het laatste streepje zon verdween aan de horizon, weerklonk opnieuw een gigantisch applaus vanaf alle stoelen en banken. De artiest zelf was in alle stilte verdwenen onder water.
Op de catamaran was het stil, muisstil. Iedereen was onder de indruk, ofwel omwille van de nooit geziene natuurpracht, ofwel omwille van de kuskwaliteiten van de twee koppeltjes.
Ze bleven nog enkele minuten nagenieten van dit wereldwonder tot de zon enkel nog roze en paarse kleuren aan de hemel toverde. Daarna startte Alexander de motor en begon hij aan de terugtocht naar Vlychada. De wind was volledig weggevallen. De zee was spiegelglad en nam de kleuren van de hemel aan.
Door het licht van de maan konden ze de contouren van de kliffen volgen tot in de haven.
Toen ze een uurtje later aanlegden in de kleine haven, was het al pikkedonker. Het verschil in temperatuur kon niet groter zijn. Zolang ze op zee zaten, voelde het fris en vochtig aan, eens in de haven overviel hen opnieuw de aangename warmte van het vulkaaneiland.
De dekentjes en truien werden opnieuw geruild voor de topjes en T-shirts.
"Zullen we nog een slaapmutsje nemen bij Penelope's bar in Pyrgos?" vroeg Phaedra. Ze wou niet dat deze avond voorbij zou gaan.
"Wij gaan hier afscheid nemen, helaas," antwoordde Julian, ontgoocheld omdat hun laatste dag niet echt geworden was wat hij ervan verwacht had.
"Morgenochtend rond acht uur stijgt ons vliegtuig al op richting Londen, dus tegen zes uur moeten we in de luchthaven zijn. Bedankt voor de mooie dagen en de leuke ervaringen," zei hij met een knipoog naar Kim en Lina.

Manolis keek verbaasd om die toespeling, maar was blij dat de broers het eiland verlieten.
"Dat noemen ze dan een forfaitzege," triomfeerde hij.
"Bij Penelope zijn we al eens geweest. Mag ik jullie het café van Franko Colombo laten zien?" vroeg Alexander. "Hij is een vriend van mijn tante en baat een supergezellige bar uit, helemaal boven op de heuvel van Pyrgos, eigenlijk op het Kastelli."
"Topidee," zei Phaedra. "Ik heb mijn Papou ook al horen praten over Franko's café."
Even later kwamen ze aan bij de terrasjes in de buurt van de parking in Pyrgos.
Ze konden beginnen aan de steile klim omhoog. Voorbij hun hotelletje, net voor Penelope's bar, namen ze een scherpe bocht naar links en vervolgens naar rechts, tot ze uiteindelijk op het minuscule pleintje kwamen dat ook naar restaurant Rosemary leidde. Op de trappen van de ingang naar het Kastelli zaten enkele jonge toeristen muziek te spelen. Er was geen enkel ander geluid te horen, enkel de zachte streling van de snaren van de gitaar en de engelenstem van de zangeres. Met tranen in de ogen van pure ontroering om het extreem romantische tafereel gingen ze via de trappen door de kleine opening verder naar boven. Na een korte bocht naar rechts kwamen ze aan de laatste trap die hen helemaal tot boven op de heuvel bracht. Voor hen lag een pleintje met de kerk van de Heilige Maria, rechts was de ingang van het buitengewoon lekkere restaurant Botargo, dat bekendstond voor zijn heerlijke keuken en onvergetelijke uitzicht op de zonsondergang. Links, onder een oude eik, leidden vijf trapjes naar Franko's café.
"Wat een fabuleus uitzicht!" stamelde Lina.
"Van hieruit kan je het volledige eiland zien. Ik zie de lichtjes van Fira die overgaan in Imerovigli en even verderop uitdoven aan het einde van het eiland in Oia. En aan de andere kant kan je Akrotiri herkennen en links daarvan ligt Emporio met iets verder Perissa," lichtte Alexander het uitzicht toe.

Een vriendelijke juffrouw bracht het gezelschap naar een tafeltje, enkel gescheiden van de afgrond door bakken met weelderig bloeiende geraniums. Op elk tafeltje brandde een kaarsje en stond er een takje rozemarijn klaar, wat de sfeer onvergetelijk maakte. Ze ploften neer op de zachte kussens, er werd geen woord gezegd. Iedereen was onder de indruk van het panorama en de aangename, rustige sfeer.
Franko zelf herkende Alexander onmiddellijk en kwam de bestelling opnemen.
Na de service in Rosemary kwamen alle medewerkers hier dikwijls nog een laatste glas drinken, altijd een aangename afsluiter van de avond.
"*Kalispera* Alexander *mou*!"
Alexander stond op en gaf Franko twee dikke zoenen, een op elke wang en een stevige knuffel.
"Drink iets van het huis met je vrienden," stelde Franko voor.
Een laatste fles rosé werd aangebracht.
Op de grote glazen schotel stond ook een bordje met vers fruit en een kom met warme chocolade, een van de specialiteiten bij Franko's café.
Veel werd er niet meer gezegd, iedereen was moe, maar niemand wou hier weg. De buitengewone sfeer en sereniteit werden nog benadrukt door de zachte klassieke muziek die net uit de hemel leek te komen, alsof engeltjes er hun harp bespeelden. De vriendelijke juffrouw van het onthaal bracht enkele dekentjes voor de dames, aangezien het stilaan frisser werd. Phaedra kroop in de warme schouderholte van Alexander, Manolis nam Kim in zijn sterke armen, Lizzie en Lina kropen dicht bij elkaar en sloegen een deken over hun schouders.
Ariadne was nog steeds stomverbaasd en treurig dat Manolis hun jarenlange band opzij schoof voor een oppervlakkige flirt met een vrouw die hij amper kende. Maar ze troostte zich met de gedachte dat de toeristen niet eeuwig konden blijven en knuffelde in de tussentijd haar dekentje.

Als absolute afsluiter kregen ze nog een glaasje Metaxa aangeboden.
Het terras was helemaal leeg, de laatste gasten waren naar hun slaapplaats afgezakt. Alleen de vier vriendinnen, Ariadne en de twee Griekse halfgoden konden niet genoeg krijgen van het uitzicht.
"Hoe mooi en gezellig het ook is, ik denk dat wij morgenvroeg op post moeten zijn," verpestte Alexander de absolute stilte. Zowel Alexander als Manolis moest vroeg op voor het werk en dat wisten de vriendinnen ook.
"Bedankt voor deze absolute topdag," zei Phaedra waarna ze Alexander vol op de mond kuste.
"Inderdaad," vulden de andere dames vrolijk aan. "Bedankt, Alexander, voor deze fantastische belevenis."
Even later namen ze afscheid, Alexander, Ariadne en Manolis stapten samen naar hun Fiat 500.
De vier dames daalden de straatjes en treden af tot aan hun hotel. Phaedra droomde van haar adonis en ook Kim was halsoverkop verliefd geworden. Lizzie miste Peter steeds meer en Lina, die was ook verliefd geworden op… Griekenland.
"*Kalinichta,*" fluisterden ze zachtjes tegen elkaar terwijl ze hun ogen sloten.

9. Eros is going to the beach

Die morgen zaten ze pas laat met z'n vieren aan het ontbijt. Na de fantastische dag op de catamaran waren ze zo moe geweest dat ze pas uit hun bed rolden toen de zon al hoog boven het Kastelli stond.

"Laten we het vandaag rustig houden," zei Lina nog half slapend.

"Waar kunnen we nog naartoe? Is er een plek waar we nog niet geweest zijn?" vroeg Lizzie zich luidop af.

"Misschien een leuk klein strandje dat niet overbevolkt is?" mijmerde Lina.

"Ik vraag het even aan Alexander, die weet zeker iets leuks," zei Phaedra enthousiast.

"Kamari is leuk, maar daar is het wel heel druk en Perissa is dan wel een prachtig strand, maar voor een rustige dag gaan we beter ergens anders heen," vulde Lizzie uit ervaring aan.

Het leek wel alsof Alexander zat te wachten op een berichtje Phaedra, want na enkele minuten hoorden ze het geluidje van een binnenkomende sms.

"En… wat zegt hij?" vroeg Kim ongeduldig.

"Hij stelt voor om naar Kambia Beach te rijden. Het is inderdaad een goed idee, want het is een klein, gezellig strand met een bescheiden *taverna* waar je heerlijk kan eten. Er zijn bijna geen toeristen, enkel de lokale bevolking kent dit strandje. Anderzijds is er ook het prachtige Eros Beach, dicht tegen de haven van Vlychada. Daar is het iets chiquer en is er een prachtige bar met een ongelooflijk uitzicht. Het is inderdaad heel mooi allemaal, ik kwam er vroeger ook wel eens met mijn Papou," vertelde Phaedra.

"Alexander en Manolis zouden ons, binnen een klein half uurtje, komen ophalen. Tegen dan zit hun shift erop. Wat denken jullie?"
"Ideaal, eerst lekker ontbijten en dan een dagje strand en zalig nietsdoen," mijmerde Lizzie.
Een half uur lijkt lang, maar voor vier jongedames die van alle rust op het terras genoten, bleek dit veel te kort. Alexander en Manolis kwamen al door de gietijzeren poort toen de vier dames nog altijd aan de ontbijttafel zaten. Zij hadden er beiden al een halve dagtaak op zitten, maar de dames moesten zich nog wassen, omkleden en *last but not least* nog eens allemaal naar het toilet.
Ik kom niet in de kamer als Kim nog naar het toilet moet, dacht Manolis.
"Ik wil jullie ook wel een voor een wassen, hoor," stelde Alexander voor met een knipoog.
"Mijn rug mag je wassen, maar van de andere drie blijf jij mooi af," zei Phaedra jaloers.
Donna was zo vriendelijk om de twee jongemannen ondertussen een frappé aan te bieden.
Uiteindelijk kwamen de vier dames op hun dooie gemak van de buitentrap.
"Zeg, komen jullie nog?" riep Kim lachend naar Manolis en Alexander.
"Vrouwen hé, mochten ze er een handleiding bij geven, je bent tien jaar verder voor je het eerste hoofdstuk gelezen hebt," lachte Alexander.
Alexander en Phaedra kropen in de kleine Fiat 500, Manolis nam het stuur van hun rode Jimny met de drie andere vriendinnen aan boord.
"Ik heb mijn tante verteld over jouw Yiayia en Papou. Niets dan lof en positieve verhalen," begon Alexander.
"Weet je dat jouw Yiayia en mijn Yiayia hartsvriendinnen waren? Ze waren altijd samen, gingen samen naar school, gingen

samen zwemmen in zee, leerden samen hun eerste vriendjes kennen, alles! Toch ongelooflijk, niet?" zei Alexander enthousiast.
"Wat is er dan verkeerd gegaan?" vroeg Phaedra nieuwsgierig.
"Het was het trouwfeest van jouw Yiayia en Papou. Mijn grootouders, die net een dochtertje gekregen hadden, mijn moeder dus, waren getuigen op het huwelijk. Het was een feest in Akrotiri zoals er tegenwoordig geen meer gegeven worden. Iedereen danste, at en dronk dagenlang en was gelukkig. Korte tijd nadien vond de laatste, bijzonder hevige aardbeving op Santorini plaats. Heel veel mensen stierven door brokstukken van verwoeste huizen. Jouw grootouders konden nog net op tijd uit hun huisje vluchten, maar mijn Yiayia kreeg zware brokstukken te verduren. Mijn Papou was zelf ook erg gewond, maar met hulp van buren en vrienden konden ze hem onder het puin vandaan halen. Voor mijn Yiayia kwam alle hulp te laat. Ze vonden haar met een foto van haar pasgeboren baby in de handen. Als bij wonder overleefde mijn moeder de aardbeving zonder kleerscheuren. Als doopmeter heeft jouw Yiayia zich toen ontfermd over mijn moeder. Mijn Papou is dit drama nooit echt te boven gekomen. Dikwijls, toen we bij hem op bezoek kwamen, zat hij wezenloos voor zich uit te kijken, zijn ogen vol tranen. Het gemis van zijn geliefde had diepe wonden geslagen in zijn hart. Nog niet zo lang geleden is hij gestorven van verdriet. 'Ik ben blij dat ik eindelijk naar mijn vrouwtje mag', dat waren zijn laatste woorden."
Phaedra veegde de tranen uit haar ogen en gaf hem een stevige knuffel.
"Zo te horen had je een heel lieve Papou die heel veel van je Yiayia gehouden heeft," fluisterde ze in zijn oor.
"Om maar te zeggen dat onze families eigenlijk heel veel gemeen hebben," herpakte Alexander zich.

Ondertussen waren ze bijna in Akrotiri toen ze aan de linkerkant een verroeste wegwijzer zagen staan die hen naar een heel smal baantje leidde, richting Kambia Beach.

Het was een helse rit om de laatste twee kilometers tot beneden af te leggen. Niet meteen de ideale weg voor de Fiat 500, met die enorme putten en losliggende stenen. Hoe ze weer naar boven zouden raken, dat was een zorg voor later. De Jimny had minder problemen met het slechte wegdek.
Kambia Beach was een klein strandje met heel weinig volk. In de hoek, tegen de rots, stond een eerder bouwvallige, maar gezellig ingerichte *taverna*. Op het overdekte terras stonden een tiental tafels waar iets gegeten en gedronken kon worden.
De eigenares, Maria, kende de beide vrienden zeer goed en ontving hen dan ook zeer hartelijk met een zoen op beide wangen.
"Zoek maar een leuk plaatsje op het strand uit," riep Manolis naar de vriendinnen.
Kim keek eens van links naar rechts, maar zo groot was het strand nu ook weer niet.
Er waren een tiental rieten parasols voorzien met comfortabele ligbedden, ideaal voor een rustige stranddag.
Dicht tegen de hoge rots was een steiger die wel tien meter ver in zee kwam.
Er was geen enkel geluid te horen, afgezien van het ruisen van de kleine golven en het getetter van de vriendinnen.
Om een ideaal gebruind lichaam te krijgen, gooiden de dames hun topjes gelijktijdig in het gezicht van de jongens.
"Kijken mag, aankomen niet," lichtte Phaedra Alexander al lachend in.
Onder de parasols was de temperatuur nog net uit te houden, het lichte briesje bracht een beetje afkoeling terwijl ze allemaal rustig zaten te lezen of op hun smartphone tokkelden.
Na een tijdje werd het Kim toch wat te heet.
"Ik ga afkoeling zoeken in zee," zei ze rustig terwijl ze haar vakantieroman over Milos sloot.
Toen ze overeind kwam, keek Manolis zijn ogen uit. Kim had dit al gauw in de gaten en trok haar bikinibroekje uit haar bilspleet toen ze galant de lauwe zee in stapte.

Ze zwom net zo ver tot ze nog juist met haar tenen de bodem raakte. Daar zwom ze opnieuw richting strand, waar ze als een volleerd model tergend langzaam de zee uitkwam, net zoals Aphrodite ooit gedaan moest hebben op Cyprus. Ze rees op uit het schuim als de mooiste vrouw die Manolis ooit al ontmoet had. Eerst zag hij enkel haar gezicht boven het water, maar naarmate ze dichterbij kwam, werden haar mooie, volle borsten met stijve tepels duidelijk zichtbaar. Haar lange, blonde haren waaiden in het zachte briesje, haar blik op haar prooi gericht: zo kwam ze recht op Manolis af.
Bij hem was het eerder een stijve bries. *Waren we hier nu maar heel alleen, ik liet je alle hoeken van Santorini zien,* dacht hij bij zichzelf wat in werkelijkheid heel moeilijk was, omdat het eiland er eerder als een kromme banaan uitziet.
Toen ze nog een tweetal meter van Manolis verwijderd was, zakte Kims rechtervoet ineens dieper weg in het zand, zodat ze haar evenwicht verloor. Iets minder galant viel ze pardoes met haar gezicht in het zand.
"Kijk daar, *The Fallen Madonna With The Big Boobies*," riep Lizzie.
Iedereen bestierf het van het lachen, tot Phaedra opstond om haar vriendin te helpen.
"Misschien moet ik eerst iets drinken om dat zand uit mijn mond te krijgen," mompelde Kim.
"Spoel je af in zee, dan kunnen we iets drinken op het terras," stelde Manolis voor.
Ze trokken hun topjes aan en namen plaats aan een tafeltje, dicht bij het strand. Maria bracht onmiddellijk wat vers brood, een fles fris water en een bord met pistachenootjes om hun dorst nog meer op te wekken, samen met de menukaart.
"Mag ik al een groot glas water nemen, alstublieft?" vroeg Kim, nog lichtjes beschaamd over haar optreden van daarvoor.
Het was een vrij kleine kaart, maar alle bekende toppers stonden erop. Het enige probleem was opnieuw keuzes maken.

"Ik wil ook wel zo'n octopus," zei Lizzie toen Maria een bord bij de naastgelegen tafel bracht.
"Dat is geen octopus, dat is gegrilde inktvis," verbeterde Phaedra haar.
"Ik heb wel zin in een stukje verse vis," zei Lina.
"Zal ik vragen wat er vandaag beschikbaar is in de keuken en gewoon een paar dingen laten komen?" vroeg Alexander terwijl hij Maria een teken gaf.
Al gauw werd er een grote kom Griekse salade op tafel gezet met een gigantisch stuk feta met kruiden erbovenop. Manolis was een paar flessen witte wijn gaan halen in de koelkast die buiten naast de keukendeur stond en schonk iedereen een groot glas uit.
"*Yamas*," klonk het uit volle borst.
Maria bracht enkele borden met gegrilde tsipoura, een tweetal grote schotels met in stukken gesneden, gegrilde inktvis en een schotel met heerlijk ruikende kipsouvlaki.
Het feest kon opnieuw beginnen.
Als leeuwen sprongen ze op de schotels en verdeelden alles eerlijk, zodat iedereen van elke lekkernij kon smullen.
"We zijn hier echt in het paradijs," zei Kim terwijl ze diep in Manolis' ogen keek.
"Ik dacht nochtans daarnet dat Eva uit haar appelboom viel," schaterde hij.

Na dit feestmaal kwam Maria nog met een bord aanzetten met zes stukjes zelfgebakken taart en zes glaasjes Metaxa.
"*Yamas*!" klonk het opnieuw toen de glazen elkaar raakten.
Na deze sublieme maaltijd konden ze wel een siësta gebruiken.
Na een uurtje bakken als een kip aan het spit werd het Phaedra toch iets te heet onder de voeten.
"Zullen we nog eens het andere strandje bezoeken en daar een lekkere cocktail drinken?"
"Ideaal, ik dacht dat ik hier voor eeuwig zou moeten blijven liggen bakken," lachte Alexander.

De weg naar boven verliep iets minder rustig. Vooral Alexander met zijn Fiat kreeg het op het steilste stuk behoorlijk moeilijk. Iedereen moest uitstappen en de auto duwen. Alexander zat achter het stuur en probeerde centimeter per centimeter vooruit te komen, maar het leek eerder alsof het wagentje achterover zou gaan vallen.
Manolis stond achteraan in het midden, geflankeerd door Phaedra en Kim.
"Nu vol gas geven!" riep Manolis Alexander toe.
Het stof schoot langs alle kanten omhoog, de beide dames leken wel zandmannetjes.
Lina en Lizzie lagen alweer op de grond van het lachen.
"Daar moet ik een foto van hebben," gierde Lizzie.
Op het steilste stuk tot halfweg het zandbaantje was het zwoegen, maar eens daar voorbij viel het enigszins mee.
Met een handdoek werd het meeste stof en zweet weggeveegd.
Even later reden ze het smalle baantje richting Eros Beach in.
Toen ze bij de zee kwamen, leek het wel of de weg stopte, terwijl ze duidelijk enkele tientallen meters hoger stonden. Rechts was een kleine parking.
"Is dit Eros Beach? Er is hier niets te zien!" mompelde Lina verontwaardigd.
"Wacht maar," antwoordde Phaedra. "We gaan via dit kleine pad verder en je zult straks wel anders praten!"
Toen ze tien meter verder aan het prachtige terras kwamen, werd pas duidelijk in wat voor oogverblindend decor ze terechtgekomen waren. Een immens groot terras met makkelijke zeteltjes, een royale bar waar al hun favoriete drankjes voorradig waren, vriendelijke bediening en vooral een subliem uitzicht over de Egeïsche Zee.
Net naast de bar bevond zich een houten trap die hen naar beneden leidde, naar het strand met verleidelijk comfortabel uitziende ligstoelen.

"Ik heb dorst," riep Lizzie. "Ik wil al het stof uit mijn longen krijgen."
"Ik help je wel," sprong Lina haar vriendin bij.
"Zoeken jullie alvast een plaatsje uit, we brengen de drankjes wel tot bij jullie," vulde Lizzie haar vriendin aan. Vrolijk gingen Lizzie en Lina richting bar.
Plotseling riep er iemand iets in het Nederlands naar de twee vriendinnen.
"Hé dames, drinken jullie iets mee met mij?" vroeg de man uitnodigend.
"Daar kan je me altijd mee verleiden," antwoordde Lizzie uitdagend toen ze de frappé op het tafeltje zag staan.
Lina stond perplex. Ze keek naar Lizzie, dan naar de onbekende man, die duidelijk een stuk ouder was, en weer naar Lizzie.
"Wie is die man? Ken jij hem?" fluisterde Lina verbouwereerd.
Lizzie wendde haar blik af en schraapte haar keel.
"Peter is een vriend uit België. Ik had hem al gezien op het vliegtuig," zei ze, alsof dat de doodnormaalste zaak ter wereld was.
"En je zegt dat nu pas? Je hebt hier nog geen woord over gezegd tijdens de hele reis," vroeg Lina wrevelig. Lizzie zuchtte.
Eigenlijk zou het haar wel goed uitkomen als ze eindelijk eens aan iemand haar verhaal zou kunnen doen. Met Lina kon ze altijd goed praten en ze zou het zeker begrijpen.
Op hoop van zegen, dacht ze en ze gebaarde naar Peter dat ze nog even wat apart te bespreken had met haar vriendin. Ze trok de verbaasde Lina mee.
"Ik durf er eigenlijk niet echt over praten, maar ik moet het toch ooit eens kwijt... Hou je vast hé, hier komt het. Ik heb al een tijdje een sugardaddy," gooide ze er schuchter uit.
Enkele lange seconden was het muisstil.
Lizzie keek Lina recht in de ogen om haar reactie te kunnen peilen.
"Euh... Is dat wat ik denk dat het is? Ik heb daar ooit eens iets over gelezen, maar weet er eigenlijk het fijne niet van. Het klinkt

wel uitdagend," zei Lina uiteindelijk met een voorzichtige glimlach.

"Je weet toch dat mijn moeder het niet breed heeft en ik mijn studies, zeker na de dood van mijn papa, zoveel mogelijk zelf betaald heb," reageerde Lizzie verdedigend.

"Ja… en?" stamelde Lina.

"Wel, ik heb Peter leren kennen in de bar waar ik 's avonds werkte. Hij heeft mijn studies betaald." Ze hield haar adem in.

"Zomaar? Dat kan toch niet?" riep Lina uit, eigenlijk een beetje verrast over de vanzelfsprekendheid van het gegeven.

"Enneuh… wat moest jij dan doen?" vroeg Lina geïnteresseerd met een uitdagend lachje om haar mond.

"Gewoon, je weet wel," antwoordde Lizzie ontwijkend.

Opnieuw was het even stil. Lina had tijd nodig om alles te laten bezinken.

"Of ik nu af en toe seks zou hebben gehad met een student of met een of andere vriend of met Peter, da's toch net hetzelfde? Het enige verschil is dat mijn studies nu betaald werden," verduidelijkte Lizzie de feiten voor haar vriendin.

"Zo wil ik er ook wel eentje," riep Lina en ze draaide haar hoofd in de richting van Peter.

Lizzie had altijd het idee gehad dat Peter alleen met haar naast de pot piste, maar had er nooit bij stilgestaan dat er misschien nog meer meisjes in het spel konden zijn. Ze had het hem ook nooit gevraagd. De insinuatie van haar vriendin was niet meteen het begrip waar ze op gehoopt had.

"Hem delen doe ik liever niet, hij is veel te lief," lachte ze de foute gedachte weg.

"Kom gerust even bij me zitten," zei Peter op een zachte, vriendelijke toon toen de vriendinnen opnieuw zijn richting uitkwamen.

"Mijn vriendin moest vandaag iets regelen bij familie. Ik ben de hele dag op mezelf aangewezen en ken het eiland niet zo goed. Kunnen jullie mij helpen?" vroeg Peter.
"Hoezo? Ben je dan effectief niet meer getrouwd? Ik had al iets gehoord over een vriendin," informeerde Lizzie nieuwsgierig, met een lichte schittering in haar ogen.
"Het ging al een hele tijd niet meer goed in mijn huwelijk. Ik miste warmte, liefde. We leefden meer naast elkaar als broer en zus. Mede daarom werkte ik mij te pletter en probeerde ik zoveel mogelijk weg te zijn. Nu we aan het scheiden zijn, voelt dat aan als een bevrijding. Ik heb recent een nieuwe vrouw leren kennen en samen hebben we een lastminutevlucht geboekt om elkaar nog beter te leren kennen. Al loopt het niet helemaal zoals ik me had voorgesteld. Ze heeft een uitgesproken zuiders temperament en dat botst wel eens. Ze is afkomstig van Santorini, dus dat was dan weer een meevaller om hier eens terecht te komen," vertelde hij hen heel open.
"Ik ben blij voor je dat je weg bent bij je vrouw, maar of een nieuwe relatie nu al ideaal is, daar vrees ik voor," antwoordde Lizzie jaloers.
"Ik heb ook wel zin in een frappé, en daarna misschien iets anders," zei ze uitdagend en ze keek Peter suggestief aan.
Het werd Lina snel duidelijk dat Lizzie gevoelens gekregen had voor Peter. Ze gedroeg zich anders nooit zo. Hij was duidelijk meer dan een doorsneevriend voor haar.
"Sorry dames, maar mag ik eerst eens naar het toilet, alstublieft, het is opeens nogal dringend?" vroeg hij een beetje beschaamd.
Terwijl Peter wat stoom ging afblazen, keek Lina haar vriendin indringend aan.
"Nu ga jij mij toch niet vertellen dat hier niets meer aan de hand is?" eiste Lina en ze trok Lizzie tegen zich aan.
"Oké, oké! Ik moet toegeven dat ik, nu ik hem hier terugzie, meer voor hem voel dat ik zelf dacht," zei Lizzie schoorvoetend.

"Ik heb me gedurende de drie jaar dat onze relatie duurde steeds voorgehouden dat hij eerder een soort *friend with benefits* was, maar gaandeweg heb ik hem beter leren kennen en heimelijk ben ik verliefd geworden. Hij is wel wat ouder dan ik, maar zo iemand heb ik ook nodig, iemand die mij steunt en motiveert en die als een rots in de branding is voor mij, iemand op wie ik altijd kan rekenen. Ik moet zeggen, ondanks het feit dat hij getrouwd was, kon ik ook altijd op hem rekenen, dag en nacht kon ik bij hem met mijn problemen terecht."
Een volle seconde lang zat Lina muisstil, met haar mond halfopen en duizend vraagtekens in haar ogen.
"Dat meen je niet! Jij hebt al drie jaar een sugardaddy?" zei ze toen vol ongeloof. "Het is wel een heel knappe man, dat moet ik toegeven! Straks vertel je me alle details hierover, begrepen! Ik weet zelfs niet of ik alles wil weten, maar…" zei Lina vol ongeloof.
"Is hij goed in bed?" vroeg ze dan, duidelijk geïnteresseerd.
Lizzie keek al lachend weg en knikte bevestigend.
Lina beet eventjes op haar lip, ze kreeg al jeuk tussen haar knieën. Een oudere man leek haar wel spannend.
"Wat gaan we zo meteen met hem doen? Ik heb handboeien bij," lachte Lina.
"Wat? Wat zeg je nu? Jij, handboeien? Waarvoor? Wat was je van plan dan?" vroeg Lizzie stomverbaasd.
"Ik heb die altijd in mijn handtas zitten, je weet nooit en ik heb het graag kinky," antwoordde Lina lachend. "Bovendien weet hij vast wel van aanpakken, niet?"
Lizzie keek Lina vol onbegrip en boos aan, maar Lina lachte nog steeds en haalde haar schouders op.
Nu Lizzie er dieper over nadacht… Ze miste Peter echt en was oprecht jaloers op zijn zuiderse vriendin.
Zou ze beter zijn in bed? Misschien heeft Peter liever vrouwen met iets meer vlees in de kuip? Was hij haar dan zo snel vergeten? Zou hij haar soms missen?

Ze was blij dat hij weg was bij zijn vrouw en dat hij daarenboven niet echt te spreken leek over zijn nieuwe vriendin. Eerlijk gezegd wilde ze hem liever niet delen.

"Wat brengt jullie hier?" vroeg Peter toen hij weer bij hen aan tafel kwam.
"Vandaag bezoeken we enkele leuke strandjes met ons zessen," zei Lizzie.
"Oh my God! Door het gezellig babbelen zijn we de drankjes vergeten voor onze vrienden. Die zitten op het strand te wachten op ons. Misschien moeten we je gewoon voorstellen aan hen? Dan weet ineens iedereen wie je bent," stelde Lina voor met een knipoog.
Eigenlijk had Lizzie ongelooflijk veel zin om Peter ter plekke murw te vrijen, gewoon op ouderwetse wijze zoals ze zo dikwijls gedaan hadden, maar hem publiekelijk voorstellen als haar sugardaddy leek haar dan weer een brug te ver. Daar had ze helemaal geen zin in. Gelukkig dacht Peter er hetzelfde over.
"Ik wil eigenlijk momenteel niet te veel nieuwe mensen ontmoeten, sorry," antwoordde hij vriendelijk. "Ik denk dat ik eerst een paar zaken voor mezelf op een rijtje moet zetten. De laatste maanden heb ik niets anders gezien dan miserie, eerst de scheiding met mijn vrouw en nu mijn nieuwe vriendin met wie het niet helemaal klikt. Maar elk nadeel heeft een voordeel: dankzij haar ben ik hier op Santorini waar ik dan toevallig jou zag verschijnen."
Hij keek Lizzie recht in de ogen. Even wist ze niet wat ze moest denken of zeggen. *Maakt hij mij nu duidelijk dat hij mij ook effectief mist?*
"Ik denk dat ik maar eens terugkeer naar mijn hotel," zei hij verdrietig.
Voor Lizzie nog iets kon zeggen, gaf hij de twee vriendinnen een vluchtige zoen en verdween.

“Hé, we hebben dorst! Komen jullie nog met de drankjes hierheen of hebben jullie alles zelf al opgedronken?” riep Alexander vanaf het strand.
Lina had medelijden met haar vriendin. Het was duidelijk dat die twee door de jaren heen een hechte band gekregen hadden. Peter kon het duidelijk niet meer vinden bij andere vrouwen en Lizzie was gewoon smoor op hem.
“We komen!” riep Lina vluchtig terug richting haar vrienden, aangezien Lizzie nog te veel in gedachten verzonken was.
Ze bestelde snel een fles frisse witte wijn en enkele Mythos-biertjes om de eerste dorst mee te lessen.
Ondertussen hadden Phaedra en Kim samen met Alexander en Manolis al een verfrissende duik genomen in de zee om al het stof van daarvoor af te spoelen.
Lizzie zat er een beetje afwezig bij.
“Wat nu?” mompelde ze luidop.
“Laten we mijn geheimpje misschien voorlopig onder ons houden. Ik vertel het later wel aan de anderen,” fluisterde ze zachtjes in Lina’s oor.
Haar vriendin knikte begrijpend.

Phaedra wierp zich op haar handdoek en deed haar topje los. Alexander kwam schrijlings over haar billen zitten, nam de zonnebrandolie en spoot de hele fles uit over haar rug.
“Wat ben jij van plan? Ga je mij straks in de pan gooien misschien?” lachte Phaedra.
Als een volleerde masseur begon Alexander haar in te smeren. Eerst rustig en beheerst. Hij bewoog met zijn beide duimen langs haar ruggengraat, van onder naar boven en uitwrijvend naar de buitenkant. Daarna begon hij elk plekje van haar rug systematisch te bewerken, tot Phaedra kreunde van de deugd. Als toetje ging hij met beide handen langs haar flanken en nam zo een gedeelte van haar borsten mee.

Phaedra voelde een hevige energie in haar onderbuik en kwam al schokkend terug in de werkelijkheid.
Ze kon het gewoon niet tegenhouden.
Waren we nu maar alleen op het strand, ik zou hem leren hoe we in België vrijen, dacht ze.
"Ik vrees dat ik, gezien de omstandigheden, nog maar eens een fris bad neem in de zee om wat stoom af te blazen," zei ze lachend.
Toen het al iets later in de namiddag werd, had Manolis nog iets speciaals in petto voor de groep.
"Weet je wat ook altijd leuk is hier op Santorini?" vroeg hij. "Een wijnproeverij! Ik zie dat jullie dames graag een glaasje wijn drinken. Ik heb een vriend die werkt op het Argyrosdomein. Je weet wel, van onder andere de Atlantiswijnen. Heerlijke wijntjes en ik kan wel voor iets extra's zorgen," voegde hij eraan toe.
"Lijkt mij een topidee!" zei Kim enthousiast.
Even later zoefden ze voorbij de wijnvelden van Santorini. Opvallend was dat de ranken niet rechtop stonden zoals in de meeste wijnproducerende landen. Hier waren de ranken tot een soort korf gedraaid, laag bij de grond, met de druiven in het midden zodat ze beschut waren voor de zon en de zilte, soms harde wind. Ze namen de minst drukke baantjes, die de meeste toeristen niet kenden, en reden door het prachtige landschap met hier en daar enkele witte huisjes en een paar van de meer dan tweehonderdvijftig kerken met blauwe koepels op het eiland.
Via een kronkelbaantje dat hen in de richting van Emporio bracht, kwamen ze op de hoofdweg. Daar namen ze een scherpe bocht naar links om verder tussen de wijnvelden te rijden en kwamen zo uit in het centrum van Pyrgos. Toen ze helemaal beneden aan de heuvel richting Kamari kwamen, zagen ze rechts van de baan het 'Estate Argyros' liggen. Ondanks de grootte straalde het statige gebouw eenvoud uit, rust.

De beide wagens werden achtergelaten op de grote parking en via een grote glazen deur kwamen ze in een immense hal terecht waar enkele toeristen genoten van de verschillende wijnen.
"Hé Manolis!" klonk het plots.
"Welkom! Wie zijn je vrienden?"
Manolis ging naar zijn vriend Dimitri toe en gaf hem een zoen op elke wang.
"Alexander ken je ongetwijfeld, de vier mooie meisjes zijn vrienden uit België," stelde hij het gezelschap voor.
"Kunnen we iets proeven?" vroeg hij toen beleefd.
"Uiteraard. Ik zal er meteen ook enkele hapjes bij serveren, als dat goed is?"
"Dat slaan we nooit af," lachte Phaedra die in haar maag alweer plaats voelde voor nieuwe spijs en drank.
Er werden een viertal wijntjes gedegusteerd, beginnend met de witte Atlantis, daarna een rosé onder het Atlantisetiket, telkens begeleid door hapjes die perfect zouden passen in een sterrenrestaurant. Na een groot glas van de Assyrtiko-wijn begon de beneveling stilaan toe te slaan.
Gelukkig volgde nog enkel de dessertwijn Vinsano van tien jaar oud, om af te sluiten.
"Mag ik jullie nog een rondleiding in het gebouw geven, zodat ik kan tonen hoe de wijn gemaakt wordt?" vroeg Dimitri enthousiast.
"Ik vrees dat mijn gezelschap liever nog wat zonnestralen opdoet dan in de kille wijnkelders te vertoeven. *Efcharisto poli*," excuseerde Manolis zich tegenover zijn vriend.

"Hebben jullie Old Thira al bezocht?" stelde Alexander voor toen ze weer buiten waren. "Dat is vlakbij en echt wel de moeite om te bezoeken, zeker bij valavond." Hij wou dat de vriendinnen echt *alles* zouden hebben gezien van Santorini.

Even later zaten ze alweer in de snikhete wagen en onmiddellijk daarna konden ze beginnen aan de drieëntwintig haarspeldbochten tot helemaal boven op de Mount Profitou.
Ondanks de paar glazen wijn bleef Alexander een perfecte chauffeur. Dat was ook nodig, want blijkbaar was het in Griekenland niet voor iedereen evident om steeds de juiste kant van de baan te nemen. Halverwege de berg kwam het gezelschap bijna in botsing met een bejaard echtpaar dat meer naar de omgeving zat te kijken dan naar de weg. Ei zo na stond er een begrafenis op het programma, maar dankzij de ongelooflijke reflexen van Alexander konden de oudjes hun weg vervolgen. Toen Phaedra hen een boze blik gaf, staken ze laconiek hun middelvinger op.
Uiteindelijk kwamen ze heelhuids aan bij een kleine rotonde, het eindpunt voor de wagens.
Iets verderop zat een oudere man met een enorme snor verscholen in een klein hokje. Het was duidelijk de bedoeling dat je bij hem een ticketje kocht.
Alexander was zo hoffelijk er voor iedereen eentje te halen.
"Moet die man daar de godganse dag in dat hokje zitten voor enkele toeristen die hier wat oude stenen komen bewonderen?" vroeg Lina vol ontzag voor de man en minder voor de stenen.
"Je zult versteld staan van wat je hier te zien krijgt," zei Alexander.
"Misschien waren we toch beter in de koelte van de wijnkelders gebleven," pufte Lizzie. "Hier voelt het alsof je ter plekke saignant gebakken wordt."
"Wacht tot je helemaal boven op de berg bent, tegen dan ben je bien cuit," antwoordde Manolis lachend.
Gelukkig had hij voor iedereen een flesje water meegenomen.
Op een uiterst traag tempo begonnen ze aan de zware tocht naar de top. Het eerste wat ze tegenkwamen was een bijna intacte woning die blijkbaar vroeger als kerk gebruikt werd. Wat verderop vonden ze stenen met afbeeldingen van een adelaar, een leeuw en een vrouwenhoofd. Het riep een duidelijk beeld op over hoe

het er eeuwen geleden moest hebben uitgezien, daar boven op de berg. Verschillende tempels, baden, een gymnasium en een theater waren zelfs vrij goed bewaard gebleven.
De intensiteit van de zon begon intussen al behoorlijk af te nemen.
"Voor de romantische zielen onder ons: straks hebben we vanaf hier een onvergetelijk zicht op een schitterende zonsondergang," vertelde Manolis terwijl hij met verliefde blik naar Kim keek.
Waar vroeger de kerk van de Heilige Stefanos stond, helemaal op het topje van de berg, vlijden ze zich neer. Alexander trok Phaedra nogmaals dicht tegen zich aan, wat hem een dikke zoen opleverde. Kim voelde dat Manolis ook wel meer wou dan wat flirten en schalks naar elkaar lachen. Ze kwam voor hem zitten, nam zijn handen en bracht die naar haar borsten.
"De Heilige Stefanos zal hier toch geen probleem van maken, hé?" vroeg ze guitig aan Manolis.
"Hij niet, denk ik, maar ik daarentegen krijg wel serieuze problemen," lachte hij.
Lina nam wel duizend foto's en kon niet zwijgen over de schoonheid van het eiland.
"Nooit, maar dan ook nooit, had ik gedacht dat Griekenland zo mooi was," prevelde ze.
Lizzie zat er nog steeds een beetje mistroostig bij. Ze keek naar de twee koppeltjes en voelde zich eenzaam en jaloers. Ze miste Peter. Toen ze hem daarnet terugzag en merkte hoe hij naar haar keek, voelde het voor haar alsof hij haar misschien ook wel miste.
Ik wil duidelijkheid van hem, want ik hou het gewoonweg niet meer uit, dacht ze.
Ze kon Peter niet meer uit haar hoofd krijgen.

Toen het laatste streepje dieporanje zon uiteindelijk verdween in de donkerblauwe Egeïsche Zee, werd het tijd om terug ter keren naar de auto's.

"Ik moet eerlijk toegeven dat mijn buik weer begint te grommen," zei Phaedra.
"Ik dacht al het gebrul van een leeuw te horen die achter de struiken verscholen zat," gierde Alexander.
Speels gaf ze hem een duw in de rug waardoor hij struikelde over een grote rots en pardoes enkele meters sneller naar beneden ging dan oorspronkelijk voorzien.
"Sorry schatje, het was de leeuwin in mij die bovenkwam," lachte Phaedra toen ze zag dat hij zich geen pijn gedaan had.
"Zullen we samen iets eten bij Minas, de eigenaar van Cava Alta in Pyrgos? Da's een goede vriend van mijn tante," stelde Alexander voor toen hij weer op zijn voeten stond. "Ik bel hem wel even zodat we een tafeltje krijgen op het terras boven."
Nog geen tien minuten later stonden de wagens alweer netjes op de parking en slenterde het groepje door de smalle straatjes van Pyrgos.
Minas stond hen al op te wachten aan de ingang van zijn restaurant. Hij gaf iedereen twee zoenen en leidde hen naar boven. Uiteraard kregen ze het mooiste tafeltje. Het was ondertussen al helemaal donker, alle lantaarntjes aan de huizen brandden. Op elke tafel stonden kaarsen die het geheel een melancholische aanblik gaven. Het moest nog ongeveer zo'n achtentwintig graden zijn, maar door het zachte zeebriesje voelde dat perfect draaglijk.
"Wat gaan we drinken?" vroeg Phaedra luidop, terwijl ze eigenlijk gewoon bedoelde: wit of rosé.
"Ik wil wel een ouzo, ik begin verslaafd te raken," riep Lina.
"Ik ook, ik ben er dringend aan toe," lachte Lizzie een beetje bedenkelijk.
"Minas, kunnen we een fles ouzo krijgen en een fles fris water, alstublieft?" vroeg Alexander beleefd.
Alsof alles al klaarstond voor hen, verscheen Minas enkele minuten later alweer boven op het terras met een grote schotel met glazen, ouzo en water. Hij had ook aan een kommetje met pis-

tachenootjes gedacht, wat gemengde olijven en vers gesneden brood, samen met de beste olijfolie van het eiland.
Het werd een toffe gewoonte om de glazen te laten klinken op een welgemeende "*Yamas*!"
"Zullen we opnieuw enkele gerechtjes bestellen om te delen?" stelde Manolis voor.
"Ik heb wel zin in die pougakia, de zakjes pasta gevuld met ricotta en Parmezaanse kaas en zwarte truffel in champignonsaus," riep Lizzie verrukt uit.
"Voor mij graag de gestoomde mosselen in witte wijn met ouzo, chorizo en geroosterde paprika," vulde Lina aan.
"Prima idee," viel Alexander in. "Ik zal daarbij misschien nog de fava bestellen, de typische, romige erwtenpuree van Santorini met kappertjes, geroosterde hazelnoten en gerookte makreel. Voor de konijntjes onder ons misschien ook onze enige echte Santorini-salade."
"Graag ook een fles frisse rosé," riep Phaedra Minas nog na.
Toen even later de schotels met de gerechtjes op tafel gebracht werden, wisten ze niet waar te beginnen. De hemelse geuren namen alle remmingen weg en de vrienden stortten zich op de voorgerechtjes.
Toen ze de wijn uit de koeler haalden, zag Phaedra dat het opnieuw een fles met de letter 'C' was.
"Die flessen lijken ons te achtervolgen," lachte ze.
Even was het stil toen iedereen zat te genieten van de lekkere gerechtjes en het sublieme uitzicht. Dankzij de lichtjes konden ze duidelijk elk stadje op het eiland herkennen.
"Kunnen we de kaart nog eens bekijken voor de hoofdgerechten, alstublieft?" vroeg Phaedra aan Minas.
"Wat je hier zeker moet proeven, is de paella, maar dan de zwarte versie met inkt van de plaatselijke inktvis en allerlei zeevruchten," suggereerde Alexander.

"Mag er ook een schotel met de gegrilde lamskarbonaadjes met verse koriander en gerookte fetakaas bij?" vroeg Lizzie schuchter.
"Uiteraard, dan kunnen we dat ook delen," antwoordde Alexander.
Na de tweede fles rosé en de vele hoofdgerechten voelden hun buikjes vrij rond aan.
Minas kwam bij de vrienden zitten, schonk iedereen een glaasje Metaxa in en dronk zelf ook een glas mee. Hij had nog een schotel mee met een klein dessertje: een glaasje met granen en noten in chocolademousse.
"Hemels," riep Kim uit terwijl ze achteroverleunde om haar buik iets meer ruimte te geven.
"Ik kan niet meer," vergezelde Phaedra haar, waarna ze haar glas in een teug naar binnen goot.
"Blijf je deze avond bij mij slapen?" vroeg Alexander uit het niets aan Phaedra.
Van het schrikken spuwde ze haast de volledige inhoud van haar glas in zijn gezicht.
"Zeg, het is de bedoeling dat je het glas uitdrinkt, niet uitspuwt, hé," lachte Alexander terwijl hij zich droogwreef met enkele servetten.
"Euh, ja sorry, hé! Heel graag, maar doe me niet meer zo schrikken tijdens het drinken!" verontschuldigde ze zich. "Eén probleem: dat kan niet bij ons in het hotel, want dan gaat er eentje niet echt uitgeslapen zijn morgenochtend," schaterde Phaedra terwijl ze naar Kim keek.
"Kom gewoon mee met mij, geen enkel probleem," anticipeerde Alexander.
"Wij gaan naar ons eigen bedje, hé dames," maakte Lizzie haar vermoeidheid duidelijk aan haar vriendinnen, terwijl ze opvallend geeuwde.

Manolis keek veelbetekenend naar Kim. Zij keek hem liefdevol aan maar schudde haar hoofd. “Nu niet,” zei ze. “Met jou wil ik het goed doen, niet overhaast.”
“*Kalinichta*,” zei hij lichtjes ontgoocheld maar lief toen hij haar een dikke nachtzoen gaf.

Alexander nam Phaedra’s hand, keek in haar donderbruine ogen en draaide haar onverwacht een tongzoen waar ze zowaar stil van werd. Ze trilde op haar benen, in haar onderbuik voelde ze plotseling onverklaarbare spasmen en het haar op haar armen gaf Alexander spontaan een staande ovatie. Ze was compleet van de kaart, het leek wel alsof er vlinders met haar clitoris aan het spelen waren.
Ze zou die nacht geen oog dichtdoen, dat wist ze wel zeker. En niet alleen door seksueel genot, maar ook omdat ze geen seconde van dit sprookje wilde missen. Een natte droom die ze nooit voor zichzelf had durven te wensen.

Tegen een uur of vijf had Alexander er genoeg van. Hij had nog geen oog dichtgedaan en vond het ideale excuus om er eindelijk onderuit te komen.
“Laten we naar de zonsopgang gaan kijken in Oia! Die is zo mogelijk nog mooier dan de zonsondergang en er is bijna niemand zo vroeg in de ochtend. Wat denk je?” vroeg hij enthousiast, hopend dat hij enkele uren rust zou krijgen.
“Lijkt mij een schitterend plan, maar op één voorwaarde: daarna doen we gewoon weer verder hier, afgesproken?” smeekte Phaedra.
“Laat me gewoon even op adem komen, ja! Ik heb bijna geen gevoel meer in sommige lichaamsdelen,” grimaste Alexander.
Twintig minuutjes later reden ze voorbij de grote parking net buiten Oia. Alexander parkeerde zijn wagentje aan het begin van de weg die naar Amoudi Bay leidde.

Het was nog aardedonker. Er was niemand te zien. Het was muisstil op een hond na die hen had opgemerkt en besloot de hele buurt wakker te blaffen.
Ze liepen de kleine straatjes in die uitkwamen op de iets grotere wandelstraat met alle winkeltjes en restaurants. Het leek alsof Oia helemaal verlaten was. Hier en daar opende een winkeltje de deuren, meestal waar je brood of frisdrank kon kopen.
"Ik heb wel zin in een frappé, jij ook iets?" vroeg Alexander hoffelijk.
"Lekker! Ja hoor!" riep Phaedra terwijl ze de omgeving in zich opnam. Het leek erop dat het stilaan iets minder donker werd. Ze kon nu duidelijk alle terrassen van de boetiekhotels onderscheiden, mede dankzij de lichtjes in de jacuzzi's. In de verte kwam een gigantische cruiseboot de Caldera binnengevaren, zichtbaar door de vele lampjes die van voren aan de boeg tot helemaal achteraan op het dek schenen.
"Daar zijn de eerste vijfduizend dagjestoeristen voor vandaag," lachte Phaedra.
"Dankzij de toeristen kunnen wij hier op Santorini overleven! Laat ze maar komen," antwoordde Alexander dankbaar.
Links en rechts kwam er al eens iemand uit z'n warme nest piepen om het dagelijkse wereldwonder te aanschouwen. Achter het kerkje, net voorbij de oude Atlantis Bookstore, was een kleine doorgang die de meeste toeristen niet kenden. Alexander nam Phaedra's hand en leidde haar naar een adembenemende plaats.
"Hier kunnen we rustig wachten tot de zon boven de heuvels tevoorschijn komt. Neem van mij aan dat het een fantastisch schouwspel wordt," fluisterde Alexander in haar oor.
Er was nog steeds geen enkel geluid te horen, geen verkeer, geen kwebbelende mensen, zelfs geen ruisende wind, niets.
Net toen Phaedra intens aan het genieten was van die stilte, kon Alexander zich niet meer inhouden. Hij liet een scheet die hoorbaar was tot in Imerovigli.
Phaedra sprong wel een halve meter omhoog van het schrikken.

“Ik dacht dat we het romantisch zouden houden?” gierde ze het uit.
“Sorry, maar ’s morgens heb ik altijd wat last van winderigheid. Ik had in de auto al buikpijn, maar nu kon ik het niet meer onder controle houden,” verontschuldigde Alexander zich.
Toen ze even later bijgekomen waren van het voorval, zagen ze, net boven de heuvels, een lichtblauwe streep verschijnen die per seconde snel naar zachtgeel en vervolgens naar oranje veranderde.
Opeens verscheen daar de gloeiende bol, eerst aarzelend, daarna in volle glorie. Per seconde steeg het kwik enkele graden. In een flits werd alles verlicht van bovenaf, alsof iemand het licht aanstak in een donkere kamer.
“Dit is zo onbeschrijflijk mooi,” mompelde Phaedra terwijl ze een traan wegpinkte. “Als kind heb ik dit ook nog gezien, maar het blijft je raken.”
Opeens kwam een prachtige dame met een bloedrood kleed en ellenlange sleep hun intieme plaatsje binnengewandeld, samen met een beer van een vent. In hun zog volgden een vijftal mensen met camera’s, doeken en andere accessoires. Ook zij hadden de mooiste plaats voor deze zonsopgang gekozen voor een fotoreportage voor een of ander modeblad.
Dit zouden mijn trouwfoto’s kunnen zijn, dacht Phaedra terwijl ze met open mond het hele gedoe gadesloeg.
“Ik wou dat mijn vriendinnen dit ook konden zien,” fluisterde ze en ze maakte enkele prachtige foto’s die ze hen onmiddellijk doorstuurde. Ze kreeg een berichtje terug met de vraag waar ze precies waren en wanneer ze terug zouden zijn voor het ontbijt.
‘We komen er dadelijk aan!’ schreef ze en ze genoot nog even van het onbeschrijflijke panorama voor haar ogen.

ΡΑΤΙΚΟΣ ΑΕΡΟΛΙΜΕΝΑΣ ΣΑΝΤΟΡΙΝΗ
DEPARTURES

10. Afscheid nemen bestaat niet

De laatste volledige dag van hun vakantie op Santorini brak aan. Die namiddag zouden ze met z'n allen naar het feestje van Phaedra's Papou gaan.

Iets later dan de voorbije dagen zat iedereen op het ontbijtterras, ook Alexander schoof mee aan. Hij had Donna een dikke zoen gegeven en als vriend van de familie was hij uiteraard altijd welkom.

Manolis was ondertussen ook naar het terras afgezakt. Hij wou hun laatste dag samen zo lang mogelijk laten duren.

"Als het voor jullie goed is, zou ik graag mijn Yiayia helpen bij de voorbereidingen voor het feest van mijn Papou," zei Phaedra.

"Ik help ook mee," reageerde Alexander direct.

"Geen probleem voor mij," antwoordde Kim terwijl ze een schalkse blik wierp op Manolis.

"Natuurlijk niet," zeiden Lina en Lizzie in koor. "Wij gaan nog van de laatste zonnestralen in dit paradijs genieten op een of ander strand," stelde Lizzie voor.

Even later kwamen Phaedra en Alexander aan bij het kleine vierkante huisje in Akrotiri. Haar Papou zat op een van de oude, donkerblauwe stoeltjes voor het huis, blij dat hij de drukte binnen kon ontvluchten.

Toen hij Phaedra zag, sprong hij overeind, tranen van geluk welden op in zijn ogen.

"*Chrónia pollá Papou,*" riep ze uitgelaten en ze vloog hem om de hals om hem enkele dikke zoenen te geven.

Toen Phaedra door de open deur naar binnen liep, stond haar tante Daphne opeens voor haar neus. Naast haar stond een man die ze nooit eerder gezien had. Dit bleek *thea* Daphne's nieuwe

vriend. Hij stond er bij voor spek en bonen, meer dan waarschijnlijk door de enorme drukte in het kleine huis en omdat hij geen woord Grieks begreep.
"*Kalimera* Phaedra," zei Daphne vriendelijk en ze gaf haar een zoen op beide wangen.
"Dit is mijn vriend Peter. Hij is een succesvol zakenman in België," stelde Daphne haar vriend glunderend voor.
"He, dat is leuk! Wij wonen ook in België," riep Phaedra spontaan uit in het Nederlands.
"Spreekt u dan ook Nederlands of Frans?" vroeg ze enthousiast aan de man.
"Eindelijk, nog mensen die Nederlands spreken, een godsgeschenk!" antwoordde Peter opgelucht.
"Ik ben hier met enkele vriendinnen op vakantie," zei Phaedra. "Vandaag is mijn Papou jarig, dus komen we helpen met de voorbereidingen voor het eten en de tafelschikking. Dit is mijn vriend Alexander. Hoe hebben jullie elkaar leren kennen?" vroeg ze geïnteresseerd.
"Ik ging nogal dikwijls naar het Griekse restaurant Athene, bij ons in de buurt. Makis, de eigenaar, kende ik ondertussen goed en op een avond stelde hij me voor aan jouw tante die daar toevallig ook was. Het klikte en kort daarna zijn we hierheen vertrokken."
"Wauw! Sommige mensen hebben alle geluk," reageerde Phaedra en ze keek recht in de ogen van Alexander.
Peter vond persoonlijk dat de liefde vlug bekoeld was en schudde onopvallend zijn hoofd. Hij kon dat natuurlijk niet zeggen met Daphne erbij.
De Yiayia was overgelukkig met de helpende handen en verdeelde de taken zodat alle gerechtjes op tijd klaar zouden zijn en het huis volledig gedecoreerd zou zijn met slingers en ballonnen. Ondertussen zat de Papou gezellig buiten en dronk, samen met Peter, de eerste ouzo van de dag.
Eindelijk rust, dacht Peter.

Manolis was extra vroeg opgestaan om alles klaar te zetten in zijn moeders restaurant zodat hij daarna tijd vrij zou hebben. Hij zou er, koste wat kost, een onvergetelijke laatste dag van maken met Kim.
"Jullie wilden nog een dagje zee en strand voor jullie laatste dag hier op Santorini, toch?" vroeg hij met een brede glimlach.
"Euh… ja, alleen hadden we nog niet afgesproken waar we precies naartoe wilden," antwoordde Kim terwijl ze hem nieuwsgierig aankeek.
"Wat dachten jullie van het voor toeristen onbekende strand van Vourvoulos aan de noordoostkant van het eiland? De zee is er iets onstuimiger, maar buiten enkele *locals* is er zo goed als niemand. Er is ook een klein restaurantje, To Limanaki, waar ze eenvoudige, maar ongelooflijk lekkere gerechtjes serveren," stelde Manolis voor.
"Vertrekken we of zullen we hier wortel schieten? Je maakt ons danig nieuwsgierig, ik wil dat strandje van jou weleens zien," stelde Kim kordaat voor.
Snel werden de strandtassen klaargemaakt voor hun laatste uren zon in het paradijs.
Even later parkeerde Manolis de Jimny perfect in de schaduw van een oude tamariskboom, pal aan het strand.
Het was een perfecte dag, de zon brandde heerlijk op hun lichaam, enkel een licht briesje bracht enige verkoeling.
"Wat een idyllisch strand zonder al die toeristen," stamelde Lizzie terwijl ze de omgeving in zich opnam.
Kim lag al uitnodigend op haar strandlaken. Steunend op haar ellebogen, haar lange benen bereikten het water bijna, tuurde ze door haar zonnebril naar de azuurblauwe zee.
Lina en Lizzie hadden een ander plan: zij liepen zonder aarzelen de zee in, op zoek naar verkoeling.
"Nu we toch even alleen zijn, kan ik vrijuit spreken," zei Manolis plots tegen Kim op een ernstige toon. Hij schraapte zijn keel.

"Vanaf de eerste seconde dat ik je zag, was ik op slag verliefd, zelfs toen je net van het toilet kwam. Zoiets komt maar een keer in je leven voor, weet je? Gaandeweg heb ik je beter leren kennen en mijn gevoel is alleen maar sterker geworden. Als we afscheid nemen, voelt het alsof er een stuk uit mijn lichaam verdwijnt. Ik slaap niet meer zonder van jou te dromen. Ik eet niet meer als we niet samen kunnen eten, ik loop de hele dag te glimlachen, gewoon omdat ik constant aan je denk," bracht hij uit, terwijl er een traantje van geluk over zijn wang liep.
Kim keek hem met open mond aan, alsof Manolis een buitenaards wezen was.
Bestaan er echt mannen die zo over hun gevoelens kunnen praten? dacht ze.
Nog nooit had ze een man zo aangrijpend en gevoelig horen spreken, zelfs niet in de meest zeemzoete films.
Ze sloeg haar armen om hem heen en gaf hem een hartstochtelijke zoen.
"Zo mooi wat je allemaal zegt en ik zou bijna durven uitspreken dat ik hetzelfde voel, maar zo simpel is het niet," fluisterde Kim.
"Tja, bij een vrouw is het nooit echt simpel, hé," antwoordde hij grappend.
"Ik woon in België, jij woont hier in het paradijs. We hebben een totaal andere kijk op het leven, hoewel ik moet toegeven dat de manier waarop ik nu naar de toekomst kijk volledig veranderd is door jou en jouw geboortestreek. In plaats van een leven vol prestatiedruk en stress merk ik dat leven op het ritme van de natuur geweldig kan zijn. Meer nog, het is duizend keer leuker om op een ongedwongen en rustige manier te mogen leven, zeker als je in een ongelooflijk mooie omgeving als Santorini kan wonen," ratelde Kim.
"Ik vraag je nu niet onmiddellijk ten huwelijk, hé," remde Manolis haar lachend af. "Ik wil je gewoon blijven zien, ik wil je niet kwijt!" smeekte hij terwijl hij haar recht in de ogen keek.

"Ik zou ook niets liever willen," zei Kim oprecht. "Maar ik kan je niets beloven, ik heb tijd nodig."
Even was het stil op het strand. Enkel het zachte ruisen van de golven was hoorbaar.
Ondertussen was er in de kleine taverne iemand heel druk bezig met het klaarmaken van de meest verrukkelijke gerechten.
"Ik krijg spontaan een culinair orgasme van die hemelse geuren," riep Lizzie verrukt uit, terwijl zij en Lina uit de zee stapten.
Veel langer konden ze het niet uithouden. Snel droogden ze zich af.
"Wij gaan alvast een aperitiefje nemen, we willen jullie niet storen," lachte Lina terwijl ze Lizzies hand nam en haar meetrok naar het gezellige terrasje.
"Laten we nog eens genieten van misschien wel de laatste ouzo van deze vakantie," stelde Lina verdrietig voor.
"Zouden we ook een bordje met gemarineerde sardientjes bestellen?" vroeg Lizzie.
Lina knikte enthousiast.
Iets later voegden ook Kim en Manolis zich bij de vriendinnen.
"Ik had niet echt honger, maar bij het zien van deze borden komt het water me in de mond," prevelde Kim.
Uiteraard mocht een flesje lokale rosé niet ontbreken om de dames in de juiste sfeer te brengen.
De sublieme gerechtjes en de lekkere wijn zorgden ervoor dat ze al snel in een soort roes vertoefden.
Een dutje op het strand deed hen dan ook wonderen.
Plotseling schoot Lizzie wakker en zag dat het al bijna zes uur was.
"Oh nee, we moeten ons snel wassen en klaarmaken om op tijd bij Phaedra te raken," riep ze terwijl de anderen uit hun hemelse dromen ontwaakten.
"Ik kan jammer genoeg niet mee naar het feest van Phaedra's Papou," zei Manolis verdrietig. "Ik kreeg net een berichtje dat

het heel druk is in het restaurant. Ik ga jullie naar het hotel brengen en helaas zullen we voor vandaag afscheid moeten nemen."
"Kom je na de drukte nog eens tot bij ons? Het is tenslotte onze laatste avond," smeekte Kim.
"Ik beloof niets. We zien wel," probeerde Manolis haar moed in te spreken.
Eenmaal aangekomen in het hotel vlogen de kledingstukken in het rond en de dames namen een deugddoende douche.
Zoals afgesproken kwam de Jimny met de vriendinnen tegen zeven uur aan bij het huisje van Phaedra's grootouders. Er weerklonk een enorm geroezemoes van familieleden die de Papou een gelukkige verjaardag wilden komen wensen.
Phaedra had haar vriendinnen zien aankomen en kwam hen alvast tegemoet. Ze zouden samen de fles wijn met de initiaal 'C', in combinatie met de chocolade en het snoepgoed uit België, overhandigen aan de Papou.
"Ik wil jullie eerst voorstellen aan mijn nieuwe oom! Jullie geloven het nooit, maar er loopt hier nog een Vlaming rond. Ik weet het zelf nog maar net!" riep ze spontaan uit.
Phaedra loodste haar vriendinnen door de luidruchtige massa mensen en nam ze mee naar de keuken.
"Hey nonkel, dit zijn nu mijn vriendinnen," riep ze uitgelaten terwijl ze de keukendeur openzwaaide.
Het moment waarop Peter zich omdraaide en recht in de ogen van Lizzie keek, leek de wereld stil te staan.
"Hoe kan dit nu weer?" stamelde hij en hij keek verward van Phaedra naar Lizzie en weer terug. De stomverbaasde stilte duurde maar enkele seconden, want plots klonk er een enorme knal.
Van het schrikken liet Lizzie de fles wijn met de letter 'C' op het etiket pardoes op de stenen vallen. Stukken gebroken glas en spetters wijn vlogen alle kanten op en besmeurden de kleren van de aanwezigen in de keuken.
Door het uiteenspatten van de wijn leek het wel alsof iemand net een bom in een propvolle zaal met kalkoenen gegooid had. Het

geroep en getier was niet te harden, en wie nog niet in de keuken stond, kwam meteen kijken wat er gebeurd was.
"Wat doen *jullie* hier?" hoorde Lizzie iemand in de verte roepen.
Op het moment dat de vier vriendinnen netjes op een rij stonden, besefte tante Daphne plots waar ze Phaedra eerder had gezien.
"Nu weet ik weer waar ik je van herkende," snauwde ze naar Phaedra.
"Jullie waren die vier onbeschaamde meiden die een striptease stonden te houden op Red Beach, vlak voor mijn neus. Hebben jullie dan geen greintje respect, zomaar mijn nieuwe vriend proberen te verleiden? Denken jullie echt dat ik dat niet gezien had of zo?" riep ze furieus en haar ogen schoten vuur.
De Yiayia kwam tussenbeide en nam Phaedra beschermend in haar armen.
"Mijn kleinkind zou zoiets nooit doen, Daphne. En ik kan mij moeilijk voorstellen dat haar beste vriendinnen met opzet zoiets zouden doen. Het zien er heel vriendelijke en deftige meisjes uit. Herpak jezelf een beetje en bied je excuses aan bij deze lieve, welopgevoede vrouwen."
"Misschien heb ik iets te hevig gereageerd," antwoordde Daphne koeltjes, "maar ik herinner het mij best. Ik had jullie in het vliegtuig al opgemerkt. Ik had toen zelfs de indruk dat het meisje met de krullen en Peter contact met elkaar hadden aan het toilet. Dat viel me toch op toen daar wat tumult ontstond en Peter totaal van slag terugkeerde naar zijn plaats. Mijn vriend heeft de laatste dagen ook plots veel meer erecties dan gewoonlijk en als ik op vakantie ben, heb ik totaal geen zin in seks. Dus dit zorgt voor vervelende situaties, waardoor we meer ruzie hebben."
Lizzie keek haar vriendinnen aan en ze proestten het uit om de expliciete beelden die Daphne hen geschetst had.
Ze keek eventjes naar Peter, die enigszins probeerde zich goed te houden, maar toch gegeneerd naar de andere kant keek. Lizzie fluisterde hem zachtjes toe: "Sorry dat ik je overlast heb bezorgd, kan ik het goedmaken?"

“We zien nog wel,” fezelde Peter en hij glimlachte flauwtjes. Phaedra was ondertussen een borstel en vuilblik gaan halen om het glas samen te vegen. De meeste familieleden die wijn op hun kleren hadden, hadden zich verzameld aan de wasbak om met voldoende zout en water de vlekken uit hun kleren te spoelen. Iedereen liep door elkaar en riep naar elkaar, geen mens verstond de ander doorheen het tumult. Vooral Daphne was goed op dreef en bleef maar tieren tegen Phaedra en haar vriendinnen, tot de Yiayia het woord nam en iedereen tot stilte aanmaande. Ze keerde zich naar haar dochter.
“Daphne, als je naar het feest van je vader komt om ruzie te maken, kan je beter weggaan. Je hebt nu eindelijk eens een deftige man gevonden die jou en je veeleisende karakter verdraagt. Nu is het aan jou om je wat gedragen. Een excuus aan Phaedra zou hier wel op zijn plaats zijn,” berispte de Yiayia haar jongste dochter streng.
“Dit is het toppunt! Ik moet mijn excuses aanbieden? Dit is de omgekeerde wereld! Nooit van mijn leven! Als het zo zit, ben ik hier weg!” barstte ze uit in een Griekse colère. Ze greep haar handtas die ze even daarvoor in een hoek van de keuken gegooid had en keek Peter boos aan. Hij had het niet voor haar opgenomen.
“Meekomen, jij! We zijn hier weg, we zijn hier duidelijk niet gewenst,” schreeuwde ze hem toe.
“Euh, sorry Daphne, ik meen te verstaan dat jij je excuses moet aanbieden,” antwoordde Peter fronsend. “En ik ben het daar ook mee eens. Bovendien heeft niemand iets over mij gezegd. Ik zou hier nog wel even willen blijven, ik denk dat het nog best gezellig kan worden wanneer je weg bent,” antwoordde hij kortaf.
“Dit doet de deur dicht!” riep ze nijdig. Rood van woede liep Daphne weg en sloeg de oude houten deur zo hard achter zich dicht dat de schroeven bijna uit de muur vielen.

Alle aanwezigen keken in de richting van de hevige bons. Een seconde werd het opnieuw muisstil en toen kwam het feestje plots weer op gang.
"Ik heb een pak Belgische pralines in mijn auto liggen, op de luchthaven gekocht. Misschien kun je die aan je Papou geven als geschenk ter vervanging van de wijn?" stelde Peter voor aan Phaedra.
"Wat lief van je, mijn tante verdient je niet. Je bent een engel," en ze gaf hem een warme knuffel.
"Ik doe mijn best," antwoordde hij en glimlachend zocht hij Lizzie met zijn blik.
Dat komt niet goed, dacht Lizzie. Ze was best van haar melk door het hele gebeuren met de wijn en de schreeuwende Daphne. Ze wenkte haar drie vriendinnen en ging hen voor naar buiten, om te praten op een rustige plek.
"Misschien is dit wel een ideaal moment om duidelijkheid te scheppen," begon ze. "Ik ken Peter eigenlijk vrij goed," bekende Lizzie. "Hij is drie jaar lang mijn sugardaddy geweest. Ik wou het jullie al heel lang vertellen, maar dacht dat jullie het niet zouden begrijpen. Het spijt me," en de tranen sprongen haar in de ogen.
Phaedra wist totaal niet wat ze hoorde. Ze keek naar Kim en Lina en ze proestten het alle drie uit.
"We wisten al lang dat je een tweede leven leidde, maar wisten alleen niet met wie," lachte ze.
"Nu weten we eindelijk met wie je altijd weg was en wie je zo gelukkig maakte," viel Kim in. "Je straalde telkens na die mysterieuze uitstapjes."
Lizzies tranen waren nu helemaal niet meer te bedwingen en ze vloog haar vriendinnen in de armen.
"Bedankt *guys,* voor jullie begrip," snikte ze.
"Genoeg gehuild," zei Lina. "We gaan weer naar binnen, er wordt hier een feest gevierd!"
Toen begon het feest pas echt, de alcohol vloeide rijkelijk.

Terwijl Phaedra en Alexander volop in het feestgedruis zaten met de Papou, zocht Peter de drie vriendinnen op.
"We kunnen hier iets eten, maar het is erg druk en wellicht zal er niet zoveel meer over zijn voor ons. Zal ik jullie meenemen naar een gezellig restaurantje? Wat denken jullie?"
Lizzie wilde onmiddellijk instemmen en keek hoopvol naar haar vriendinnen.
Kim keek naar Lina en beiden glimlachten, ze konden elkaars gedachten lezen.
"Ik heb wel zin in een lekker stukje vlees," zei Lina.
"Zullen we dan een plek zoeken waar ze dat hebben?" vroeg Peter.
"Ik heb gehoord dat er een fantastisch restaurant is in Imerovigli, Anogi, wat denk je?"
"Topidee," zei Lizzie breed glimlachend.
Ze namen afscheid van Phaedra en Alexander en haar grootouders met een flauw excuus over hoofdpijn en de drukte en verdwenen lachend tussen de feestvierende familieleden.
Toen ze even later aankwamen in het centrum van Imerovigli, vonden ze al snel een parkeerplaats voor de wagen. Gelukkig had Peter onmiddellijk contact opgenomen met het restaurant zodat ze de lange rij wachtende toeristen voorbij konden lopen. De vriendelijke eigenares ontving het gezelschap enthousiast en bracht hen naar een tafeltje voor vier dat nog net onder het met bougainvillea begroeide, overdekte terras stond.
"Mag er een flesje wijn zijn, dames?" vroeg Peter galant.
"Voor mij graag wit of rosé," antwoordde Lizzie. "Maar dat weet je, niet?" voegde ze uitdagend toe.
"Ik lust ook wel liefst wit," repliceerde Kim.
"Mag ik alvast een lekkere, frisse fles witte wijn met een bordje tzatziki, alstublieft?" vroeg Peter aan de vrouw des huizes.
"Natuurlijk," antwoordde de vrouw vriendelijk. "Hier zijn de menukaarten, dan kunnen jullie alvast jullie keuze maken."
"Delen jullie graag?" vroeg Peter op dubbelzinnige toon.

"Ik niet!" riep Lizzie zo snel ze kon.
"Ik bedoel, kunnen we misschien wat hapjes delen, dames? Zo kan iedereen de hemelse gerechten van dit restaurant proeven."
"Dan is het oké," antwoordde Lizzie voldaan.
"Ik stel voor dat we de auberginesalade met gegrilde courgette, gebakken champignons en zachte pepers nemen. Daarnaast eventueel de gestoomde mosselen in wittewijnsaus met Griekse kruiden, de gegrilde feta met honing en sesamzaadjes en wat gefrituurde scampi's in looksaus met kappertjes. Wat denken jullie?" vroeg Peter als een volleerde gentleman.
"Het water komt mij al in de mond," zei Lizzie verleidelijk.
Ondertussen bracht een vriendelijke jongedame de tzatziki aan tafel, samen met de fles witte huiswijn.
"Hé, het is opnieuw die fles met enkel de letter 'C' erop," riep Lina.
"Mocht Phaedra hier zijn, dan konden we nog een extra fles meenemen voor haar Papou."
De porties waren niet gigantisch, maar wat op hun bordjes lag, was verrukkelijk. Lina, die tot voor hun reis altijd had gedacht dat Griekenland alleen in saaie geschiedenisboeken bestond, wist niet waar ze eerst aan moest beginnen. Het voordeel van gerechtjes delen is dat je kunt nemen wat je wilt, als je maar snel bent. Ook Kim had opnieuw een reuzehonger en kon niet vlug genoeg van alle gerechtjes proeven. Alleen Lizzie zat met een knoop in haar maag.
Wat is dit eigenlijk, dit gedoe met Peter? Het is duidelijk dat hij graag in mijn buurt is, maar wil hij nu 'meer' of beeld ik mij zaken in? dacht ze.
"Is er ook al een keuze gemaakt voor het hoofdgerecht?" vroeg de jongedame die hun bestelling opnam.
"Ik zou graag als hoofdgerecht het gegrilde varkensvlees met mosterdsaus en gebakken aardappelen in tomatensaus nemen," antwoordde Kim terwijl ze haar menukaart doorgaf aan Lina.

"Dan kies ik de vers gegrilde zeebaars met in olijfolie gebakken groentjes," vulde Lizzie aan.
Lina wou eigenlijk vragen of ze van elk gerecht op de kaart een bordje kon krijgen, maar hield het uiteindelijk bij het geroosterde rundvlees, geparfumeerd met kaneel en kruidnagel, gecombineerd met Griekse pasta.
Peter nam het lamskroontje in limoensaus met basmatirijst.
"Bedankt dames, om deze avond toch nog speciaal te maken na de jaloerse uitspattingen van mijn ex-vriendin," zei Peter.
"Jouw ex-vriendin?" vroeg Lizzie onmiddellijk. "Bedoel je dat het uit is met Phaedra's tante?"
"Uiteraard. Na wat ik hier op Santorini allemaal meegemaakt heb met haar? Ik besef nu dat ze nooit echt mijn ding was. In het begin vond ik haar mooi en dat zuiderse karakter sprak mij ergens wel aan, maar het is duidelijk niet wat ik echt wil," antwoordde Peter.
"Wat zoek je dan?" vroeg Lizzie duidelijk geïnteresseerd.
"Wat ik eigenlijk zou willen, kan ik geloof ik nooit hebben," antwoordde hij en hij keek Lizzie recht in de ogen. "Hoe mijn droomvrouw eruitziet, is duidelijk: het is een ongelooflijk knappe vrouw, liefst met bruin krullend haar, niet al te groot. Ze is heel erg lief en heeft een zacht en beschermend karakter. Ze loopt niet over van ijdelheid, wat haar nog mooier maakt. Door heel wat tegenslagen te overwinnen staat ze, ondanks haar jeugdige leeftijd, sterk in haar schoenen. Ze is intelligent, elegant, eerlijk en bescheiden. Al die eigenschappen in een persoon had ik nooit eerder gezien, en toch bestaat ze."
Lizzie bloosde, kreeg rillingen over haar hele lichaam en keek een beetje ongemakkelijk weg.
Gelukkig bracht de eigenares net op dat moment een viertal glaasjes Metaxa aan tafel, anders hadden Peter en Lizzie elkaar misschien nog besprongen.
"*Efcharisto poli*," stotterende hij, een beetje geërgerd omdat zijn romantisch moment in de Metaxa viel.

Lina en Kim hadden in de gaten dat ze die twee best even alleen lieten.
"Vinden jullie het erg als wij een wandeling gaan maken door Imerovigli? We raken wel weer in ons hotel. Met ons hoeven jullie geen rekening meer te houden vanavond," maakte Kim duidelijk.
"*Thanks*," beantwoordde Lizzie de vraag met een uitgesproken brede glimlach.
Het was nog steeds meer dan dertig graden buiten, alleen een licht briesje bracht enige afkoeling. Een na een raakten de tafeltjes om hen heen leeg.
"Ik ben bang dat ik de situatie niet goed begrijp. Wat wil je van me?" vroeg Lizzie verward en onzeker.
"De relatie met mijn vrouw was al lang niet meer goed. Enkele maanden na onze trouw heeft ze mij bekend dat ze eigenlijk verliefd was geworden op iemand anders, maar dat haar ouders hem nooit zouden accepteren. Daarom had ze voor mij gekozen, een veilige optie. Toen ze me dat bekende, had ik het gevoel een tweede keus te zijn. Ik sloot me voor haar af. Al snel leefden we dus als broer en zus samen, zonder enige passie. Toen ik op een dag een bruine kroeg binnenliep met mijn vrienden, zag ik jou achter de bar. Het moet een van je eerste shiften geweest zijn, want het liep allemaal nog wat stroef, merkte ik. Uiteraard had je niet door dat ik je de hele tijd in de gaten hield. Na verloop van tijd kwam ik meer en meer in het café, gewoon om jou te zien. Ik was dan ook ongelooflijk blij toen je instemde met onze sugardaddy-afspraak. Het leek me de enige manier om zo dicht bij jou te komen. Nadeel was dat ik tot over mijn oren verliefd werd, ondanks ons leeftijdsverschil. Toen je iets meer dan een half jaar geleden aankondigde dat je zou afstuderen, ging ik door een hel. Ik wist dat ik afscheid van je moest nemen, dat ik je niet meer zou zien. Jouw leven begint nog maar pas en ik kon me niet inbeelden er verder deel van te mogen uitmaken. Ik probeerde zoveel mogelijk plaatsen te bezoeken waar we samen geweest wa-

ren, wat het alleen maar erger maakte. Uiteindelijk heeft Makis van het Griekse restaurant Athene mij proberen te koppelen aan Phaedra's tante, aangezien hij best zag hoe ongelukkig ik rondliep. En toen zag ik jou weer op het vliegtuig, een adembenemende verschijning. Ik zat tien kilometer boven de grond en waande me in de hemel. Een godsgeschenk. En dan begonnen de problemen met Daphne," biechtte Peter op.
Lizzie zat met open mond te luisteren terwijl de tranen van geluk over haar wangen rolden.
Bijna drie jaar lang had ze haar gevoelens voor Peter onderdrukt. Het was een zakelijke afspraak en daar zou ze zich aan houden. Toch voelde ze bij elke nieuwe ontmoeting dat ze steeds verliefder werd. Ze had er nooit met hem over gesproken, ondanks dat ze gemerkt had dat hij oprecht om haar gaf. Ze had soms vermoed dat hij worstelde met zijn gevoelens, maar durfde het gesprek toch nooit aangaan uit angst hem te verliezen.
"Ik ben blij dat we elkaar hier opnieuw tegengekomen zijn, ik denk dat we heel wat te bespreken hebben," zei Lizzie kordaat.
Peter bestelde nog een fles rosé en samen zaten ze uren op het gezellige terras te praten.

Ondertussen liep het feestje van de Papou op zijn einde en namen Phaedra en Alexander afscheid van haar grootouders.
"*Kalinichta* Yiayia," zei Phaedra en ze vloog nog eens in haar armen. Ze kreeg op elke wang een dikke zoen en een kruisje op het voorhoofd.
"*Kalinichta* lieve schat," prevelde de Yiayia terwijl er een traantje van geluk over haar wang liep.
Ze trok ook Alexander tegen zich aan en gaf hem enkele dikke zoenen.
'*Kalinichta* lieve Papou," fluisterde Phaedra terwijl ze haar grootvader nog eens stevig vast nam.
De Papou was zodanig onder de indruk van het hele feest en alle gelukwensen dat hij niets meer kon uitbrengen. Er rolde een dik-

ke traan van puur geluk over zijn wang terwijl hij haar in zijn armen sloot.
Toen ze terug in de auto zaten, kon Phaedra haar ogen niet van Alexander houden, zo gelukkig was ze.
"Bedankt Alexander om er zo'n leuke avond van te maken. Je bent al helemaal opgenomen in mijn familie en mijn Yiayia kan niet van je afblijven! Straks moet ik nog opletten dat zij niet met jou gaat lopen," lachte Phaedra.
Die avond was de maan uitzonderlijk groot, de temperatuur zakte niet onder de dertig graden. Alexander nam Phaedra's hand.
"Mag ik je iets vragen?" vroeg Alexander opeens bedeesd.
"Jij mag mij alles vragen," antwoordde Phaedra enthousiast.
Het bleef even stil omdat Alexander niet meteen wist hoe hij zijn vraag moest formuleren.
"Wat doe je met de rest van je leven?" stotterde hij oprecht, terwijl hij in haar ogen keek.
"Wat bedoel je? Ik, euh… snap het niet," hakkelde Phaedra, niet goed beseffend wat Alexander haar net gevraagd had.
"Wat zijn je plannen voor vanavond, voor morgen, maar vooral voor volgende week en alle dagen daarna?" reageerde hij met een vragende glimlach.
Nu de vraag bij Phaedra begon door te dringen, sprongen er spontaan traantjes van geluk in haar ogen. Haar stevige benen begonnen opnieuw te trillen. Ze kreeg het nog tien graden warmer en het voelde alsof ze zweefde.
"Bedoel je wat ik denk dat je zegt? Ik ben in de war. Wat moet ik daar nu op zeggen? Ik bedoel, ik weet niet echt goed wat je bedoelt," stamelde ze wanhopig.
"Ik bedoel, lieve schat, als jij wilt, kunnen we hier samen een toekomst opbouwen. Wij twee, jij en ik, wij samen. Wat denk je?" verduidelijkte Alexander.
"Meen je dit echt? Ik wil niets liever, schat," antwoordde ze vastberaden en ze vloog hem in de armen.

“Maar hoe zie jij dat concreet? Wat gaan we hier doen? Waarvan gaan we leven? Ik moet eerst terug naar België om alles te regelen,” begon ze te ratelen, niet goed wetend wat haar allemaal overkwam.
“Het komt allemaal goed, zolang we maar samen zijn,” stelde Alexander haar gerust. “We hoeven geen massa’s geld te verdienen, enkel genoeg om op een eenvoudige manier te kunnen leven met ons tweeën en eventueel, als je dat ook wilt, met wat kleine Phaedraatjes en Alexandertjes.”
Nu was het hek volledig van de dam. De tranen van geluk stroomden met beken over haar wangen.
Phaedra stuurde meteen een berichtje naar de vriendinnen: ‘OMG, mega-nieuws, kan niet wachten om het jullie te vertellen! Ik blijf bij mijn schattie slapen, tot morgen’, aangevuld met enkele hartjes.
Wat later in de kamer sprong Phaedra als een tijger op haar geliefde en liet hem alle hoeken van de kamer zien. Ze vielen zielsgelukkig en moe van alle intense gevoelens in elkaars armen in slaap.

Kim en Lina waren al slenterend verdwaald in de smalle straatjes van Imerovigli en hadden na enkele cocktails dan maar een taxi genomen naar Pyrgos.
Ondertussen had Peter Lizzie, na een laatste Metaxa, veilig teruggebracht naar haar hotelletje.
“Kan ik bij je blijven slapen?” vroeg een emotionele Peter plotsklaps aan Lizzie.
“Sorry Peter, hoe graag ik dat zelf ook wil, niet nu, niet hier en al zeker niet met een vriendin erbij,” en ze keek even schalks richting Lina die op het terras van hun kamer nog zat te genieten van de warmte en de stilte.
“Jammer,” riep Lina ondeugend, terwijl ze een vette knipoog gaf aan haar vriendin.

“Ik begrijp het wel,” zei Peter en hij gaf haar een vurige kus op de lippen. “Ik zal van je dromen tot mijn droom werkelijkheid wordt,” fluisterde hij in Lizzies oor.
Toen ze hem nog een natte zoen gaf, voelde Lizzie haar hele lichaam sidderden.
“Slaap zacht,” zei ze nog terwijl ze hem uitzwaaide.

Kim wist dat Manolis nog aan het werk was in het restaurant. Nu Phaedra een berichtje gestuurd had dat ze bij Alexander bleef en Kim de kamer dus voor zich alleen had, stuurde ze Manolis nog een berichtje: ‘Hé, knappe Griek, ik lig hier heel alleen in dit grote bed. Moet je nog veel gerechtjes klaarmaken daar? Hier is ook nog werk!’
Nog geen tien seconden nadien lichtte het schermpje op: ‘Geef me wat tijd om hier alles af te sluiten en naar je toe te komen. Maak je borst maar al nat, het zal nodig zijn! Jouw kamer is rechts toch?’
‘Inderdaad, mocht ik al slapen, maak me zachtjes wakker, hé’, met drie kruisjes, zo luidde haar antwoord.
Twintig minuten later stond Manolis al als een hitsig hondje met zijn tong uit zijn mond voor de deur. Alleen, welke kamer was de rechtse? Was het rechts wanneer hij met zijn rug tegen de muur stond of net andersom?
Op goed geluk dan maar, dacht Manolis, hij draaide zich met zijn gezicht richting het Kastelli en koos de rechtse kamer. Aangezien er nergens op het eiland een deur op slot ging, had hij de kamerdeur vanzelf heel zachtjes kunnen openen. Snel ontdeed hij zich van alle kledingstukken. Het was pikdonker in de kamer, enkel het zachte maanlicht maakte duidelijk waar het bed stond. Heel zachtjes tilde hij het laken op en schoof het bed in. Hij voelde haar lange haren in zijn gezicht, streelde haar borsten en ging lepeltje-lepeltje liggen.

Lina was ongeveer even lang en slank als Kim en had ook lange haren, dus op het eerste gevoel merkte Manolis niet dat hij in het verkeerde bed lag.
In haar slaap voelde Lina iets hards tussen haar benen. Ze glimlachte en droomde dat Brad Pitt bij haar in bed lag en haar borsten stevig vastnam. Als in een soort automatisme deed ze haar slipje uit en liet hem begaan.
Op dat moment kwam er een onverwacht berichtje op zijn smartphone binnen: 'Waar blijf je? Ik smacht naar je xxx'.
Manolis schrok zich een hoedje zodra hij besefte dat hij in de verkeerde kamer was.
Heel zachtjes trok hij zich terug en hoorde Lina een jammerend geluid uitbrengen.
In alle stilte raapte hij zijn kleren bij elkaar, opende zachtjes de deur en verdween in de andere kamer waar een poedelnaakte Kim op hem lag te wachten.
Om zeker te zijn dat hij nu bij de juiste vrouw in bed lag, stak hij het nachtlampje aan en knikte goedkeurend.
"Ik wil zien welk vlees ik in de kuip heb," lachte hij.
Manolis voelde nu toch enkele verschillen tussen Kim en Lina, maar zweeg wijselijk over de deugddoende vergissing. Al snel had hij het juiste ritme weer te pakken. De nacht was nog jong.

Na een bijna slapeloze nacht – enerzijds door de lichamelijke geneugten die Kim met geen enkele van haar vorige bedpartners gekend had, anderzijds, op het moment dat Manolis in slaap gevallen was, door het gepieker hoe het nu verder moest – stond een vermoeide Kim op.
Wat moet ik met een Griek? spookte het door haar hoofd.
Toch was hij alles waar ze ooit van gedroomd had. Hij was knap met een prachtig lichaam, was intelligent, wist wat hij wou en bovendien bleek hij een beest in bed.
Ik laat het gewoon op me afkomen, ik zie wel wat de toekomst brengt, dacht Kim.

Manolis lag uitgeteld in bed terwijl zij de opkomende zon ging bekijken op het terras.
Tot haar verbazing zaten Lina en Lizzie ook in de lange, zachte zetels, die aan de andere kant van het gebouw stonden om te genieten van de zonsopkomst.
"*Kalimera* schatjes," zei Kim met een brede glimlach.
"*Kalimera*, wat zie je er stralend uit! Wat is er gebeurd deze nacht?" vroeg Lina nieuwsgierig.
"Ik heb een nacht gehad met Manolis waar je alleen maar van kan dromen, zo eentje als in de meest romantische films," genoot Kim nog na.
"Ik heb ook zo lekker gedroomd," zei Lina. "Ik droomde dat Brad Pitt bij me was vannacht. Helaas, voor hij kwam, moest hij er alweer vandoor. De meeste dromen zijn bedrog, zeker?" lachte ze.
"Straks ons laatste ontbijt in dit paradijs," prevelde Lizzie droevig.
"Wat is die week snel voorbijgegaan en wat is hier allemaal gebeurd op die korte tijd?" sprong Lina haar vriendin bij.
Op dat moment kregen ze een berichtje van Phaedra: 'We komen tegen acht uur ontbijten! Tot straks xxx'.
"Ik neem eerst een douche om weer fris en monter voor de dag te komen en daarna maak ik mijn valies," zei Kim.
"Ik ga ook douchen," viel Lina in.
"Goed idee!" zei Lizzie. "Roep maar als je klaar bent. Ik blijf nog wat kijken naar dit prachtige schouwspel."
De meeste van hun spulletjes moesten thuis toch in de was, dus netjes opvouwen was er niet meer bij. Alles gewoon in de valies proppen en proberen ze dicht te maken was hun techniek.
Tegen acht uur gingen de drie vriendinnen naar beneden voor het ontbijt. Manolis probeerde met zijn laatste krachten Donna te helpen met de koffers, toen Phaedra en Alexander net door de gietijzeren poort naar binnen kwamen.

"Hey *guys*, hebben jullie mij gemist?" riep Phaedra luid, zodat ook alle andere gasten die op het ontbijtterras zaten te eten verschrikt opkeken.
"Iedereen vlug aan tafel, ik heb groot nieuws! Komaan, nu, nu!" riep ze ongeduldig.
"Wees toch eens rustig," zuchtte Lizzie.
"Wat is het grote nieuws, zeg het ons," zei Lina ongeduldig.
"We gaan samenwonen!" floepte Phaedra eruit.
"Wat! Wat gaan jullie doen?" vroeg Lizzie aarzelend.
"Alexander heeft me gevraagd om hier te blijven, op Santorini," verduidelijkte Phaedra de situatie.
"Jij ook al!" zei Kim, toch wel lichtjes ontgoocheld, omdat ze niet de enige was.
"Wat! Heeft Manolis jou ook gevraagd om hier te blijven? Wat heb je geantwoord? Wat ga je doen?" informeerde Phaedra zenuwachtig.
"Ik weet het niet! We gaan straks gewoon allemaal naar huis,we moeten eerst goed nadenken," probeerde Kim haar gedachten te ordenen.
"Of ga jij hier blijven en moeten we zonder jou terug naar huis?" vroeg Lina bezorgd aan Phaedra.
"Nee hoor, we gaan allemaal samen naar huis. Daar moet ik uiteraard nog van alles regelen, maar het is de bedoeling dat ik zo snel mogelijk terug hierheen kom. Ik wil de hele zomer genieten van het mooie uitzicht, en dan bedoel ik voor een keer niet alleen de onwezenlijke schoonheid van het eiland, maar ook die van deze prachtige, lieve knuffelbeer. Eind september kunnen we beslissen of ik hier definitief blijf of niet," legde Phaedra uit.
De drie vriendinnen stonden met open mond te kijken. Ze waren blij voor Phaedra dat ze tot over haar oren verliefd was, maar vonden haar besluit toch wel heel radicaal.

Donna kwam ondertussen met een grote schotel met een mand vers gesneden brood, een grote kom fruit, een bord met sneetjes kaas en charcuterie, enkele warme koffiekoeken, zelfgemaakte confituur en honing en uiteraard versgeperst fruitsap.
“Hoe gaan jullie leven? Wat gaan jullie hier doen van werk? Heb je daarover nagedacht?” informeerde Kim, jaloers omdat ze eigenlijk met hetzelfde dilemma zat.
“Geen flauw idee, maar we zien wel wat de toekomst brengt. Voorlopig gaan we van de liefde leven!” schaterde Phaedra.
Na het ontbijt werden de laatste spullen in de koffers geduwd en zetten de meisjes hun valiezen voor de kamer klaar. Manolis was al druk in de weer om alles naar het busje te brengen, een paar honderd meter verder op de parking. Maar vrolijk was hij absoluut niet. Het feit dat hij stapelverliefd geworden was op Kim, maakte de situatie niet gemakkelijk voor hem.
Ondertussen werd het stilaan tijd om afscheid te nemen van Donna, nadat ze de laatste administratie geregeld hadden.
Manolis, die ondertussen enkele energiedrankjes had gedronken, stond alweer klaar om hen naar de luchthaven te brengen.
“Nog een laatste keer genieten van het sublieme uitzicht?” vroeg Lizzie droevig.
Ze zaten met hun vieren op een rij voor hun lege kamer, niemand zei een woord. De zon brandde op het lieflijke dorpje Pyrgos. De klokken luidden in de toren boven Penelope’s bar, ze zagen enkele mensen wandelen boven op het Kastelli naast de kerk van de Heilige Maria en Franko’s café. Ze kenden alle smalle straatjes van het dorp, Pyrgos had geen geheimen meer voor hen.

Donna gaf hen alle vier nog een hartelijke knuffel en hoopte hen snel terug te zien, eentje waarschijnlijk heel snel.
Manolis stond er troosteloos bij. Heimelijk had hij gehoopt dat Kim, net als haar vriendin, zou beloven om terug te keren naar het eiland. Helaas, Kim was er nog niet aan toe.

De stemming in het busje onderweg naar de luchthaven was niet bepaald uitbundig te noemen. Iedereen had wel iets om over te piekeren.
Lizzie wist niet wat te denken van Peter. Zocht hij oprechte toenadering tot haar of was dit een flirt uit eenzaamheid? Was Peter echt verliefd op haar? Haar benen trilden van de zenuwen.
Lina was verliefd geworden op Griekenland en had alle vooroordelen overboord gegooid. Ze zag hoe haar vriendinnen waren opengebloeid, hoe hartelijk de eilandbewoners met elkaar en met de toeristen omgingen. Vooral de warmte en genegenheid van de lokale bevolking was haar opgevallen. En dat deed haar twijfelen aan alle zekerheden in haar eigen leven. Het was alsof dit eiland haar ogen geopend had voor nieuwe mogelijkheden.
Kim zat naast Manolis, vooraan in het busje. Af en toe nam hij haar hand vast alsof hij wilde zeggen "Het komt wel goed", maar hij kon zelf met moeite zijn tranen bedwingen. Ook Kim wist geen blijf met haar gevoelens. Enerzijds wou ze weer naar huis om alles eens rustig op een rijtje te zetten, anderzijds wou ze niets liever dan, net als Phaedra, hier op dit prachtige eiland wonen en een leven leiden vol vriendschap, liefde en passie.
De enige met een glimlach van oor tot oor was Phaedra. Ze had de grootste en belangrijkste beslissing van haar leven genomen en zat naast haar droomprins. Binnenkort zou Alexander haar hier opnieuw opwachten.
Een kwartiertje later kwamen ze aan bij de luchthaven waar een immense mensenmassa voor de minuscule vertrekhal samentroepte, het leek wel een mierennest.
Manolis parkeerde het busje net voor de ingang, nam alle bagage uit de koffer en gaf Lizzie een dikke afscheidsknuffel. Toen hij Lina in zijn armen nam, schoot zijn vergissing van de voorbije avond door zijn hoofd en hij duwde haar van zich af met een snelle zoen op beide wangen. *Die lichaamsgeur herken ik*, dacht Lina verward en ze keek Manolis nog even indringend aan alsof

ze zich iets herinnerde. Ze schudde het hoofd en ging verder met afscheid nemen bij Alexander.

Toen Kim aan de beurt was, greep Manolis zijn laatste kans met beide handen.
“Kim, ik ben zot van jou. Ik wil je terugzien,” smeekte hij haar.
“Ik vind je een fantastische kerel, maar we kennen elkaar nog niet goed genoeg. Geef mij wat tijd,” antwoordde Kim rustig.
De tranen sprongen opnieuw in zijn ogen.
“We houden zeker contact en ik wil absoluut nog eens terugkomen,” probeerde Kim hem enigszins te troosten. Ze nam hem stevig in haar armen en liet haar tranen de vrije loop.

Ook het moment waarop Phaedra afscheid moest nemen van haar Alexander kwam dichterbij.
“Ik bel je zodra we aangekomen zijn, oké? En ik kom zo snel mogelijk terug hierheen. Ik mis je nu al,” zei ze terwijl ze nog een laatste keer diep in zijn armen dook.
Op dat moment stapten een viertal luidruchtige, jonge kerels uit een busje en het leek alsof ze recht op Phaedra afkwamen. Ze was totaal verrast en wou hen ontwijken maar struikelde over haar valies. Ze viel pardoes in de struiken net voor de inkomhal.
“Zie je wel, ik wist het!” riep Alexander triomfantelijk uit, alsof hij de zes winnende lottocijfers in handen had.
Phaedra kwam met moeite overeind en keek hem verdwaasd aan met een blik van “Zou je mij niet liever helpen?”, maar toen ging er ook bij haar een lichtje branden.
“Jij was het, jij was mijn held! Jij hebt mij toen gered van die kwajongens, de dag waarop ik met mijn fiets gevallen was,” prevelde Phaedra vol verbazing dat dit haar nu pas voor de geest kwam.
“Zie je wel dat ik je herkende! Ik heb je toen overal gezocht, maar nooit meer ontmoet. Toen ik naar Athene ging om te studeren, was ik radeloos. Ik heb de goden gesmeekt dat ik je ooit op-

nieuw zou mogen zien," lachte Alexander. Hij keek naar boven en maakte met zijn hand een kruisteken.
"Ik ben blij dat we elkaar teruggevonden hebben," zei Phaedra terwijl ze hem nog een dikke zoen gaf.
"Zie ons hier nu allemaal staan. Vorige week kwamen we hier op dezelfde plaats aan en nu, een week later, is ons leven totaal veranderd," zei Lina geëmotioneerd.
De zakdoeken werden opnieuw bovengehaald, maar uiteindelijk moesten Alexander en Manolis de vier vriendinnen toch laten gaan.
Kim had op de bestuurdersstoel een kaartje klaargelegd. Ze kon haar gevoelens nu eenmaal beter neerschrijven dan uitspreken.

'Lieve, knappe Manolis, mijn Griekse god. Als je dit kaartje leest, ben ik onderweg naar huis, mijn thuis. Mijn hart ben ik verloren, het moment waarop ik voet zette op Santorini. Nog voor ik de schoonheid van het eiland zag, heb ik jou ontmoet. Mijn hart stond een seconde stil. Ik heb je leren kennen als een man met een gouden hart, je bent vriendelijk, behulpzaam, eerlijk. Je bent alles wat een vrouw zoekt. Welke vrouw zou niet verliefd op jou worden? Maar ik heb tijd nodig om zeker te zijn van mijn keuze. Zo'n beslissing neem je maar één keer in je leven. Ik zeg geen vaarwel, want ik ben er zeker van dat we elkaar ooit terugzien. Ik wil voor mezelf deze vraag beantwoorden: ben je echt mijn maatje voor het leven? Ik hoop het, want dan gaan we samen een prachtige toekomst tegemoet. Dan gaan we samen dansen en feesten en drinken we wijn tot we stokdoof en gerimpeld zijn. Hopelijk tot snel. S'agapo, XXX'.

De vier vriendinnen zwaaiden nog een laatste maal terwijl het busje met Manolis en Alexander de rotonde verliet en opnieuw het paradijs inreed. Ze wandelden onder het bord 'Departure' door, maar werden nogal stroef onthaald door twee uit de kluiten gewassen Griekse dames.

"Wat is jullie bestemming?" vroeg de eerste vrouw kortaf.
"Brussel," zei Lizzie bedeesd.
"Eerst buiten wachten tot de vlucht aangekondigd wordt," was het korte, maar duidelijke antwoord.
Gelukkig was er, rechts van de ingang, een groot terras waar ze nog iets konden drinken.
"Ons laatste uurtje op Santorini," zei Lina droevig.
"Kijk nu, diegene die eigenlijk het minst zin had in dat 'oude Griekenland' zal het nog het meeste missen," zei Kim lachend.
Na een half uurtje ging Lina toch eens kijken of er al iets aangekondigd stond over hun vlucht.
Buiten het gebouw stonden al rijen mensen klaar voor een viertal andere vluchten. Iedereen liep door elkaar, niemand wist eigenlijk goed waar ze moesten staan.
"Onze vlucht staat op het scherm!" riep Lina naar haar vriendinnen. "Gate nummer zes."
Ze kwamen opnieuw bij de norse onthaaldames terecht en wezen op het nummer zes. Ze mochten naar binnen.
In een totale chaos van geïmproviseerde rijen schoven ze aan in de richting van de balie onder het nummer zes. Toen ze eindelijk hun valies op de weegschaal mochten plaatsen, bleek dat ze deze er opnieuw af moesten nemen omdat de band niet werkte. De baliebediende wees hen een nieuwe rij aan, volledig rechts in het gebouw.
Goed, de boardingpass hadden ze al, nu nog hun valies kwijtraken. Ook hier was een kleine rij gevormd, maar het ging een stuk sneller dan bij de vorige. Er stond een ouder koppel met twee immense valiezen voor hen. In geen honderd jaar zouden deze mensen erin slagen hun valies op te tillen en op de band te gooien, maar de heren die de controle moesten uitvoeren, dachten er niet aan een handje toe te steken.
"Is dat niet de oude man die het zakje met geld in Brussel verloren heeft?" vroeg Kim zich luidop af.

"Hij lijkt er wel op, maar het is 'm niet, hoor. Hij was samen met een eerder kleine, mollige vrouw. Nu staat er een grote, slanke vrouw naast hem," zei Lina.
"Kom, we helpen die mensen, zo doen we ook een goede daad."
Lizzie en Kim namen de loodzware valiezen beet en plaatsten deze op de lopende band.
"*Efcharisto poli*," bedankte de oude man hen, zijn vrouw bedankte hen met een lieve glimlach.
"Graag gedaan!" zei Lizzie enthousiast.
Het oude koppel keek hen nog even na. "Dat zijn nog eens voorbeeldige meisjes! Ik had ze ook al gezien op de heenvlucht toen ik met je zus hierheen kwam. Ze waren toen duidelijk op zoek naar iemand, want ze liepen de hele luchthaven door," zei hij tegen zijn vrouw.
Eenmaal ze van hun koffers verlost waren, konden ze op zoek naar de rij voor het inschepen. Ook dit bleek niet zo eenvoudig.
"Waar is de rij voor het boarden?" vroeg Lina bezorgd.
"Naar buiten, links en dan weer binnen. Ik ken het hier als mijn broekzak," lachte Phaedra.
Ze namen de ingang aan de linkerkant van het gebouw en kwamen zo in een nieuwe rij terecht.
Enkel een breedgeschouderde veiligheidsagent stond nu tussen de toeristen die aan het inchecken waren en diegenen die aan het boarden waren, met allerlei discussies tot gevolg.
Nadat ze ook deze beproeving doorstaan hadden, kwamen ze in de kleine vertrekhal die nu al overvol was. Er waren een zestal hoge ramen die volledig gesloten waren. Het was er snikheet.
"In de hoek is een trap naar boven," zei Phaedra. "Daar kunnen we iets drinken."
"Top, want ik val bijna dood van de dorst," vulde Kim puffend aan.
Toen ze boven aankwamen, zagen drie van de vier vriendinnen tot hun verbazing dat ze op een soort terras waren waar ze bijna de vliegtuigen konden aanraken.

"Dat is toch zot!" riep Kim.
"Waar ter wereld kan dit nog? Gewoon buiten op het terras wachten, terwijl je nog iets lekkers kan drinken. Niet normaal!" zei Lizzie.
Na een halfuur zei een schelle stem door de luidsprekers dat alle passagiers voor Brussel aan gate zes verwacht werden voor boarding. Ze verlieten het terras en kwamen weer in de volgepropte vertrekhal terecht. Bleek dat de 'hoge ramen' dienstdeden als gate. Hilarisch!
Dus gingen ze zo dicht mogelijk bij raam zes staan en boden hun boardingpass aan. Via een andere trap kwamen ze op een lagere verdieping waar het zo mogelijk nog tien graden warmer was. Gelukkig duurde het niet lang voor de deur openging, anders waren er zeker enkele passagiers flauwgevallen van de hitte.
Ruim twee uur na het afscheid van hun mannen konden ze eindelijk hun plaatsje zoeken op het vliegtuig richting Brussel.
Ook Peter stond even verderop te wachten om in te stappen. Lizzies hart klopte meteen als een razende toen ze hem opmerkte.
Toevallig zat Peter in de stoel aan de andere kant van het gangpad, met naast hem een lege stoel. Geen spoor meer van Daphne.
Uiteraard nam Lizzie zo snel ze kon de lege plek in: "Heb je deze stoel speciaal voor mij gereserveerd? vroeg ze lachend.
"Enkel en alleen voor de mooiste en liefste vrouw van de hele wereld," antwoordde Peter met een brede glimlach.
"We hebben nu ruim de tijd om eens duidelijkheid te scheppen tussen ons," probeerde Lizzie voorzichtig het gesprek in de juiste richting te krijgen. Ze had nood aan zekerheid.
"Een minuut zal wel volstaan," zei Peter gedecideerd. "Ik wil enkel verder met jou en met niemand anders. In die drie jaar ben ik tot over mijn oren verliefd geworden op je, maar ik wist ook niet hoe jij tegenover mij stond of wat je voor mij voelde. Ik heb het nooit durven te vragen."
Lizzie gaf hem een innige kus op de mond.
"Nu weet je het wel," lachte ze.

Toen Lizzie later die vlucht even naar het toilet wou, bleek dat de toiletdeur toch wel lang dicht bleef.
Dat moet een grote boodschap zijn, dacht ze.
Even later ging het slotje open en de ronde dame die haar tijdens de heenvlucht berispt had, kwam met een voldane glimlach uit het toilet. Ze keek Lizzie aan, herkende haar en grijnsde.
"Denk jij dat jij de enige bent die zoiets durft?" zei ze smalend.
Lizzie stond perplex te kijken naar het tafereel terwijl een breedgeschouderde man de dame uit het toilet volgde. Het was duidelijk een Griekse man, te merken aan de mooie bruine huidskleur van de vele hete zomers. Met zijn lange haren en knappe gezicht leek hij zo weggelopen uit 'Temptation Island'. De dame keek nog eens achterom naar de verbouwereerde Lizzie en sleurde de man mee bij zijn hand.
"Kom Makis," hoorde Lizzie haar nog zeggen.
"Wat is dat hier nu toch?" mompelde Lizzie vol verbazing.
"Hoe een weekje Griekenland ons leven een totaal andere wending kan geven," zei Kim toen Lizzie weer op haar stoel plaatsnam.
"Zeg wel," zei Lizzie verward.
"Phaedra heeft de liefde van haar leven gevonden, jij weet niet meer waar je het hebt, Lina heeft de Griekse smaak volledig te pakken en ik, tja, ik ben in de zevende hemel," voegde Kim er nog aan toe.
"Ik kom hier zeker terug," reageerde Lina terwijl Phaedra zat te dromen van Alexander.
"Ik ook, hoe dan ook," antwoordde Kim. "Maar ons leven zal nooit meer hetzelfde zijn. Op Santorini zijn we volwassen geworden en het eiland heeft ons een nieuwe richting in het leven gegeven."
"Santorini is magisch," voegde Lizzie er mijmerend aan toe.

Epiloog

Het was oudejaarsavond, exact een jaar nadat de vier vriendinnen plannen hadden gesmeed om op vakantie te trekken naar Santorini. Alexander was al de hele dag in de weer. Hij had de hele avond op voorhand gepland: eerst had hij een hemels diner voor Phaedra klaargemaakt, daarna zouden ze van het vuurwerk in Oia en Fira gaan genieten vanaf Mount Profitis. Hij wist ook dat Phaedra om middernacht wilde skypen met haar vriendinnen, om op die manier toch opnieuw Nieuwjaar samen te kunnen vieren.
Phaedra had geen idee waarom Alexander haar vroeg een warme jas aan te trekken, maar liet zich met plezier door hem verrassen. Hij deed haar een blinddoek om en nam haar mee tot helemaal boven op de berg. Ondertussen had Manolis beneden op het strand van Perissa meer dan duizend kaarsjes aangestoken.
Eenmaal boven verwijderde Alexander de blinddoek, ging met een knie op de grond zitten en haalde een doosje met een prachtige ring uit zijn vestzak. Phaedra wist niet wat ze zag. Het strand achter hem was volledig verlicht met kaarsjes die een duidelijke boodschap lieten zien: 'Will you marry me?', omringd door kaarsen in de vorm van een groot hart.
Ze liet haar tranen van geluk de vrije loop. Alexander begon zo stilaan krampen te krijgen toen ze uiteindelijk besefte dat hij nog altijd geknield zat. Hij vreesde het ergste, aangezien het antwoord wel heel lang op zich liet wachten.
"*Yes, yes, yes*!" schreeuwde ze uit, zo hard dat men het vast tot in Pyrgos kon horen.
Op dat moment barstte het vuurwerk los boven Santorini.

"*Happy New Year*," riep Alexander terwijl hij de verlovingsring om haar vinger deed en haar vervolgens een dikke zoen gaf.
Terwijl Phaedra nog stond te bekomen van de emoties, ontkurkte Alexander een fles champagne.
Op dat moment lichtte haar smartphone op: het was 'The Gang'.
"Ik ga trouwen!" riep Phaedra uitgelaten toen ze haar vriendinnen zag en ze draaide de gsm zodat ook zij de kaarsen op het strand konden zien.
"Wauw, proficiat!" riepen de vriendinnen. "Daar moet op gedronken worden, *Yamas*!"

Begin juli, exact een jaar na hun eerste vakantie, kwam 'The Gang' opnieuw samen op Santorini om een trouwkleed te kiezen voor Phaedra en alles te regelen voor de grote dag die eind die week zou plaatsvinden.
Op korte tijd was er heel veel veranderd in het leven van de vier vriendinnen.

In België had Kim geprobeerd haar normale leven opnieuw op te nemen, maar ze kon Manolis niet uit haar hoofd zetten. Mede door het feit dat ze bijna elke dag telefonisch contact hadden, miste ze Manolis meer dan ze eigenlijk wou toegeven. Half augustus was ze opnieuw voor veertien dagen naar Santorini vertrokken en ze voelde zich op slag thuis. Alles viel op z'n plek, haar twijfels waren verdwenen. Tegen het einde van september hakte ze definitief de knoop door. Ze besloot de grote stap te wagen. Sindsdien woonde Kim samen met Manolis in het appartementje boven het restaurant van zijn moeder in Megalochori. In het begin was het enorm aanpassen. De taal was nog een moeilijke barrière, niet zozeer wanneer ze met Manolis was, maar eerder naar de buitenwereld toe en al zeker met zijn lieve moeder. Kim wou haar uitleggen hoe dankbaar ze was dat ze deze kans kreeg, maar kon met geen woorden uitleggen wat ze bedoelde. Gelukkig had ze een van haar beste vriendinnen dichtbij.

Toen de koude, winderige wintermaanden voorbij waren, kwam het eiland weer tot leven. Manolis' mama had vrij snel door dat die twee een perfect koppel waren en gaf de zaak door aan haar zoon. Al bleef ze zelf wel achter de kookpotten staan.

Uiteraard waren de twee andere vriendinnen door Phaedra en Alexander uitgenodigd om de eerste week van juli in hun totaal vernieuwd huisje te logeren.
Lizzie had haar eigen harde noten gekraakt en was ondertussen officieel samen met Peter.
Het was voor beiden meer dan duidelijk dat ze drie jaar lang meer voor elkaar gevoeld hadden dan wat ze ooit aan elkaar wilden toegeven. Ze beseften dat ze niet meer zonder elkaar konden leven. Ze woonden samen in een gezellig, modern appartement aan de rand van de stad. Lizzie was ondertussen een praktijk gestart als zelfstandig verpleegster. Het was verschrikkelijk hard werken, maar de appreciatie en liefde die ze van haar patiënten kreeg, gaf haar moed om door te gaan. Peter had een andere baan binnen hetzelfde bedrijf zodat hij niet meer constant naar het buitenland moest. Lizzie liep over van geluk. Ze had alles wat haar hart verlangde.

Lina had een nieuwe wereld ontdekt in Santorini en begin augustus was ze, eerder per toeval, in een reisbureau verzeild geraakt. Ze moest frequent op prospectie in het Middellandse Zeegebied om kleinschalige, authentieke hotelletjes te zoeken voor hun klanten. Daardoor kwam ze met een heleboel interessante mensen in contact, op de meest idyllische plaatsen. Het was een leven dat haar beviel. Net zoals de matrozen, in elke haven een liefje.

Phaedra's ouders hadden eindelijk de knoop doorgehakt en woonden nu in een huisje in Akrotiri, dicht bij de Yiayia en Papou. Haar broer Nicolas kon in het ouderlijk huis in België blijven wonen voor zijn laatste jaar Toerisme.

Aan de luchthaven stond iedereen de vriendinnen ongeduldig op te wachten.
Phaedra en Alexander enerzijds samen met haar ouders en grootouders. Anderzijds Kim en Manolis samen met zijn moeder.
Toen het drietal, Lina, Lizzie en Peter, eindelijk door de smalle uitgang van de luchthaven kwam, vloog iedereen elkaar om de nek.
"Welkom!" werd er van alle kanten geroepen terwijl ze elkaar uitvoerig kusten en warme knuffels gaven.
De hele bende was dolgelukkig om opnieuw samen op Santorini te zijn, maar nog meer om eindelijk het kleine wonder te zien in de maxi-cosi.
"Waar is ze? Ik wil ze zien!" schreeuwden Lina en Lizzie door elkaar heen.
De schattige Clara, het liefdeskindje van Alexander en Phaedra, lachte schuchter vanonder haar lakentjes naar haar nieuwe tantes.
"Zoals de Griekse traditie het wil, hebben we haar vernoemd naar een van de grootouders," legde Phaedra uit. "Mijn meme waakt nu over haar."
Even later kon iedereen zich installeren in de prachtig gerestaureerde huisjes en werd de eerste fles ontkurkt.
"*Yamas*!" riep iedereen terwijl de glazen tegen elkaar tikten.
"We hebben nog wat oude spullen van jou gevonden op je slaapkamer," zei de Yiayia en ze gaf Phaedra een kartonnen doos met allerlei vergeten schatten.
"*Efcharisto poli*," bedankte Phaedra haar Yiayia en ze zette de doos naast zich neer, maar Alexander was toch nieuwsgierig naar de inhoud. De doos was versierd met ontelbare hartjes en oude foto's van Phaedra op Santorini. Toen hij ze langzaam opende, zag Alexander, tussen allerlei prentkaarten en andere rommel, plots een groene glazen fles met een briefje erin.
Zijn nieuwsgierigheid werd alleen maar groter omdat hij een gelijkaardige fles ooit nog ergens gezien had. Zachtjes nam hij de fles uit de doos en haalde het briefje er voorzichtig uit. Toen hij

de tekst begon te lezen, sprongen de tranen hem in de ogen. Hij herkende het handschrift, hij wist van wie deze brief was. Zijn eigen papa Christos had uit wanhoop, toen zijn geliefde Verona vertrok uit Santorini, een briefje geschreven. Hij was zo radeloos van verdriet geweest dat hij het bericht in een fles in zee gegooid had, in de hoop zijn geliefde ooit te bereiken.
Hij wist toen nog niet dat zijn soulmate kort nadien terug zou keren naar het eiland, om opnieuw bij hem te zijn. Dat uitgerekend Phaedra, zoveel jaren nadien, de fles met deze brief gevonden had, kon geen toeval zijn.
Het was voorbestemd dat Phaedra en Alexander elkaar zouden ontmoeten, dat wist hij nu wel zeker.

Liefde is overal, maar vooral op Santorini. *Yamas*.

Vertalingen van enkele Griekse termen:

- ✓ Chrónia pollá: gelukkige verjaardag
- ✓ Efcharisto poli: vriendelijk bedankt
- ✓ Frappé: koude koffie gemaakt van oploskoffie
- ✓ Kalimera: goede morgen
- ✓ Kalinichta: goede nacht
- ✓ Kalispera: goede middag
- ✓ Kalosorista: welkom
- ✓ Komboloi: reeks kralen waar Griekse mannen mee spelen om de tijd te doden
- ✓ Koukla mou: mijn kleine pop, typisch Grieks koosnaampje
- ✓ Omorfia: schoonheid
- ✓ Papou: grootvader
- ✓ Petteia: eeuwenoud bordspel
- ✓ S'agapo: ik hou van je
- ✓ Thea: tante
- ✓ Yamàs: santé, gezondheid of schol
- ✓ Yassou (enkelvoud) of Yassas (meervoud): hallo en/of tot ziens
- ✓ Yiayia: grootmoeder

Bedenking

Santorini staat wereldwijd bekend als het mooiste Griekse eiland, en dat heeft het enkel en alleen te danken aan de Caldera en de honderd meter hoge kliffen. De rijen witte huisjes en kerkjes met blauwe koepels die uitkijken over de Egeïsche Zee zijn een synoniem voor Griekenland. Duizenden toeristen komen per cruiseboot of als daguitstap naar Santorini en verblijven er enkele uren om er te kunnen verdwalen in de smalle straatjes en cocktails te drinken in bars met een fenomenaal uitzicht over de vijftig tinten blauw van zee en lucht. En passant zijn ze getuige van de mooiste zonsondergang ter wereld, voor ze even later het eiland opnieuw verlaten.

Maar Santorini heeft gelukkig ook meer te bieden dan enkel Oia en Fira. Wie de tijd neemt om het eiland echt te ontdekken, zal een heel ander eiland zien. Dorpjes zoals Pyrgos, Megalochori, Akrotiri of Emporio zijn grotendeels gespaard gebleven van het massatoerisme. Gelukkig kan je nog naar strandjes afzakken waar de locals komen baden, waar de stoelen en tafels ouder zijn dan de uitbaters en de tijd is blijven stilstaan. De gegrilde calamares wordt daar nog door de Yiayia ingesmeerd met de beste olijfolie, samen met een mengeling van kruiden uit haar eigen, moeizaam onderhouden tuintje.

Mijn wens is dan ook dat we dit paradijs met z'n allen koesteren, zodat ook onze kinderen en kleinkinderen de pure schoonheid van dit eiland en de echte charme en gastvrijheid van Griekenland kunnen ontdekken.

Dankwoord

Ondanks het feit dat alle namen (of toch de meeste) fictief zijn en het verhaal op zich volledig verzonnen is, zou het evengoed gebaseerd kunnen zijn op een aantal feiten.
Het is mooi om te zien hoe een van mijn eigen dochters al sinds de kleuterklas een enorm hechte band heeft met enkele vriendinnen, hoewel ze momenteel tegen de dertig jaar aanleunen. De warmte en vriendschap van deze dames verwarmt mijn eigen hart en was voor mij zeker een inspiratiebron voor dit boek.

Op een van mijn tripjes door de Cycladen kwam ik op Santorini toevallig in het pittoreske Emporio terecht. Ik had net een frappé gedronken bij To Kafenedaki tou Emboriou toen ik verder doorheen de smalle straatjes bij het Kastelli aankwam. Ik was op de kaart van Santorini aan het zoeken waar ik Old Thira kon vinden, toen de charmante Martine uit een van de kleine huisjes kwam en mij te hulp schoot. Ik werd onmiddellijk uitgenodigd bij haar thuis en ontmoette haar sympathieke echtgenoot Sebastian. Die avond heb ik genoeg informatie en interessante plaatsen meegekregen voor een volledige bibliotheek.
Ik wens hen dan ook hartelijk te bedanken en wens hen alle succes met de verhuur van hun luxueuze huisjes in typisch traditionele stijl. www.vimasantorini.com

Uiteraard wens ik ook Lina van Donna's House in Pyrgos te bedanken voor haar warme ontvangst. Rust en comfort met een subliem uitzicht op een van de mooiste dorpjes van de Cycladen.

Ongelooflijk dat mijn uitgever, Inan Akbas, van Uitgeverij Beefcake bleef geloven in mijn verhalen over Griekenland. Eeuwige dankbaarheid van mijn kant voor deze sympathieke kerel. Dank u wel!

Een warme, gemeende merci voor mijn onvoorwaardelijke steun in mindere momenten, in tijden dat het al eens moeilijker ging… mijn soulmate Veerle. Zonder haar zouden er geen boeken van C.M.M. Dellamonte zijn. Ze is mijn rots in de branding. Ook mijn twee dochters, Melissa en Phaedra, die alles voorlezen, advies geven en alle socialemediakanalen verzorgen, wil ik hartelijk danken. Ook familie, vrienden en iedereen die mij steunde bij het uitbrengen van mijn eerste roman *Weg naar Milos* wil ik hartelijk bedanken.

Last but not least, bedank ik u, lezer, om deze vakantieroman aan te schaffen. Ik hoop dan ook dat dit boek u heel veel leesplezier heeft gegeven of zal verschaffen, en wie weet zien we elkaar terug op een van die schitterende pareltjes in de Egeïsche Zee, de Cycladen.

Efcharisto poli.

C.M.M. Dellamonte